CATHERINE ARLEY
지푸라기 여자

카트린 아를레이 / 송흥빈 옮김

해문출판사

지푸라기 여자

프롤로그

문을 열면서 그날이 금요일이라는 것을 깨달았다. 그녀는 모든 계략이 시작된 그날을 나중에 가서는 결코 잊을 수 없게 된다. 그러나 지금은 그것을 알 수는 없었다. 그녀는 몸을 굽혀서 우유병 위에 떨어지지 않도록 잘 놔둔 주간신문을 들어올린 뒤, 문을 닫고는 슬리퍼를 신고서 부엌으로 들어갔다. 식기 선반 위의 라디오 스위치를 틀고서 바구니 안에서 빵을 들어내 두 장을 뜯은 뒤, 빗을 끄집어내서 거울 앞에서 머리를 빗었다. 이런 동작은 모두 기계적으로 이어졌다. 그리고 마지막으로 신문을 읽기 시작했다. 그녀는 표제나 사진은 보지 않았다. 시선은 곧 구혼(求婚) 광고가 있는 6면으로 향하는 것이었다. 그것은 좌우 2단으로 된 난으로, 왼쪽은 혼자 있는 여자들이 정신적인 친구들을 찾고 있는 난, 오른쪽은 남자들이 서로의 고독을 같이 나누어 가질 상대를 찾고 있는 난이었다.

힐데가르데의 흥미를 끄는 것은 바로 그 6면이었다.

······이미 몇 년 동안이나 그녀는 매주 거르지 않고 이 난을 열심히 계속해서 읽어나가면서 언제 찾아올지 모를 행운을 기다리고 있었다. 그러나 그녀에 관한 한 그것은 로맨스나 감상적인 것과는 전혀 무관했다. 부양 가족도 없고 위안을 받을 상대도 없는 독신 남자라든지, 소심한 성격 때문

에 상대방을 찾지 못하고 있는 청년은 물론이고, 돈이나 약간 가지고 있는 상인 같은 사람들은 거들떠보지도 않았다. 그런 종류의 남자와 결혼한다는 것엔 아무런 흥미도 가지고 있지 않았다. 평범한 생활이라면 지나치리만큼 잘 알고 있는 터였다. 그것이 그녀의 현재의 생활이었기 때문이다. 다소간의 번역 일거리가 그녀의 나날을 지탱하고 있었다. 그러나 산다는 것은 이런 것이 아니다. 좀더 의욕적이고도 즐거운 계획이어야 하고, 현재와 같이 지루한 생활과는 전혀 다른 것이어야 한다. 지금의 생활은 일시적인 의자에 지나지 않고, 언젠가는 반드시 무슨 일인가가 일어나야만 한다. 그녀는 그것을 잘 알고 있었다.

대개의 사람들은 모험이라는 것을 알지 못하고, 또 부정한다. 아니, 알려고도 하지 않고 바라지도 않는다. 승부에서 이기고자 하는 욕구 그 자체가 문제가 되지 않는 것이다. 그런 사람들이 중요하게 생각하고 있는 것은 생활 속에서의 평화라고나 할, 가난뱅이다운 행복인 것이고, 뜨거운 정열이나 파산이나 모험을 피하는 것이었다. 특히 위험 따위는 자신의 마음이나, 또는 꿈이나 환상의 찌꺼기를 거는 불확실한 도박에 지나지 않았다.

그녀에게는 친구들이 없었는데, 여자들 모임에 가입한다거나 고양이를 기르는 것도 싫어했다. 그래서 금요일마다 오는 신문이 하나밖에 없는 탈출구라고 생각되었던 것이다.

한 줄이라도 빠트리고 읽어서는 안 되었다. 그러면 행운을 눈앞에 두고서도 놓쳐 버리게 되는지도 모르기 때문이다. 그전부터 몇 년 동안이나 그녀는 이 일을 인내심을 가지고 계속해 왔다. 이 난은 음침한 사람, 불행한 사람, 세상을 모르는 사람, 불만을 가진 사람들이 토하는 감정적인, 또는 사회적인 항의의 표현이라고도 할 수 있었으나, 그 쓰레기통과 같은 것 가운데에서도 좋은 쪽지를 찾아내는 것이 마치 인내력 심리 테스트와도 같았다.

하나의 광고는 석 줄이나 넉 줄인 데다가 약호를 써가며 쓰여져 있어서 뚜렷한 문장으로 고치려면 익숙해질 필요가 있었다. 그녀는 잘 터득하고 있었기 때문에 결코 빠트리는 법이 없었다. 줄에서 줄로 시선을 움직이며, 손은 기계적으로 토스트를 입으로 움직여 가는 것이었다.

갑자기 그 자동기계가 활동을 멈췄다. 거기에 있는 광고……그것은 한눈에 보기엔 다른 광고와 조금도 다를 것이 없었으나, 이것이야말로 그녀가 신문을 보기로 결심을 한 날부터 계속 찾아온 모래 속의 금괴였던 것이다.

그녀는 천천히 또 한 번 그것을 다시 읽어갔다.

'막대한 재산 있음. 적당한 배필을 구함. 가급적 함부르크 출신의 미혼녀를 원함. 경험 많고 가족, 친지 없고 호화생활에 적응 가능하고 여행을 즐길 것. 감상적인 올드 미스나 어리석은 인형은 사절함'

막대한 재산 있음이라……
그녀는 라디오를 껐다. 마치 동화 같았다. 그러나 백만장자가 결혼상대를 신문광고에서 찾다니, 그런 일이 정말 있을 수 있을까?

담배 하나를 붙여물고 젊은 그녀는 생각을 계속했다. '가급적 함부르크 출신의 미혼녀, 가족, 친지 없고……' 이 사람은 아마 자기와 같은 고향 사람과 결혼하고 싶은지도 모른다. 가족이나 친지가 없어야 한다는 조건은 굶주린 이리 떼의 침입을 방지하기 위한 경계에 불과할 것이다. 한 여자와 결혼하는 것은 그 가족과도 결혼하는 것이 된다. 그러한 불편을 피하기 위한 한 가지 방법은 천애의 고아를 고르는 것이다. '감상적인 올드 미스나 어리석은 인형은 사절함'─이것은 분명하다.

'막대한 재산 있음'이라는 마법의 글자가 힐데가르데의 눈앞에서 춤추기 시작했다. 거기에는 두 가지 이유밖에 생각할 수 없었다. 이 사람은 자기와 같은 계층의 여자들에겐 완전히 질렸든가, 그렇지 않으면 상당히 나이든 사람이든가 할 것이다. 그렇지 않으면 아주 추하든가……그래 마치 도깨비 같을는지도 모른다. 그러나 그것이 어쨌다는 거야. 부자라면 외모 같은 것은 그리 문제가 되지 않는다. 모든 것이 재산으로 처리되어 버리는 것이 아닌가.

그녀는 곧 결심했다. 성사되느냐 안 되느냐는 고사하고 우선 이 동화에서나 나올 듯한 인물과 만날 기회를 붙잡아야 한다. 그리고 그를 위해서 한시라도 꾸물거려서는 안 된다……나머지는 운에 맡기고……그녀는 그 운에 맡기기로 했다. 그러나 동시에 이 익명 광고에 그녀와 똑같이 대답할 수많은 라이벌을 이겨내기 위해서는 어떤 짓이라도 해낼 만한 각오가 되어 있었다.

이 광고를 읽을 순간까지의 그녀의 생활은 고독과 가난

과, 그리고 무익한 전쟁이 낳은 혼란 속의 비극의 연속, 바로 그것뿐이었다. 몇백만이라고 하는 이름도 모를 사람들과 마찬가지로 그녀에게는 아무런 책임도 없었지만, 모든 것이 피할 수 없는 부조리에 의해서 묶여 있었다. 그녀는 이러한 궁지로 몰릴 만한 나쁜 짓은 전혀 한 적이 없었다. 따라서 그녀에게도 작은 행복을 손에 넣을 수 있는 권리는 있을 법하지 않은가. 그리고 행복이란 그녀에게 있어서 재산의 힘, 이것밖에는 생각할 수 없었다. 재산만이 지금까지는 채워질 수 없었던 꿈을 실현시켜 주고, 모든 기호를 만족시켜 줄 수 있을 것이다. 그리고 지금 아마도 이 신문광고 덕분에 겨우 그 소원이 성취될는지도 모른다. 잘만 하면 이 불공평한 세상을 깜짝 놀라게 해서 지금 걷고 있는 더럽혀진 리본과 같은 회색의 길을 바꿀 수 있을는지도 모른다.

그녀는 정성을 다해 광고에 대한 답장 초안을 여러 장이나 썼다. 무엇보다도 중요한 것은 거드름을 피우지 말아야 한다는 것이다. 욕심에 얽힌 그녀의 편지를 읽기 전에 이미 받아보는 사람은 편지를 보내오는 사람들이 누구나 할 것 없이 한푼도 없는 불쌍한 여자들이라는 것을 알고 있을 것이다. 몇 번이나 다시 쓴 다음에 그녀는 겨우 보낼 편지를 완성하고서, 그것을 되도록 깨끗하게 정서해서 또 한 번 다시 읽어보았다. 아마도 상대방은 필적과 같이 세밀한 점까지도 문제삼을지 모른다. 필적에서는 아주 여러 가지 면을 알 수 있다니까……

힐데가르데의 편지는 다음과 같았다.

'안녕하십니까.

함부르크의 대폭격으로 가족과 친구, 집, 재산, 지위를 모두 잃어버린 저는 더 이상은 내놓을 것도 없을 정도로 아무것도 갖고 있지 못합니다. 오직 하나 남아 있는 것은 그 비극적인 기간의 추억뿐이며, 또한 단지 하나 남은 그 끔찍한 과거와도 완전히 이별을 고하고 싶기에 이 편지를 드리는 것입니다. 새로운 생활을 하고 싶다는 것이 저의 유일한 소원이라는 것을 믿어주시기 바랍니다.

지금까지 모든 위험에 부딪쳐 왔기 때문에 어떠한 것에 대해서도 마음의 준비가 되어 있습니다. 가지고 있는 것도, 소망하고 있는 것도 모두 빼앗겼기 때문에 로맨틱한 꿈 같은 것은 거의 바라지도 않고 있습니다. 이러한 점에서 선생님이 내신 광고는 우리들 서로에게 적합하지 않은가 하고 생각되는군요.

저는 34살입니다. 키는 크고, 머리카락은 금발이며, 조금은 예쁜 편입니다. 물론 예뻐질 기회가 주어진다면 말입니다. 가족이나 남편, 자식은 없습니다. 또한 평범한 시민생활을 원하지도 않으며, 이제 와서 사랑을 꿈꾸고 있지도 않습니다. 그저 잘살아 보고 싶은 것뿐입니다.

제가 사랑을 했다고 한다면 그것은 선생님의 광고에 대한 것뿐이고, 그것이 또한 처음입니다. 앞으로는 선생님의 재산과 선생님이 미지의 여성에게 말해 주실 그 훌륭한 생활을 사랑하게 되겠지요.

백만장자이시면서도 신문광고로 부인을 찾으실 필요를 느끼시는 것은 무언가 단점을 갖고 계신다고 생각하지 않을 수가 없습니다. 그러나 어떤 일이 있다 하더라도, 가령 선생님이 병약하거나 새디스트이든 곱추이든 저는 그것을 건너뛸 만한 힘을 갖고 있다고 생각합니다. 이 첫 접촉 후에 더 이야기를 진전시키기 위해서는 지금부터 서로의 마음속을 내보이는 것이 좋겠다고 생각합니다.

만일에 선생님의 광고가 진지한 것이라면 약혼 때에 그쪽의 요구조건을 모두 받아들일 용의가 있습니다. 저의 조건은 다만 한 가지, 선생님이 제시하고 있는 호화롭고 여유로운 생활을 누리게 해달라는 것뿐입니다. 저의 장래에 알맞은 생활은 그것뿐이기 때문입니다.

조속히 답장 바랍니다.

힐데가르데 마에나'

그녀는 사서함의 수신자 이름과 번호를 쓰고서 편지지를 봉투에 집어넣고는 풀칠을 했다. 그리고 약간 회의적인 미소를 띠고서 돈많은 왕자님에게 자기를 연결해 줄지도 모를 이 조그마한 사각 봉투를 바라보았다.

그녀는 상대의 회답을 몇 주일 간이나 기다렸다. 금세 회답편지가 오리라고는 처음부터 생각도 하지 않았기 때문에 그다지 걱정하지 않았다. 헤아릴 수 없이 수많이 온 편지들을 차례차례 체로 쳐서 걸러내고 있을 테지만, 그래도 그 모든 편지들이 요령이 없다든가 바보스러운 것이 틀림없을 거라고 생각하며 그녀는 자기의 솔직한 편지에 자신을 가지고 있었다.

그 동안도 그녀는 변함없이 주간신문을 읽어가고 있었지

만, 그것처럼 구미가 당기는 이야기는 전혀 나오지 않았다. 그런 경우는 두 번 다시 발견되지 않으리라는 것을 잘 알고 있었다. 그것만이 그녀의 일생에 단 한 번밖에 없는 기회였던 것이다.

안 되면 그것은 그때 생각할 문제이고, 그녀는 얼마 안 되는 저금의 대부분을 털어서 옷을 준비했다. 만일에 운명이 미소지어 준다면, 그 선보이게 될 화사한 날에 일자리 없는 가정부와 같은 몰골을 하고 있어서는 재미가 없을 것이다.

원고료는 몹시 쌌지만, 원고료를 내주는 출판사에 가서 그녀는 여분의 일을 받아오는 데 성공했다. 대답이 올 때를 대비해서 지금부터 이것저것 모든 것을 생각해 두지 않으면 안 된다. 성공하느냐 못하느냐는 상대방이 자기에게서 느낄 첫인상에 달려 있다. 그날은 어느 때보다도 예쁘지 않으면 안 된다. 그리고 그것을 위한 방법이라면 돈 이외에는 없다. 식사나 치장하는 데 들 돈을 아낀대서야 도저히 성공하기는 힘들다. 그래서 그 힘든 번역의 속도도 올려야만 하게 되었고, 그 때문에 두 시간 일찍 일어나서 두 시간 늦게 자는 것도 어쩔 수 없었다. 밥을 먹을 때에 포도주를 마시는 것도 그만두고, 몸의 선을 좋게 하기 위해서 빵을 먹는 것도 참았고, 일주일에 세 먼은 삼자기 전에 얼굴에 팩을 하는 것도 게을리하지 않았다. 이러한 것이 이 참기 힘든 기대 속에서 할 수 있는 모든 것이었다. 하루에 두 번 편지가 오는 시간에 그녀는 무엇이 오지는 않았는지 우편함을 확인하러 갔다.

그녀가 차차로 절망하기 시작하고, 자기의 편지가 인간적인 면이 전혀 없다고 여겨지지는 않았을까 하고 걱정하기 시작했을 무렵의 어느 날 아침, 기다리고 기다리던 소식을 받게 되었다. 드디어 온 것이다. 칸의 소인이 찍힌 프랑스에서 온 편지가……

그녀는 잠시 동안 뜯지도 않은 채, 그저 떨리는 손끝으로 몇 번이고 뒤집어 보았다. 그러다 드디어 봉투를 뜯고서 단숨에 읽어내렸다.

'안녕하십니까.

그 광고에 대한 편지가 너무도 많이 오는 바람에 오늘까지 답장이 늦어졌습니다.

당신의 편지는 한번 읽자마자 곧 제 주의를 끌었습니다. 그러나 일단 다른 편지들도 살펴봐야 할 필요가 있었습니다. 당신의 편지와 같은 솔직한 내용을 다른 편지에서도 찾을 수 있는지 알아보아야 했지요. 당신이 조그마한 위선도 가지고 있지 않다는 것이 저의 마음을 잡아끌었습니다. 자신의 마음을 그와 같이 **표현한** 것은 당신 한 사람뿐이며, 또한 제가 오랫동안 찾고 있었던 실질적이고도 적극적인 현대 여성상에 당신이 꼭 들어맞는다고 생각합니다.

만일에 당신이 아직도 다른 혼담이 없으시다면, 서로를 좀더 잘 이해를 하고 두 사람의 미래를 위한 최초의 기반을 굳혀야 하리라고 생각합니다. 그 때문에 몹시 외람되긴 하겠습니다만, 칸까지의 비행기 표를 동봉했습니다. 또한 칸에는 칼턴 호텔에 방을 잡아놓았습니다.

확인시켜 드리기 위해서 씁니다만, 코트 다쥐르(지중해에 면한 해안지대)에서의 당신의 체재비는 며칠이든 관계없이 마지막으로 제가 내리게 되는 결정 여하를 불문하고 모두 제가 부담합니다. 또한 불행하게도 생활을 바꾸고자 하는 서로의 의사와 관계없이 어떤 이유에서건 두 사람이 합의가 되지 않을 경우에도 당신이 태어난 곳까지 돌아갈 비행기 표를 드리는 것도 저의 의무라고 생각합니다.

이러한 저의 제의가 당신으로서도 정당하고도 성실한 것이라는 것을 알아주시리라고 믿습니다. 만나뵐 날을 즐겁게 기다리겠습니다. 그럼.'

사인은 알아볼 수가 없었으나 다음 월요일 날짜의 비행기 표가 들어 있었다……

힐데가르데의 꿈꾸는 것과 같은 눈은 비행기 표에서 또 다시 편지로 주의깊게 옮겨갔다……그런데 이 편지가 마치 하찮은 답장이나 되는 것처럼 타이프로 쳐져 있는 것이 이상했다. 비서에게 타이핑하게 했을지도 모른다. 그렇다면 이 이야기도 우습게 된다. 타이프의 복사는 몇 통이나 만들어졌을까? 그리고 똑같은 편지가 조바심을 내며 기다리고 있는 몇 사람의 여자들에게 보내진 것일까?

그러나 혼자 외로이 있는 그녀는 생각했다.

"그것이 어쨌다는 거야. 가령 얘기가 잘 안 된다고 해도 뭐 근사한 여행이 되잖아. 그전부터 한번은 코트 다쥐르에 가보고 싶었으니 말이야. 보지도 알지도 못하는 사람의 호주머니로 남프랑스에서 머물 수 있었다고 자랑할 수 있는 여자가 함부르크에 몇이나 될까?"

 그리고 이 이상한 혼담에서는 신문광고 속에서나 이 편지 속에서도 딱 한 가지 어떤 말이 쓰여져 있지 않다는 것을 힐데가르데가 알게 된 것은 훨씬 나중이 되어서였다. 그것은 사랑이라는 말이었다.

제1부

그녀 앞에는 장식 찬장이, 그리고 그 위에는 커다란 은제 화병이 있었고, 거기에 진홍빛 장미가 가득 담겨 있었다. 전부 서른일곱 송이. 그녀는 그것을 다 세어 보았다. 루이 14세풍의 이 응접실 이상으로 은제 화병에 꽂힌 이 꽃은 재력을 구체적으로 나타내고 있었다.

그녀의 손이 호화스러운 잡지의 얼음과 같은 표지에 끈적거리는 흔적을 남기고 있었다. 마치 치과의사의 대기실에 있는 것과 같은 기분으로 그녀는 문이 열리는 것을 기다리고 있었다.

306호 아파트는 3층이며 바다가 내다보인다고 수위가 그렇게 말했었는데 지금 그녀가 있는 곳은 보통의 거실이고 옆은 응접실인 듯했다. 그녀가 묵고 있는 곳도 안락하며 좋은 뜰이 내다보이는 방이었고, 전날 밤에는 환영의 리본을 곁들인 꽃다발이 보내져 왔었는데, 아마도 이 응접실은 그 방과는 비교도 되지 않을 정도로 호화로운 것이다.

어제 저녁 그녀와 만나기로 되어 있는 사람이 전화로 다음날이 아니면 만날 시간이 없다는 것, 그러나 그때까지 쉬든지 외출하든지 춤추러 가든지 해안을 산책하든지 미장원에 가든지 하는 것은 자유이며, 프랑 화로 된 예금이 그녀를 위해서 준비되어 있으니까 그것을 찾아쓸 때 알려만 주면 된다는 것, 그리고 그러한 조치들이 그녀에게 기분좋은 것이 되기를 바란다는 말을 했다. 그녀는 그 말재주가 좋은 상대방에게 이끌려서 그가 누구인지도 모르는 채 수화기를 내려놓을 수밖에 없었다.

그리고 힐데가르데는 호텔의 미용실에서 머리를 손질하고, 하녀에게 드레스를 주어 다리미질을 하게 한 뒤에 양말을 샀다.

다음날 전화로 여비서가 그녀에게 정중하게 인사를 하고는 오후 4시에 306호실에서 만나자고 약속을 했다.

그녀는 7분을 기다렸다. 그러자 문이 열리고 젊은 여자가 미소지으며 다가와서는 말했다.

"힐데가르데 마에나 양이시죠?"

힐데가르데는 얼굴이 빨개지면서 고개를 끄덕였다.

"4시에 약속하셨죠, 분명히. 어서 이리 오시지요."

그러면서 우아한 손동작으로 그녀에게 방향을 가리켰다.

힐데가르데는 일어섰으나 핸드백이 미끌어져 떨어졌다. 그것을 주우려 하다가 두 사람은 하마터면 부딪칠 뻔했다. 힐데가르데가 응접실로 들어가자 문이 그녀 뒤에서 닫혔다.

60이 넘었을까, 품위 있고 검소한, 그러면서도 아주 우아한 신사가 손을 내밀면서 다가왔다. 힐데가르데는 미소가 돌고 마음도 풀리며 몹시 기뻤다. 그는 젊다고 할 수는 없었으나 그 모습은 예상 외로 느낌이 좋았다.

"마에나 양, 프랑스에서 뵐 수 있어 매우 기쁩니다. 아니, 이거 실례했군. 프랑스 어를 못할지도 모르는데……"

"아뇨, 할 수 있습니다."

"그거 멋지군요. 자, 어서……"

그는 소파에 앉도록 권하고 자기는 서류와 전화로 가득찬, 나무토막을 짜서 만든 큰 책상 저편으로 돌아가 인터폰을 들었다.

"어떤 일이 있어도 방해를 하지 말도록. 그리고 오늘밤 안으로 브레멜 건에 대한 완전한 서류를 정리해 놓는 것도 잊지 말도록."

그리고 나서 그는 스위치를 껐다. 방안엔 다시 두 사람만 남았다.

"어떻습니까, 프랑스가? 벌써 알고 계셨던가요?"

"아뇨, 저는 한 번도 독일을 떠나 본 적이 없습니다. 사실은 함부르크를 떠난 적도 없었습니다."

"멋있는 도시였지요. 지독한 전쟁을 치르는 바람에……"

힐데가르데는 대답하지 않았다.

"가족들은 모두 폭격으로 돌아가셨다고요?"

"예. 아버지와 어머니, 언니, 조카까지."

"흠, 참 안됐습니다. 그러나 형부만은 무사히 살아남을 수 있는 행운을 잡았군요."

괴로운 웃음이 힐데가르데의 입술에 떠올랐다.

"예. 정말로 행운이었어요. 그러나 그 행운을 천천히 맛볼 시간도 거의 없었습니다. 서부전선에서 죽었거든요. 훌륭한 최후였다고 하더군요. 유족에게는 언제나 그렇게 통지하는 것이래요."

"참으로 무서운 운명이로군요. 아가씨는 완전히 천애의 고아가 돼버리고 말았군요."

"더 이상 혼자가 될 수 없을 정도죠."

"혹시 남자 친구분이라도……"

"전혀."

대화는 완전히 기묘한 방향으로 흘러가고 있었다. 이 대면에 대해서는 미리 모든 것을 예상해 보았었는데, 이렇게 책상 앞에 앉아서 자기의 이력을 말하게 되리라고는 예상치 못했었다.

"담배는 어떻습니까, 마에나 양?"

"피우겠어요."

그는 주머니에서 금제 담배 케이스를 끄집어내서 그녀에게 한 개비를 권한 뒤, 역시 금제 라이터로 우아하게 불을 붙여 주었다. 그러나 그는 피우지 않았기 때문에 힐데는 약간 어색한 느낌이 들었다.

"호텔방은 어떠했나요?"

"아주 좋았어요. 고맙습니다."

"공교롭게도 바다가 보이는 방이 다 차 있어서."

"그런 것은 괜찮습니다. 뜰이 보여서 아주 기분이 좋았는걸요."

"그렇다니 고맙군요. 여행은 힘들지 않았나요?"

그녀는 고개를 흔들었다.

"비행기는 처음은 아니었나요?"

그녀는 이런 종잡을 수도 없는 이야기를 하려고 저 멀리 독일에서 불러냈을까 하고 생각했다. 하기야 이 사람은 마음이 가라앉기까지는 그 일은 덮어놓고 싶어하는지도 모른다. 그러나 최악의 경우까지 각오하고 온 그녀는 상대방이 자기의 마음에 꼭 든다고 아까부터 생각하고 있었다. '좋아요, 얘기는 끝났소.' 라고 한 다음 얼른 일어나서 칸 거리로 나가 멋있는 것을 많이 사들여 이런 쓸데없는 시간을 보충하고 싶었다.

"마에나 양, 당신이 무엇으로 생활을 해나갔는지를 물어도 될까요? 사사로운 말이라서 죄송합니다만, 요즘 여자 혼자서 이 혼란한 세상을 헤쳐나간다는 것이 웬만해서는 힘들 테니까."

"번역일을 했습니다. 편지에 쓴 것처럼요."

"그랬군요. 그러나 그것으로 생활이 된다니 놀랄 만한 일인걸요."

"그것은 생활하기 나름이지 않겠어요."

"그런가요. 그렇다면 괜찮겠군요."

"그럴까요?"

"아니, 실례했습니다, 말이 빗나가서."

두 사람은 서로 미소지었다.

"홍차라도 드릴까요, 아니면 보르도를?"

"저는 아무거나."

그는 일어서서 서류 선반의 문을 열었다. 문은 카운터로 금방 바뀌었다. 술 창고 실내등의 불빛이 죽 늘어선 술병의 커트 글래스에 반사되어 춤을 추었다. 자기 집에 있었다면 유리상자에 넣어 장식해 두고 싶을 만한 컵을 하나 들어서 그는 힐데가르데에게 슬쩍 내밀고는 미소지으면서 그녀를 보았다. 건배하려는 것으로 생각하고 그녀는 그것을 입에 대지 않았다. 그는 확실히 컵을 들어올리기는 했으나 그것이 특별한 의미를 갖는 것은 피하고 있었다. 그는, "미래를 위해서." 라고는 말했으나, "우리들을 위하여." 라고는 하지 않았다. 그녀는 보르도를 마셨다.

"수없이 많이 온 편지 중에서 내가 왜 당신을 골랐는지 알고 있습니까?"

"우연이었나요?"

"아니, 지금은……그렇게……생각했다고 해둡시다. 이번 일에서는 어느 것 하나 우연에 맡긴 것은 없습니다만. 모험 같은 것은 우리들의 경우엔 조금도 건전치 못하다고 생각되는군요."

얼핏 힐데가르데는 이 사람이 성불구자인가 하고 생각했다.

"당신의 놀랄 만한 솔직함 때문이었소. 재산이란 것은 특히 그것이 세계적인 규모가 되면 일종의 안테나를 갖게 되어서, 그것으로 즉시 그것을 빼앗아내려 하는 인간을 알아차릴 수가 있지요."

힐데가르데는 의자 위에서 안절부절 못했다.

"내가 받은 편지는 대개 매우 평범한 아가씨들에게서 온 것이어서 끝까지 읽지 않는 실례를 범했답니다. 그 대부분이 재산에 관한 것은 언급하지 않는 것이 상책이라고 생각했던 모양입니다. 그러나 그 광고의 가치는 바로 그 재산에 있지요. 따라서 그것을 언급하지 않는다는 것은 매우 서툴고 위선적인 반응입니다. 그러나 당신도 아시겠지만, 그 중엔 재산에 대해서 언급한 것도 있긴 했습니다. 그러나 그런 편지에는 결혼 대상자가 젊고 잘생기고 곧바로 사랑해 주어야 한다는 조건이 붙어 있더군요."

그는 잠시 말을 끊고서 골똘히 생각하는 듯 자기의 컵을 손 안에서 돌리면서 말을 계속했다.

"인간이 평형감각을 잃어가고 있다는 것을 안다는 것도 재미있는 일이더군요. 독신이며 그것도 가난하며 다소 불쌍한 여인들을 상대로 좀 특이한 광고를 냅니다. 남편을 찾기 위해서 광고에 의지하지 않으면 안 되는 여인들을 위한 광고를. 아, 당신 얘기는 아닙니다, 마에나 양, 당신은 다르다고 생각하니까요. 그러나 그런 광고에 응답해 오는 대부분의 여성은 꽤 뚜렷한 범주에 속해 있어서, 보통은 물질생활만 보장해 준다면 퇴직한 관리나 까다로운 환자라도 참게 되지요.

시골의 낡은 별장이나 식료품점의 점포 뒤에라도 살게 해주면 그것만으로도 꿈과 같은 생각을 하게 됩니다. 그러나 결코 돈에 대한 말은 입밖에 내서는 안 되지요. 아마도 주문(呪文)과도 같은 것인 모양입니다. 그런 냄새를 맡았다 하면 마지막이 되는 거죠. 그런 종류의 여인들은 단숨에 술취한 듯이 되어서 터무니없는 보증을 요구하기 시작하는 겁니다.

그 편지 덕분에 아주 좋은 심리학적인 공부가 됐습니다. 당신의 편지가 내 맘을 사로잡은 것도 그 때문이었습니다. 경제적인 문제를 아주 솔직하게 써주셨더군요. 거기에 호감을 가지게 됐습니다. 또 온 가족을 다 잃어버린 비극적인 사정을 생각한다면 눈물을 재촉할 센티멘탈리즘에 빠져도 무리가 아닐 텐데, 그런 것을 피해 주신 점도 매우 감사하게 생각합니다. 센티멘탈한 사람은 그다지 좋아하지 않기 때문이지요. 하기야 독일 여자들은 대개가 센티멘탈하지만. 그러나 당신이 다른 사람들과 다르다는 것은 만나고 나서 잘 알게 되었습니다."

그리고 그는 머리를 숙여서 인사를 했다.

"또, 아무런 이유도 없이 남에게서 물건을 받을 수는 없다는 것도 잘 아시고 있더군요. 그 명석함에는 감탄했습니다."

"명석했다는 것은 아마도 저뿐만은 아니라고 생각하는데요?"

"그렇지요. 그 밖에도 세 사람 정도가 똑같은 이유로 제 맘에 들었습니다. 그 사람들도 당신과 같이 제 호의를 받아들여 주어서 최근에 차례로 대화해 보았습니다. 확실히 말씀드린다면 선택의 순서로는 당신을 마지막으로 남겨두었지요."

힐데가르데는 조금 놀라서 물었다.

"그 사람들도 여기에 있나요, 이 칼턴 호텔에요?"

"물론입니다. 그러나 걱정할 필요는 없습니다. 무슨 회의와는 달라서 그 사람들이 가슴에 표시를 달고 있는 것은 아니니까요. 당신들이 만나게 될 위험은 극히 적습니다."

"알겠습니다."

힐데가르데는 페어플레이 정신에 사로잡혀서, '제일 좋은 사람이 이겨서 남게 되는 거야.' 하고 마음속으로 외치고 있었다. 그러나 외칠 필요조차 없었다. 당연히 그렇게 될 수밖에 없을 테니.

"마에나 양, 함부르크를 떠나 여기까지 오시게 해서 고생되셨겠지만, 이런 대화는 아무래도 편지로는 할 수 없는 중요한 것이라고 생각해서 말이지요."

"후회는 하지 않아요." 라고 힐데가 말했다.

"그러면 서로간의 울타리가 치워졌으니 당신이 이 결혼에서 기대하고 있는 것을 말씀해 줄 수 있겠습니까?"

힐데는 침을 삼켰다.

모든 게 그녀의 예상과는 전혀 달랐다. 혼담의 상대는 차라리 인자한 정신분석의사라고나 할 모습이었다. 미소지은 채 그녀를 바라보면서 책상 위에서 양손을 잡고 어떠한 것도 참아내겠다는 듯한 모습이었다.

"저는……" 그녀는 말을 꺼내다 말았는데 상대의 태도는 조금도 변하지 않았다. 용기를 북돋아주려는 것도 없었다. "모든 것은 편지에서 말씀드렸습니다. 개개인의 여자의 생활이란 건 별다른 게 아무것도 없잖겠어요. 선생님의 흥미를 끌 만한 것은 더 이상 아무것도 덧붙일 게 없다고 생각합니다."

"그런 광고에는 편지를 자주 보내셨나요?"

"아뇨, 천만에요. 이번 것은 특별한 것이었어요."

"그럼 또 한 번 앞에서 한 질문을 다시 해봅시다. 이 결혼에서 무엇을 기대하고 계시는지요?"

"선생님이 제의하신 것만을요. 사치스럽고 안락한 생활. 그리고 여행."

"돈을 아주 중요하다고 생각하시나요?"

"돈을 갖고 있지 않은 사람들은 다 그렇게 생각하지 않겠어요? 저도 마찬가지예요."

"그럼 그것을 차지하려면 어떻게 하시나요, 마에나 양?"

"어머, 참으로 이상한 질문이시네요. 먼 곳에서 일부러 저를 부르신 건 제 조건을 듣기 위한 게 아니잖겠어요? 오히려 선생님의 조건을 말씀해 주시기 위한 것이 아니었나요?"

"멋있는 대답입니다."

"그럼 이번에는 제 쪽에서 말씀드릴까요? 이 혼담에서 선생님은 무엇을 기대하고 계시나요? 저는 아무것도 드릴 것이 없는데요."

"미안합니다. 묻는 것은 내 쪽입니다. 아무쪼록 그것을 잊지 말아주셨으면 합니다. 편지에 따르면 당신은 상대가 가령 난쟁이나 환자라 할지라도 어떤 타협, 그렇지, 예를 들어 감정적인 타협이라도 마다하지 않겠다고 했습니다. 당신의 말 그대로라고 생각합니다만?"

"부정하지 않겠습니다, 그 말을."

"그렇게 말해 놓고 만일에 남편이 자기 맘에 들지 않을 경우에는 다른 연인을 만들면 된다고 생각하지는 않으시나요?"

"아니, 그런 것은 생각해 보지도 않았어요. 연인이라니, 저는 흥미가 없어요. 전에는 그런 적도 있었지만 이제 벌써 서른셋이나 된걸요. 그러나 제가 찾고 있는 것은 그런 기쁨이 아니에요. 정숙이라는 것, 그것이 선생님이 원하시는 거라면 전 보증하겠어요. 그리고 결코 희생하고 있다고는 생각지 않을 겁니다. 저는 그저 좋은 생활을 하고 싶다는 것뿐. 매달 열흘밖에 없는 생활은 이미 싫어졌어요."

"열흘?"

"예. 대강 열흘 동안만은 어떻게 집세를 낼까라든가 어떻게 새 구두를 살까 생각하지 않아도 되지요. 배급권 없이 생활하는 것, 그것만으로도 저에게는 이미 충분한 쾌락이에요. 저의 야심은 그러한 면으로만 움직인답니다. 그리고 이 욕망은 몇 년이 걸리지 않으면 가라앉지도 않을 것 같아요. 저의 청춘은 완전히 엉망이 되어버렸죠. 그것을 불평하지는 않겠어요. 이것은 사실이에요. 그렇기 때문에 지금 선생님의 광고로 그 욕망을 풀 기회가 생겼는데, 그것을 놓쳐버릴지도 모를 하찮은 연애 같은 모험을 할 수가 있다고 생각하세요? 아니에요. 결코 그런 짓은 않겠어요. 이런 행운의 기회를 만나게 될 것을 저는 벌써 훨씬 전부터 기다리고 있었어요. 그 동안에도 이런 기회가 오면 어떻게 해야 하는지 온갖 것을 다 상상해 보았죠. 따라서 재산을 손에 넣기 위해서라면 거부할 만한 것이 무엇 하나, 정말로 무엇 하나도 없답니다."

두 사람 사이에는 아주 잠시 동안 침묵이 흘렀다.

"선생님께 이런 식으로 말씀드린다는 게 확실히 잘못인지도 모르겠어요. 제일 초보적인 외교수단조차도 쓰지 않았으니. 그리고 선생님은 저를 꼭 모험을 좋아하는 여자라고 판단해 버리실지도 모르겠어요. 그러나……" 그녀는 본능적으로 소리를 낮추었다. "선생님이 그 광고를 내신 것은 저와 같은 여자를 찾아내기 위한 거라고 생각합니다만."

"계속해 보시오, 어서."

"저는 물론 재산과 바꾸는 남편이라면 틀림없이 도깨비 같은 사람이나, 아니 그보다도 미친 사람이 틀림없으리라고 생각했습니다. 그런데 만나보니 선생님이더군요. 그래서 일단은 안심은 했지만, 선생님의 훌륭하신 모습을 보니 오히려 걱정이 되는군요."

그는 아무 말도 없이 그저 손으로 계속하라고 신호를 보냈다.

"선생님과 같은 매력을 지니신 분이라면 재산 같은 것을 걸지 않더라도 좋아하는 여자를 손에 넣으실 수 있을 텐데요. 육체적인 핸디캡을 보상하기 위한 것이 아니라면 무엇 때문에 그런 광고를 내셨는지요?"

"당신은 머리가 좋군요. 꽤 날카로워요. 방금 당신이 재산에 관해 말씀한 이야기를 다시 한 번 해주시면 좋겠는데요. '재산을 손에 넣기 위해서는 무엇 하나 거부할 것이 없다'고 하는 것은 매우 위험한 생각이라고 생각되지 않습니까?"

"그런 말은 이 자리에서만 해본 것 같군요. 그리고 만일 선생님이 이 대화를 계속해 나가신다면 제 생각이 선생님의 목적과 일치되는 것이 아닐는지요."

"그러나 그렇게 현실적인 여성이 미지의 남자의 광고에 응하다니 신중하지 못했다고는 생각되지 않습니까?"

"모험에는 위험이 붙어다니게 마련인걸요. 그리고 저는 아무것도 가진 것이 없어요. 겁낼 필요가 뭐가 있겠어요."

"그리고 모든 것을 다 손에 넣으려는 생각이겠군요?"

"가능한 것만이라도요."

"그것을 위해서는 수단방법을 가리지 않는다?"

"어머, 무슨 사기라도 친다는 말씀인가요?"

"천만에. 지금의 이야기를 그처럼 속된 것으로 생각하게 했다면 내 말솜씨가 형편없었던 모양입니다. 이처럼 짧은 시간 안에 조금이라도 더 깊게 사귀려 한다는 것이 그야말로 매우 힘든 일이군요. 당신이 정직한 분이기 때문에 나도 모르게 말이 너무 친밀하게 나온 모양입니다."

"그래서 중요한 것은 다른 점에 대해서도 대화를 계속 나누는 것이 아니겠어요? 육체적으로는 선생님이 저의 희망에 꼭 들어맞는걸요."

"당신은 좀 전에 사기라고 했지요, 마에나 양? 당신이 사기를 비난받아야 할 행위라고 생각하고 있는지 않은지를 듣고 싶은데요."

힐데가르데는 조금 생각했다. 이것은 상대가 내미는 함정은 아닌가 하는 의미심장한 느낌이 들었다.

"사기에서 억울하다고 생각되는 것은 그 논리적인 결과가 법정에 끌려 들어간다는 점 아니겠어요?"

그는 웃기 시작했다. 힐데가르데는 깜짝 놀라서 그를 응시했다.

"틀림없이 당신은 로맨틱한 분이군요. 그리고 결혼하는 것이 당신에게는 가장 적합한 생활방식이고요."

"저도 그렇게 생각하고 있어요. 그리고 덧붙여 말씀드리는 것을 용서하신다면, 솔직하게 말해서 선생님과 같은 남편을 갖을 거란 기대는 하지 않았어요."

"기대하시지 않아서 다행입니다. 당신의 남편이 될 사람은 내가 아니니까요."

"뭐라고요?"

"나는 그저 당신을 테스트하는 것뿐이지요."

"아니, 무슨 연극을?"

"아, 앉으시죠. 기분이 나쁘시더라도 할수없습니다. 당신 쪽에서도 이 부근의 봉급쟁이들하고 결혼하는 것처럼 그렇게 간단하게 백만장자와 결혼할 수 있다고는 생각지 않았겠지요? 많은 숙련이 필요합니다. 그리고 많은 적응력하고. 당신은 그것을 갖고 있는 것 같군요. 그러나 그것만으로 충분하다고 할 수는 없지요."

"그럼 그 이상한 신랑은 어디에 있나요?"

"그것은 나중에 얘기하기로 하지요. 그전에 해결해 두지 않으면 안 될 문제가 있습니다."

아연실색하게 된 힐데가르데는 아무런 생각도 없이 그를 응시했다.

"마에나 양, 당신은 아무래도 내가 찾고 있던 분인 것 같군요. 지금으로서는 실제로 결혼할 상대의 이름이나 내 이름을 밝히지 않는 것을 용서해 주기 바랍니다. 지금 우리들 사이에서는 미묘한 줄다리기 같은 것은 필요없겠지요. 그러니 잘 들으십시오. 실은 나는 비서로 일하고 있는데, 그 사람은 세계적인 갑부입니다. 이것은 분명한 사실이지요. 그 사람은 나이가 많은 데다가 병도 들어 있고, 또 이상하게도 성미가 까다롭습니다. 그러나 그 사람의 돈은 무엇이든 웃으며 참아낼 만하지요. 나는 그 사람과 오래 전부터 지내왔습니다. 언제나 그 사람 옆에 있으면서 나의 가장 좋은 시절을 희생까지 해가면서 그 끔찍하게 무거운 짐을 짊어져 왔습니다. 그 사람의 생활을 위해서 나의 생활을 모두 희생시키고 그 사람의 지독한 변덕을 참아냈지요. 그것도 보통의 변덕이 아니었고, 그의 학대도 달게 받았고, 나의 조그만 욕망은 억누르고서 병간호나 기분전환의 상대 역할도 해왔습니다. 즉, 그 사람 밑에서 일하게 되고 나서부터 단 한 번도 이 헌신적인 노력을 소홀히 한 적이 없었지요.

내가 그 사람을 위해서 해준 만큼의 일은 다른 어떤 사람에게도 결코 해주지 못했을 겁니다. 그러나 나는 애타주의자(愛他主義者)는 아닙니다. 나의 노력에는 보수가 있다고 생각하고 있었지요. 나의 지위는 사람들이 부러워할 정도는 됩니다. 그러나 실은 노예와 같은 것이었지요. 그래도 지금 말한 것처럼 내가 없어서는 안 될 인물로 된 만큼, 난 묵묵히 그 보수를 기다리고 있었던 겁니다. 그런데 우연한 기회에, 정말 아주 우연한 기회에 나는 그 희망이 전혀 없게 될 것 같다는 사실을 알게 되었지요. 나의 주인은 앞서 얘기한 것처럼 나이가 많고 병들어 있습니다. 게다가 독신이며 최근에 유서를 만들게 되었습니다. 나는 그것을 볼 기회가 있었지요. 그래서 나에게 남겨질 유산의 액수를 알게 되었습니다.

나는 63살이 됩니다, 마에나 양. 그리고 이 20년간 내가 모셔온 사람은 은혜를 모르는 사람이었습니다. 그 사람의 재산은 모두 자기 이름을 붙인 자선사업에 쓰여지게 되어 있더군요. 그 사람은 세계의 미래 같은 것은 조금도 걱정할 필요가 없는데도, 자기 이름을 후세에 남기기 위해서는 그 이외의 방법은 없다고 생각한 모양입니다. 그의 이름은 네온으로 빛나고 대리석 흉상이 그가 창설한 자선단체의 중심부를 장식하게 되는 겁니다. 나는 그 일이 진행되는 것을 바꿀 수 있는 방법을 여러 가지로 생각해 보았습니다. 그러나 방법은 단 하나 밖에 없더군요. 그 광고를 낸 것도 그 때문이었지요."

힐데는 몸을 움직이지도 않고 열심히 듣고 있었다.

"나는 그 사람을 잘 알고 있어요. 조종할 수도 있지. 만일 당신이 내가 지금 얘기하는 것을 충분히 이해해 준다면 당신에게 재산을 만들어 드릴 수 있습니다."

"하지만 무엇 때문에 저에게 재산을 만들어 주신다는 건가요?"

그는 미소지었다. 그리고는 자기 책상의 스탠드를 켰다.

"나 자신의 재산을 만들려면 아무래도 당신의 재산부터 우선 만들어 주어야 하기 때문이오."

"설명해 주시죠."

"우리들이 이렇게 하고 있는 것도 다 그것 때문이 아닙니까. 앞서 얘기한 것처럼 만일 그 사람이 독신으로 죽어버리면 그의 재산은 모두 국가와 자선사업에 넘어가버리고 맙니다. 그러나 그 정도의 나이가 되면 조금만 수완이 있는 여자라면 그 생활을 완전히 바꾸어놓을 수도 있지요. 우리 두 사람이 힘을 합치면 무엇이든 모두 손에 넣을 수 있을는지도 모릅니다.

따라서 나는 미지의 여인에게 부탁할 수밖에 없었지요. 그러나 내 주인은 사람을 싫어하고, 특히 여자를 싫어합니다. 그가 알고 있는 여자는 모두 같은 계층의 사람들인데, 그 사람과 비슷한 정도의 부자들이기 때문에 아무리 재산을 불리기 위해서라도 나처럼 변덕이 심한 그 늙은이를 참아낼 리가 없지요. 그리고 여자를 부른다 해도 가끔 적당히 돈을 듬뿍 주고서 2~3일간 부를 정도랍니다. 그런데 요즘에 그는 아주 더 늙어서 건강상태가 점점 위태롭게 되어가고 있습니다. 나도 내 노후생활에 대해서 생각하고 있습니다. 되풀이해서 말하지만, 나는 그의 취미도 변덕도 오락도 알고 있지요. 당신 혼자서는 어떻게 해볼 수 없지만, 나는 당신을 어떻게 하면 그 자리에 앉게 할 수 있는지를 알고 있지요. 그리고 더구나 그 자리에 계속해서 앉아 있으려면 어떻게 해야 하는지도 말이오."

"그럼 제가 그 자리에 앉게 되면 선생님을 위해서 무엇을 해드리면 되나요?"

"당신은 내 덕분에 그 자리에 앉게 됩니다. 이것을 잊지 말아요. 난 그 감사의 표시를 받고 싶은 겁니다. 내 주인보다도 더 큰 표시를."

"무슨 말씀이신지?"

"숫자로 얘기합시다. 지금 그가 죽는다면 내가 받을 유산은 2만 달러입니다. 그렇게 놀란 얼굴은 하지 말아요. 그것이 어지간히 큰 돈이라는 것은 알고 있소. 그것만 해도 당신에게는 큰 돈이겠지만 그에게는 푼돈이지. 나도 그 금액을 미리 알고 있었다면 그렇게까지 일하지는 않았을 게요. 그래, 만일 당신이 그와 결혼한다면 그가 죽었을 때 내 앞으로 된 그 유산 이외에 당연히 내 몫이라고 생각되는 금액

20만 달러를 나에게 주는 겁니다. 그렇게 되면 나에 대해서도 나쁘지 않은 거래가 되고, 당신에 대해서는 아마도 동화 이야기쯤 될 게요."

"그러나 그 사람은 금방 죽을 만큼 심한 병에 걸린 게 아닐는지도 모르잖아요."

"다행한 것은 곧 죽을 것 같진 않다는 게요. 그렇지 않으면 우리들의 계획은 물거품이 되지. 적어도 당신이 결혼하기 위한 최소한도의 시간은 필요하지 않겠소?"

"그러나 10년이 지나도 죽지 않을는지도 모르잖아요."

"그는 이미 73살입니다. 그리고 당신도 설마 남의 전재산을 물려받는 상속자가 되자마자 그 사람이 곧바로 죽게 되는 행운을 바라는 것은 아니겠죠. 당신은 얼마 안 있어 동화 이야기에나 나올 만한 엄청난 부자가 됩니다. 그가 없이는 절대로 할 수 없는 생활을 즐길 수가 있게 되는 거지요. 그리고 내가 해주는 주의만 명심하고 있으면 그때까지의 시기도 아주 기분좋게 지나갈 겁니다. 그러나 결코 잊지 말아야 할 것은 내가 중매장이이고, 또 그 중매장이를 소홀하게 대해서는 안 된다는 겁니다."

"그야 명심을 하겠어요. 그런데 왜 그 재산 전부를 손에 넣으려 하지 않고 제게 주시려는 거죠?"

"그런 건 아니지요. 그저 나에게는 전혀 선택의 여지가 없다는 것뿐이오. 만일 내가 이대로 그와 함께 둘이서만 있게 된다면 2만 달러만으로 만족해야 합니다. 그러나 만일에 당신이 있다면 20만 달러가 여분으로 손에 들어올 가능성이 있지요. 이것은 해봐서 손해날 것은 하나도 없어요. 어떻습니까?"

"정말 이런 말씀이 나오리라고는 생각지도 못했어요."

"그거야 그럴 겝니다. 지금 내가 말한 것을 잘 생각해 봐요. 그리고 내일 대답해 주시기 바랍니다."

"그런데 좀더 말씀드릴 것이……"

"근본적인 것은 다 말한 셈입니다. 우리의 의견이 일치되면 그때에 좀더 여러 가지 정보를 전해 드리지요."

그렇게 말하고 그는 일어서서 대화가 끝났다는 것을 알려주었다.

잠깐 어안이 벙벙해진 힐데가르데도 그를 따라서 일어섰다.

"그럼 내일 같은 시간, 같은 장소에서 좋습니까?"

"알겠어요."

"그럼 또, 마에나 양. 만나서 매우 반가웠습니다."

"저도요."

2

다음날도 어제와 똑같은 의식이 진행되었다. 빨간 장미가 흰 장미로 바뀌어서 행운을 예언하는 듯, 약혼이 가까워진 것을 축하하는 것같이 생각되었다.

그날 아침 힐데는 제화점에 가서 실내화를 샀다. 그것만으로 벌써 새로운 생활이 시작된 것같이 생각되었다. 밤새 자지 못했기 때문에 전날 있었던 것을 모든 면에서 생각해 볼 시간이 있었다. 결국, 그녀의 마음은 오히려 이렇게 된 것에 만족해 하고 있었다. 동화 이야기를 믿지 않는 그녀는 광고에는 쓸 수 없는 무엇인가 불유쾌한 조건이 있으리라는 것을 각오하고 있었다. 그리고 그것을 알게 된 지금 이야기가 그렇게 나쁜 것도 아니라고 생각했다. 적지에 들어가는 것은 그녀 한 사람만이 아니다. 그는, "어떻게 하면 당신을 그 자리에 앉힐 수 있는지, 그리고 그곳에 계속 앉아 있게 할 수 있는지 알고 있다." 하고 확실히 말했다. 두 사람이 서로 의견의 일치를 보게 되면 그때부터 그는 신뢰할 수 있는 우군이 되어서 그녀를 실수에서 구해줄 수도 있으리라.

두 사람은 공통의 이해로 묶여 있다. 따로 움직이면 양쪽 다 무력하다. 그녀만이 그의 힘에 의지하고 있는 것이 아니라는 사실이 기분이 좋았다. 게다가 그녀가 세계 제일이라고도 할 수 있는 재산을 손에 쥐려 하고 있는데 저쪽에서는 20만 달러만으로 만족하겠다는 것이다. "사람이란 무엇에나 곧 익숙해지는 모양이군. 나도 벌써 그런 기분이 되어버렸으니." 그녀의 그런 생각은 갑자기 깨어졌다. 어제의 젊은 여자가 그녀를 부르러 온 것이다.

"어서 들어가시죠, 마에나 양."

그녀는 일어서서 접견실로 들어갔다.

회색 양복을 입은 그는 어제보다도 젊게 보였다. 그리고 어제 느끼지 못했던 가볍게 그을린 얼굴이 그 밝은 눈을 돋보이게 하고 있었다.

그는 웃음을 던지면서 의자를 권했다.

"잘 주무셨습니까?"

"실은 밤새 눈을 붙이지 못했어요. 선생님이 말씀하신 것을 몇 번이나 되풀이 생각해 보았거든요."

"그래서 결론은 어떻게 내셨습니까?"

"결정했어요, 결혼하기로. 아무런 다른 생각 없이요." 그리고 잠시 있다가 덧붙였다. "선생님께서도 다른 생각이 없으시다면요."

"그 결심이 나로서는 매우 기쁩니다. 다른 세 젊은 여인들이 꿈이 깨져서 돌아가게 되어 매우 안됐습니다. 그렇게 생각되지 않습니까?"

힐데는 약간 신경질적으로 웃었다.

"마에나 양, 당신의 일을 관계하고 있는 공증인은 있으신가요?"

"어머나, 아뇨. 공증인이라뇨. 어떤 일에 필요하죠?"

"아니, 거래를 하시려면……"

"야단났군요. 어쩌나. 저는 거래 같은 건 해본 적이 없어서요. 이번 일 말고는."

"알겠습니다." 그는 손가락 사이에서 굴리고 있던 연필로 쓰기 시작했다. "누군가 지명하고 싶은 공증인이라도 있습니까?"

"아뇨. 전 아는 사람이 없는걸요."

"그럼 내가 마에나 양 심부름을 해줄 수 있는 사람을 찾지요. 그래, 당신은 어떤 문서를 공증인에게 보여줄 수 있습니까?"

"신분증명서와 배급통장 이외에는 별로 없는걸요."

"그러나 결혼하려면 여러 가지 문서가 필요합니다. 출생증명서의 복사본이라든가 호적등본이라든가 하는 서류가 말입니다."

"생각해 보지도 못했어요."

"급히 갖출 수 있겠습니까?"

"조금 어려울 것 같아요. 아시겠지만, 저는 함부르크 태생이잖아요. 폭격으로 행정관청이나 기록보관소가 모두 파괴되어 버린걸요. 편지는 보내 보겠지만 등본을 떼는 데 꽤 시간이 걸릴 거라고 생각되는데요."

"그렇겠군요. 그럼 그 대신 약간의 법률상의 형식으로 곧 처리해 버립시다." 라고 말하며 그는 서랍에서 한 다발의 서류뭉치를 끄집어냈다. "마에나 양, 당신은 고아이기 때문에 내 양녀가 되어주어야겠습니다."

어처구니가 없어서 힐데는 그를 뚫어지게 바라보았다.

"뭐라고요?"

"나는 당신을 양녀로 만듭니다. 법률상 당신은 내 딸이 되는 겝니다. 어떻습니까?"

그리고 서류 위에 손을 얹고서 그는 미소지으면서 힐데가르데를 바라보았다.

힐데는 정신을 차리려는 듯 얼떨결에 말했다. "그렇게까지 해주신다니 정말로……"

"아니, 오해해서는 안 됩니다. 나는 박애주의자가 아니오. 나는 사업갑니다. 나는 당신에게 거는 겁니다. 그것은 그런 거지요. 또한 나는 그 보증도 잡아두려는 겁니다."

"모르겠어요, 전 눈치가 빠르지 못해서."

"당신은 돈을 위해서라면 무엇이든지 하겠다 했으니 내 목적에는 꼭 들어맞아요. 하지만 그것은 두 개의 날을 지닌

칼이지요. 나는 현재 당신이 성실하다는 것을 의심치 않아요. 아직은 결혼하지 않았으니. 당신을 나의 반신인 것처럼 믿을 수가 있습니다. 그러나 결혼한 뒤에는……그렇지 않겠소?"

"……"

"젊은 아내가, 건방진 비서가 자기에게 치근거리고 있다고 나이 많은 남편으로 하여금 믿게 하는 것은 아주 쉽지 않겠소? 그렇게 되면 나는, 충실한 하인인 나는 도대체 어떻게 되는 겁니까?"

"저는 결코 그런 짓은 하지 않을 거예요."

"누구나 일이 생길 때에는 그렇게 말하지요."

"그럼 저를 양녀로 삼으면 어떻게 보증되는 건가요?"

"조금만 생각해도 금세 알 수 있을 텐데? 나는 꼭 그것에 의지하려는 것은 아니오. 그저 당신이 룰을 잊었을 때 쓸 수 있도록 조커로 잡아두는 겁니다. 그렇게 해두면 가령 당신이 그런 거짓말을 한다 해도 이치에 맞지 않게 되지요. 이 세상에서 갖고 있는 것이 딸밖에 없는 착한 아버지가 그 딸에게 치근거린다고 생각할 수 있겠소? 게다가 당신은 남편이 죽고 나면 비로소 이상적인 남편을 찾게 되겠지. 그때에 겨우 해방된 당신이 내 계획과는 전혀 반대로 독립과 배신을 하지 않는다고 누가 보증해 줍니까?"

"신뢰라는 게 있잖아요?"

"어디에?"

"전 특별히 양녀로 해주시는 것을 반대하는 것은 아니에요. 그저 깜짝 놀랐을 뿐이지요."

"알아주시기만 한다면 그 이상 반가운 일은 없겠지요, 아시겠소? 가족같이 좋은 것도 없으니까. 특히 금전적인 문제에서는 말이오. 서로간에 교제가 없더라도, 또 싸움을 한다거나 미워한다거나 해도 피의 이어짐만은 틀림없이 남는 게지요. 돈많은 젊은 여자에 대해서는 아버지가 되는 것이 그녀의 끈이 되는 것보다 훨씬 좋은 것이지요."

힐데가르데는 소파에 깊숙히 앉아 다리를 꼬았다. "그럼 그 꿈속의 애인은 언제 만날 수 있나요?" 하고 물었다.

"당신을 미인으로 만들어놓은 다음이오."

"어머나, 감사를 드려야겠네요."

"아니, 지금도 예쁩니다. 나는 잘 알고 있어요. 그러나 대개의 사람들은 그것을 제대로 알아차리지 못하지요. 당신은 머리를 빗는 법이나 화장하는 법, 옷 입는 법, 걷는 법, 칵테일 만드는 법, 여러 가지 것들을 의미 없이 이야기하는 법을 배우지 않으면 안 돼요. 증권거래소가 돌아가는 형편이나, 국제정치의 흐름, 경마에 관한 것들을 책에서만 배운 지식이 아니라 실제로 경험을 한 것같이 말할 수 있어야 하는 겁니다. 대단한 교육이지요, 마에나 양. 그러나 피그말리온 역할은 나 정도의 연배 사람에게는 매력이 있지요.('피그말리온은 영국의 극작가 버나드 쇼의 희곡이며, 뮤지컬인 '마이 페어 레이디'의 원작. 이 내용 중에 독신 음성학자(音聲學者)가 꽃파는 소녀를 훈련시켜 후작 부인 행세를 시키는 내용이 나온다.) 그리고 그전에 꼭 당신과 해결해 놓지 않으면 안 될 조그만한 기술적인 문제도 있어요."

"말씀하시는 대로 따르겠어요."

"그래, 그렇게 하는 것이 좋아요. 그럼 내 의자에 앉아요. 편지를 하나 써주어야겠소."

"누구에게요?"

"나에게 말이오. 당신의 자필 편지이지요. 당신이 약속한 20만 달러를 주인이 죽은 뒤에도 주지 않을 때 사용할 겁니다."

"그러나 어제 그 점에 대해서는 동의한다고 말씀드리지 않았어요?"

"그랬지, 분명히. 그래서 그것을 서류로 만들어 확인해 달라는 것뿐이오. 그렇게 하면 가령 당신이 그 약속을 잊더라도 나는 보장될 테니까. 또한 이 확인이 지금의 당신을 속박하는 것은 전연 아니오. 당신이 결혼한 다음의 이름으로 서명할 것이기 때문이오. 그리고 재산이 손에 들어왔을 때 나에게 돈을 주시고, 나는 그 편지를 당신에게 반환하겠소. 만일 돈을 건네주지 않으면 나는 그 편지를 법정에 제출하지 않을 수 없게 되는 겝니다. 그러니까 아시겠지만, 모든 것이 당신의 성의에 달려 있는 것이지요. 그것만 잊어주시지 않는다면 모든 것이 잘 될 겝니다. 내 의자에 앉으시지요. 그러는 게 편할 겁니다."

힐데가르데는 일어서서 그의 앞을 지나며 시선을 그의 눈으로 던졌다. 그는 그녀의 어깨에 양손을 얹고서 잠시 동안 똑바로 그녀를 쳐다보았다.

"아무쪼록 나를 믿어 주시오. 나는 어제 당신을 믿고서 이 계략을 얘기해 주었소. 우리들은 이 일을 함께 할 파트너가 된 게요. 그것을 머리에 잘 집어넣어야 합니다. 당신이 그것을 의심하거나 좀더 교묘하게 해보겠다고 생각을 하게 되면 우리들의 관계가 단절된다고 생각해야 합니다. 대신할 여자는 어디에나 있으니까. 다른 세 여자도 아직 돌아가지는 않았어요. 그 일을 해낼 사람은 나밖에는 없다는 것, 그리고 나 없이는 당신은 다시 번역일과 그 변두리의 아파트로 돌아가야 한다는 것, 이것을 잊지 않도록 해주시오."

"어떻게 써야 하나요?"

그는 커다랗고 광채나는 종이를 한 장 집어서 만년필을 내밀고는 책상 앞을 왔다갔다 하며 부르기 시작했다.

"'아버님, 여기에 20만 달러의 횡선수표를 동봉합니다. 처음이자 마지막 수표이오니 이것으로 모두 청산되는 걸로 알겠습니다. 이것을 드리는 것은 제 남편이 죽었기 때문입니다. 이것으로서 모든 것을 다 눈감아 주시기 바랍니다.'"

"모르겠어요, 이 마지막 얘기는." 하고 힐데가르데는 얼굴을 들었다.

"하다 못해 최소한도의 논리는 갖고 있어야잖겠소. 당신의 주인이 죽으면 당신의 아버지로서 나는 2만 달러의 유산보다도 다소 많이 바란다고 해서 이상할 것도 없잖겠소. 그리고 그 편지는 당신이 우리들의 협정을 소홀히 했을 때의 보증이 되는 것이지요. 그때 나는 당신에게 유리한 새로운 유서에다 이의를 내는 겁니다. 이 편지는 그것을 위한 하나의 자료가 될 게요. 앞에서 보증이 필요없다고 하는 건 있을 수 없는 게지요. 내가 이 결혼을 이루어지게 만들려는 것은 단지 이 돈을 손에 넣기 위한 것이기 때문이니까 말이오. 따라서 당신의 성의에 대한 보증이 필요한 겁니다. 자,

계속합시다." 하며 그는 다시 받아쓰게 했다.

"'이 사건은 잠시 시간이 지나면 잊혀지게 되겠지요. 그리고 이 수표로 인해 이것이 아버님에 대해서 좋은 추억이 될 것을 기원하겠습니다. 아버님의 사랑하는 딸 힐데가르데 콜프 리치몬드.' 이상입니다. 자 이것으로 당신은 미래의 두 개의 이름을 알게 되었지요. 내 이름을 지금까지 이야기 안 한 것은 실례였습니다만, 그 이유는 당신도 잘 아실 겁니다. 나는 앤턴 콜프라 합니다. 수표는 당신의 예금이 생기자마자 서명해 주면 됩니다. 지금은 그저 봉투에 내 이름을 써 넣기만 하고. 그렇게 해두면 어떤 착오도 일어나지 않을 테니까 말이오." 그는 자기의 주소도 쓰게 했다. "감사합니다, 마에나 양. 그럼 이번엔 이 서류에 서명해 주시지요."

"그것은 뭔가요?"

"양녀 수속입니다."

"모두 준비하고 계셨나요?"

"물론이오."

힐데가르데는 몇 장인가의 연판 인쇄지에 서명하면서 앤턴 콜프 쪽을 보지 않은 채 물었다. "혹시 선생님은 독일인이 아니신가요?"

"함부르크 태생이오. 이런 행운은 자기 나라 사람이 잡았으면 좋겠다고 생각했지요."

"혼자이신가요?"

"그래요. 당신에게 줄 수 있는 것은 아버지뿐이오. 가족은 없소."

"그러면 이제부터 무엇을 해야 하나요?"

"준비해 주어야지요. 드레스나 향수를 사고. 하긴 내 충고는 필요없겠군. 어떤 여자라도 화장에 대해서는 자기 혼자서도 잘하니까. 아, 그래, 딱 한 가지. 리치몬드 씨는 친척을 몹시 싫어합니다. 잘 기억해 두시오."

힐데가르데는 공주와도 비길 만한 결혼준비를 하면서 그것을 의식하게 되었다. 지나가는 사람들이 뒤돌아보아 주는 것을 즐기면서 여자란 멋만 내고 있으면 된다는 것도 곧 알게 됐다.

그녀의 머리카락은 태어날 때부터 아름다웠지만 능숙한 미용사 덕분에 더욱 돋보였다. 미용사는 고상하고도 독창적인 머리 형태를 만들어준 것이다.

그녀는 일주일에 두 번 매니큐어를 발랐고, 향수는 로샤의 것을, 드레스는 디오르의 것을 샀다.

서서히 호화스런 생활이 시작됐다.

매일 밤 그녀는 306호 아파트에서 앤턴 콜프와 마주앉아서 만찬을 즐겼고, 콜프는 그녀의 교육을 완성시켜 나갔다.

힐데가르데는 천부적인 소질을 갖고 있는 학생이었다. 그녀는 금세 사교계의 남자들을, 증권거래소의 직원들을, 그리고 하인들을 어떻게 다뤄야 하는가를 배우고 익혀 갔다.

트럼프를 하는 방법도 배웠고, 주식의 신비에도 눈을 떴다.

오후에는 거의 외출하지 않았다.

앤턴 콜프가 말했다. "한 사람이라도 당신을 알게 해서는 안 돼. 리치몬드에게 당신을 발견했다는 느낌을 남겨놓지 않으면 안 되는 게요. 물론 처음의 만남을 극히 신중하게 짜놓을 생각이지만, 결혼을 목표로 하는 것이기 때문에 그 나이의 상대에게는 한눈에 반하게 하는 것이 제일이지."

"한눈에 반한다는 것을 보증할 수가 있겠어요?" 하고 힐데가르데는 걱정했다.

"여자에게 제일 강한 마지막 카드는 남자의 상상력을 잡는 것이오. 그것을 불러일으키시오. 그러면 나머진 자연히 잘 되어갑니다."

"그래도 만일 그 사람한테는 그것이 잘 안 들어맞을 경우 ──"

"함부르크로 돌아가서 번역을 할 수밖에."

"선생님이 말씀하시는 대로 하겠어요, 무엇이든지."

"그래, 그렇게 하면 무엇이든 다 잘 될 게요."

이렇게 해서 날마다 그는 천천히 자기가 바라고 있는 모습으로 그녀를 바꿔 나갔다. 문제되는 것은 겉으로 보여지는 모습뿐이었다. 그러나 그녀의 지성은 다시 만들 필요조차도 없었다. 앤턴 콜프가 가지고 있는 지성이 그녀의 몫까지 보충하고도 남음이 있었던 것이다……

3

한편 칼 리치몬드는 중풍환자용 휠체어에 앉아서 몹시 화를 내고 있었다. 여송연이 떨어졌기 때문이다.

그는 휠체어를 돌려 테이블에서 떠났다. 테이블 위에는 거의 손도 대지 않은 점심이 식은 채로 남아 있었다.

새하얀 작업복을 입은 세 사람의 자메이카 인들이 상체를 구부린 채 잔소리를 들으면서 초연한 모습으로 고함치는 욕지거리를 받아들이고 있었다. 무엇이나 습관화되듯이 이 세 사람에게는 욕지거리를 듣는 것이 이미 습관화되어 있었던 것이다.

욕지거리를 하는 방법도 언제나 같았다. 원숭이니, 갈보 자식이니, 지옥의 염탐꾼이니 하는 것이 끝나면 장광설도 거의 끝나가는 것이었다. 그 다음에는 사람들이 이해할 수 없는 백만장자의 되풀이되는 소리가 남아 있을 뿐이었다. 그것이 지금 시작되고 있었다.

"불쾌하기 그지없단 말이야. 이 못된 것들, 내 뒤에 이런 쓸모없는 녀석들만 데리고 있는 것이 정말 불쾌해. 아무 짝에도 쓸모없는 녀석들. 너희들은 모두 쓸모없는 녀석들이야. 내가 죽으면 대머리 독수리처럼 시체를 파먹으려 하겠지. 그러나 네놈들 같은 녀석에게는 아무것도 안 줘.

난 네놈들과 같은 천치 바보에게는, 털끝만큼도 도와주려고 하지 않는 놈들에게는 돈을 남겨주지 않아. 나는 환자야, 알고 있어? 나에게는 휴식과 안정이 필요해! 나에게 거슬려선 안 돼! 의사도 얘기했지. 거역하면 안 된다고." 화가 나서 목소리가 쉬었다. "꺼져 버려! 혼자 있게 하란 말야. 나는 늘 그래 왔어. 아무도 날 돌봐주지 않아. 나이가 들었단 말이지? 그러나 상관없어. 난 부자야. 너희들이 어떻게 생각하든 나는 너희들을 부리고 있단 말야." 그리고는 과장된 몸짓으로 자기 금시계를 벽에 던져버렸다. "찾아와."

하인 하나가 웃음을 감추고서 뛰어갔다. 그는 시계를 주워서 손바닥에 올려놓고는 안됐다는 듯이 고개를 기울였다. 그리고는 "부서진 것 같습니다." 라고 말했다.

노인은 시계를 들어올려 뒤쪽을 보고 나서 귀에 갖다댔다. 그의 화는 가라앉아 있었다. 미소가 떠올랐다. "기계는 부서져버렸는지도 모르지. 그러나 이 금딱지는 아직도 깨끗하고, 네모진 다이아몬드 태엽감기는 비싼 거야. 암, 이 보석만도 달러로 치면 굉장한 거지. 즉시 고치러 보내야 하는데 나는 몸이 불편하기 때문에 그 일에 매달릴 수가 없어. 그래서 이것을 누구에게 주기로 하겠다. 그래, 너희들 셋 중 한 사람에게 주겠다. 너희들이 수고해 준 데 대한 아주 작은 선물이야. 누구지, 필요한 사람이? 줄 시계는 하나밖에 없으니까 서로 싸우면 안 되지. 한번 경쟁을 시켜 볼까. 이긴 사람이 시계를 갖는 거야, 알겠지?"

세 사람의 미소가 그 말에 응답했다.

"좋아, 그럼 그렇지." 하고 노인은 아주 교활한 표정이 되었다. "세 사람 중에서 누가 제일 잘 개 흉내를 내나 보자, 네가 해볼 테야?"

노인은 휠체어에서 제일 가까운 하인을 가리켰다.

곧 그 하인은 차려 자세를 한 채로 짖기 시작했다. 나머지 두 하인의 시선이 동료에게서 노인에게로 옮겨갔다. 노인은 만족스러운 듯이 머리를 흔들고 있었다. "잘하는군, 잘해. 그러나 너는 상상력이란 것이 하나도 없어. 이번엔 네 차례다."

가운데 하인이 네 발로 기는 흉내를 내면서 사냥개처럼 코를 킁킁거렸다. 그러다가 갑자기 그치고서 사냥감을 알리는 것처럼 목을 처들고는 더욱 열심히 휠체어의 둘레를 냄새맡으며 돌더니, 가구 둘레도 돌고, 침대 다리 근처에서 흙을 파는 시늉도 했다.

"좀더 잘할 순 없겠어?" 하고 노인은 세 번째 하인에게 말했다.

그 하인은 증오의 시선을 감추며 끄덕이더니 역시 네 발로 기어 곧바로 노인의 손끝까지 와서 그의 손을 핥더니 다시 일어서서 동료들 있는 곳으로 가서 냄새를 맡고는 거기서 진짜 개와 같이 시치미를 떼고서 아무렇지도 않은 모습으로 오줌누는 시늉을 했다. 노인은 손뼉을 쳤다.

"잘한다, 잘해. 똑같아. 이번엔 개밥을 먹어 보거라."

그는 급히 휠체어를 돌려서 테이블 쪽으로 움직였다. 자기 접시 안에 뼈가 붙은 고기와 엉겨붙은 기름 덩어리가 있었다. 그는 그 하나를 손가락 끝으로 집어서 하인의 코끝에다 내밀었다. 하인은 맛있는 모습으로 그것을 받아물었다. 그리고는 웅크리고 앉아서 양손을 탁탁 흔들며 고기를 더 달라는 듯이 짖어댔다.

이 장난에 몹시 기뻐한 노인은 기분이 좋아져서 한 조각 한 조각 자기 접시에 남은 것들을 모두 먹게 만들었다. 하인은 그것을 모두 삼켜버리고 말았다. 그리고는 완전히 없어지자 또 짖기 시작했다. 충분히 즐기고 난 칼 리치몬드는 그제서야 겨우 시계를 그 하인에게 주었다.

그 즉시 개는 사람으로 변하고, 나머지 두 사람은 노인에게 원망의 눈초리를 던졌다.

"선장을 불러와." 하고 노인이 명령했다.

세 하인은 고개를 숙여 인사하고 한 줄로 서서 나갔다.

혼자 남은 칼 리치몬드는 욕실까지 휠체어를 굴려가서

손을 씻고는 그것이 마르기를 기다렸다가 향수를 뿌렸다.

유색인종과 접촉하면 어떤 괴상한 병에 전염될지 모른다고 생각하고 있었던 것이다.

그리고 나서 거울 앞으로 가 머리를 빗었는데, 이틀 전부터 왼쪽 눈에서 고름이 멎지 않아 약간 걱정이 되었다. 자주 그러는 것은 아니지만, 그는 거울을 향해서 입을 벌려 보았다. 누런 틀니가 나타났다. 일단 만족하고서 그는 휠체어를 돌려 식당으로 돌아갔다. 거기에는 선장이 기다리고 있었다.

"들어오기 전에 노크도 못하나!"

선장은 모자를 팔에 낀 채로 본능적으로 차려 자세를 했다.

"부르셨습니까?"

"칸에는 언제 도착하지?"

"늦어도 이틀 이내입니다."

"아무 연락도 없나?"

"예."

"무엇 때문에 배에다 무선(無線)을 설치해 놓았는지 알 수가 없단 말이야. 아무도 내 일에는 신경도 쓰지 않는데."

"이 정도 톤수의 배라면 무선기는 필수품이라고 생각됩니다만."

"앤턴 콜프에게서는 아무런 연락도 오지 않았나?"

"예, 사흘 동안은 없었습니다."

"내 의사에겐 확실히 전신을 보냈겠지?"

"의사라고요?"

"이 눈을 봐주어야 해. 이 무식쟁이 같으니. 유럽 최고의 전문가를 불러야 해. 그 근처의 돌팔이 의사한테 보일 수 있다고 생각하는 거야? 유명한 교수를 부르는 거야. 그런데 솔직히 말해서 자네는 어떻게 보이나? 어제보다 심한가? 옆으로 좀 오지. 전염되지는 않으니까." 하고 말하며 신경질적으로 선장의 무릎에다 휠체어를 갖다댔다.

선장은 몸을 구부려서 이 대단한 환자를 진찰하고 나서 무감동한 얼굴로 몸을 일으켰다.

"말씀하시는 대로입니다."

"무엇이 말한 대로라는 거지?"

"고름이 많아진 것 같습니다. 심해졌다고 말씀하신 것이 그런 의미시라면."

"어때, 심한 편인가?"

"저로선 말씀드릴 수가 없겠는데요."

"빨리 꺼져버려!"

"예, 알겠습니다." 선장은 뒤꿈치로 뒤로 돌아 모자를 쓰고서 뒤도 돌아보지 않고 나갔다.

할일 없는 노인은 더 할일이 없게 되었다. 그것이 그의 비극이었다. 심심풀이를 위해서 화를 냈다가는 나중에 가서 노후가 짧은데 쓸데없는 짓을 했다고 후회하는 것이었다.

그는 선장실까지 휠체어를 움직여 갔다. 거기에는 혼자서 하다 만 트럼프 점 패가 기다리고 있었다.

이 배 전체가 환자인 그에게 맞춰서 만들어져 있었다. 그는 휠체어에 계속 앉아 있어야 하기 때문에 비품도 그것을 생각해서 놓여져 있었다. 가구류는 소형에다가 벽에 고정되어 있어서 활동하기에 아주 편하게 되어 있었다. 선창(船窓) 대신에 베란다가 있어서 그곳으로 바다가 보이도록 되어 있었다. 하지만 그는 바다를 내다본 적이 없었다. 그가 항해하고 있는 이유는 그것을 위한 것이 아니었다. 또, 배에서 내리는 경우도 극히 드물었기 때문에 여행을 즐기기 위한 것도 아니었다. 그의 인생에서의 단 한 가지 즐거움은 배 위에서 그 승무원들을 상대로 마치 자기의 영지에서 군림하고 있는 영주와도 같은 기분을 맛보는 것이었다. 이 극히 좁은 세계 안에서는 무엇 하나 그가 모르는 중에 일어날 수가 없었다.

그는 자기의 스파이를 가지고 있었고, 아군과 적을 가지고 있었다. 그리고 특히 그 적의 그에 대한 증오만이 그에게 사는 보람을 주고 있는 것이었다.

이 무리들의 생살여탈(生殺與奪)의 권한을 잡고 있다는 것은 기분좋은 일이었다.

그렇다고 칼 리치몬드는 괴물은 아니었다.

함부르크 출신의 독일인으로서 사업상 미국으로 귀화한 그는 처음에는 요행으로, 다음에는 책략으로 거인과 같은 재산을 만들어냈다. 우선 그는 자기가 가지고 있는 땅에서 석유 냄새를 맡아내서는 그것을 교묘하게 개발에 이용하는 것에 성공했다. 운과 빈틈없다는 두 가지 특징이 그를 행운으로 이끌어서 일이 꽤 쉽게 움직여 나갔다.

독일인, 그것도 기분좋게 함부르크 출신의 부하들에게 둘러싸여서 두 번의 세계대전을 치르는 동안 꽤 수상쩍은 책략을 썼기 때문에 한때는 미국 정부에 요주의인물로 지목

되기도 했으나, 책략에 능한 리치몬드는 양다리 걸친 승부를 해서 드디어 어느 쪽으로부터도 결정적으로 배척당하지 않고 헤엄쳐 빠져나왔던 것이다.

그 밖에 화려한 선거전에서 서슴없이 경제적으로 지지를 해주어서, 그 덕분에 정치가들 몇몇에게는 은인으로까지 되어 있었다. 그 사람들은 자기들의 지위가 전적으로 그에게 달려 있었기 때문에 자신들을 더욱 단단하게 지키기 위해서 그의 지위도 보장해 주고 있었다.

그러나 리치몬드 자신은 자유로운 위치에 머물러 있었다. 그러는 한편에도 사우디 아라비아의 혁명에 돈을 대거나 그리스 공산당에 소총을 파는 즐거움을 버리지는 않았다. 한쪽에 충성하고 다른쪽을 배반하며 마치 혼자서 체스를 하는 것처럼 아군을 바꾸는 그 이중변화 속에서 즐거움과 재산을 찾아내 왔던 것이다.

그러나 결국 그는 무척이나 고독한 사람이었다. 젊었을 때 변변치 못한, 같은 나라 여자와 결혼해서 그 선택이 주변 사람들을 놀라게 한 적도 있었으나, 병이 많고 내향적이었던 그 여자는 남편의 생활에 흥미를 갖지 못했고, 그저 어쩔 수 없이 따라만 갈 뿐이었다. 그녀는 자기를 괴롭히는 재산보다 가정과 아이들을 더 바라고 있었던 것이 틀림없었는데, 죽을 때까지도 그러한 꿈을 간절히 간직하고 있었다.

칼 리치몬드는 홀아비가 되었을 때 슬픔을 감추지 못했다. 그리고 그것이 사람들이 본 단 한 번의 진정한 탄식이었다.

그로부터 40년의 세월이 흘렀지만 그는 한 번도 재혼할 의사를 나타내지 않았다.

그는 자기 자신에 대해서도 잔혹했지만 타인에 대해서는 더욱 지독했다. 1943년 독일에 머물던 중에 앤턴 콜프를 알게 되어 여행중에 한한다는 조건으로 비서로 채용했는데, 그의 비범한 재능을 보고서는 그 다음부터 그를 놓치지 않게 되었다.

콜프는 자기 몫으로 떨어지는 단물을 노리고 있는 야심가였지만 늙은이는 그것을 알면서도 그의 야심을 부추겨서 그의 헌신적인 봉사를 손에 넣었다.

일찌감치 유서를 읽게 해서 콜프에게 환멸을 느끼게 할 필요는 없었다. 유서라고 하는 종이쪽지를 쓴다는 것은 아주 재미있었다. 그것을 읽게 되는 날에는 콜프도 조금쯤은 깜짝 놀랄 것이다. 그런 꼴을 당장 즐길 수 없다는 것이 아주 분한 것이기는 하지만.

이 노인을 부패시키고 있는 것은 바로 돈이었다. 그는 그 오랜 생애를 통해서 돈의 힘이 막강하다는 것을 뚜렷하게 보아왔다. 정직하기 짝이 없다고 생각되던 사람들도 보통의 2배, 3배의 뇌물을 주면 그의 앞에서는 정직이란 없었다. 아무것이나 돈으로 살 수 있을 뿐만 아니라, 대부분의 경우 정가대로 주지 않아도 되었다. 수표를 끊어주면 어떠한 필요한 것이라도 손에 넣을 수 있었다. 정치가는 물론이고 여배우도 말할 것도 없고, 장군이나 총독들, 더구나 시장에서 가장 가치가 있는 양심이라는 물건까지도……그는 이러한 상품들을 일일이 생각이 나지도 않을 정도로 사들였던 것이다. 그러나 그의 재력에도 불구하고 그를 거역한 사람은 단 한 명, 일생을 통해서 꼭 한 사람 있었다. 바로 그의 아내였다.

그녀는 가난뱅이와 결혼하는 것과 같은 기분으로 그와 결혼했다. 그녀는 예쁘지도 않았고 이지적이지도 않았으나 마음과 몸을 그에게 모두 바쳤고, 착하고 충실했지만 결코 그것을 나타내지는 않았다.

이 긴 인생 동안에 단지 한 사람밖에는 그러한 사람이 없었던 것이다.

확실히 다른 인간들이 없었더라면 그도 지금과 같이는 되지는 않았을 것이다. 다른 인간들이 이처럼 비겁하고 어떤 결탁이라도 하고 어떤 배신행위나 비열한 행위도 천연덕스럽게 하는 가운데 자기 혼자만 선량하고 바르고 관대하고 예술을 사랑한다고 생각하는 것은 쉬운 일이 아니다.

다른 인간들은 그의 발밑에서 돈의 하나님 앞에 선 것처럼 맥없이 주저앉아 자신들의 알량한 영혼을 발가벗어 보여 주었던 것이다.

그래서 그는 오래 전에, 몇 년인지도 모를 오래 전에, 사람을 싫어하지 않았던 젊었을 때 자기가 어디까지 할 수 있을지 한번 장난삼아 해보고 싶어졌다. 단지 어떻게 될까 하고 딱 한 번만 마음먹고 더러운 경험을 해보자고 한 것이었다. 그랬던 것이 지금까지 계속되어 버리고 만 것이다. 나이들고 병들고 모든 것이 싫어지고 아무도 믿지 못하게 된 지금까지.

그가 약간 새디스트적으로 되었고, 사람을 조롱하며 갖고 노는 것을 재미있어하게 되었다 해도 그것은 구태여 그만의 책임은 아니었다.

'행운아'란 이름을 붙이고서 그렇지 못한 인간들에게 앙갚음을 하고 있는 이 길이 120피트의 요트에 타고서 그는 1년 내내 이곳 저곳의 바다를 돌아다니고 있었다. 더구나 베란다의 2중창 뒤에서 춤추고 있는 바다에는 몇 개월 동안 한 번도 눈길을 주는 일이 없었다.

때로는 선교(船橋)로 몸을 실어 나르게 해서 따스한 외투에 감싸인 채 쌍안경을 목에 걸고서 무슨 즐거움을 찾아내려 해본다. 그러나 바깥 공기가 너무나 그의 숨을 막히게 해서 금세 선실 안으로 내려오는 것이었다.

바다가 거칠어지면 휠체어를 옷장 안에 집어넣게 하고서 그는 쿠션과 더운 물통으로 둘러싸인 채 커다란 침대에 눕혀진다. 배 멀미를 한 적은 결코 없었으나 그는 자기에게 봉사하는 사람들을 노예화하는 데 그것을 이용했다.

뉴욕을 떠나 배가 칸으로 향하고 있었다. 유럽에서의 일을 마치는 것과 비서를 태우는 것이 목적이었다.

그런 뒤에 이탈리아 해안에 닻을 내렸다가 달마치아 해안을 따라 천천히 그리스까지 갔다가 겨울이 오기 전에 플로리다에 가서 머무를 예정이었다. 그는 서둘러 항구에 도착하게 하였다. 의학의 권위자에게 진찰을 받아야 하기 때문이다. 언제까지나 이대로 한쪽 눈 위에 둥글게 뭉쳐진 손수건을 놔둘 수는 없는 일이다.

게다가 여송연도 떨어졌기 때문에 어딘가에 기항할 필요가 있었던 것이다.

4

입항 통지를 받고 앤턴 콜프는 곧 혼자 배에 가서 '파샤'에게(Pasha(터키의 문무고관의 존칭)) 인사를 드리고 어떤 우연한 기회에 힐데가르데에게 행동을 개시하게 할 수 있을지 살펴보기로 결심했다.

신문기자들이 7월 14일 프랑스 대혁명 때처럼 몰려들지 않도록 잘 처리해 두지 않으면 안 된다.

그는 닻 던지는 것을 구경하러 온 구경꾼들 무리를 쫓아버릴 수가 없었다. 리무진의 뒷좌석에 앉아 작업이 끝나기를 기다리면서 군중들 특유의 근거없고 엉터리 같은 해석을 듣고 있지 않으면 안 되었다. 저마다 떠들어대는 소리 속에서 그는 잠시 생각에 잠겨 있었다.

겨우 트랩이 내려지자 그는 누구보다도 먼저 배 위로 올라갔다.

걸어가는 도중에 고급 선원 한 사람이 그에게 경례했는데 꾸물거리기 싫었기 때문에 그대로 선원실로 내려가 곧장 칼 리치몬드의 신변 심부름 담당하인 한 사람에게 알렸다. 노인은 지루해 하고 있었는지 그를 기다리게 하지 않았다.

리치몬드는 그의 모습을 보자마자 말했다. "이리 가까이 오게. 그리고 이것을 어떻게 생각하는지 솔직히 얘기해 보게."

앤턴 콜프는 강한 관심을 나타내는 듯이 앞으로 다가가서 의례상 필요한 최소한도의 시간만큼 눈을 살폈다. "곧바로 의사에게 연락을 취하겠습니다. 이대로 계시면 안 됩니다. 로잔에 있는 병원의 모레이 교수를 곧바로 오게 하도록 조치하지요. 오늘 중으로 비행기로 달려올 수 있으리라 생각됩니다.

"당신이 와주어서 살겠어. 다른 바보 녀석들은 내가 죽어도 내버려둘 게 틀림없어."

"항해는 어떠셨습니까?"

"흠, 그저 그랬다네. 아무래도 태풍이 불었던 모양이야. 취한 놈들이 꽤 많았어."

"그래 회장님께서는 기분이 좀?"

"이 한쪽 눈이 지독히 아파서 말일세."

"그러시겠죠. 뭐 그 이외에 다른 것들은?"

"그것만이면 됐잖나. 자네는 남의 일이니까 그렇겠지만."

"아닙니다, 결코 그런 뜻은."

"아, 좋아. 그런데 브레멜 건은 어떻게 됐나?"

"해결됐습니다. 완전히 국적을 가지게 되었고, 회장님의 조건을 받아들이기로 했습니다."

"여송연 좀 갖다주지 않겠나?"

"예, 없는데요. 곧 사러 보내겠습니다."

"안 돼. 저 바보 녀석들은 무얼 사가지고 올지 몰라. 자네가 직접 골라서 가지고 오게."

"알겠습니다. 곧 갖다 드리도록 하겠습니다. 그 외에 제가 해드릴 일은 없겠습니까?"

"의사나 빨리 올 수 있게 해주게. 빨리 와주면 좋겠는데. 난 언제까지나 칸에서 꾸물거릴 생각은 없어. 잘 조치해 놓고 빨리 또 오게."

앤턴 콜프는 서명을 받기 위한 서류를 남겨놓고는 리무진을 타고서 자기 호텔로 가게 했다.

1분도 기다리지 않고 그는 로잔의 모레이 병원에 장거리 전화를 신청했다. 개인적으로 교수에게 얘기할 필요가 있었다. 힐데가르데를 무대에 내보낼 표면적인 방법이 발견된 것이다.

잠시 있으려니 비서가 로잔과 선이 연결되었다고 전해주었다. 그는 개인용 전화기를 들고서 박사에게 부탁의 말을 했다.

한 시간 뒤에는 힐데가르데가 그의 사무실에 왔다.

그는 힐데가르데를 머리 끝에서 발끝까지 찬찬히 살펴보았다. 육체적인 변화가 아주 심했다. 그의 앞에 있는 이 젊은 여자는 얼굴 모습이 딱딱해서 유달리 아름답다고는 할 수 없었으나 그 대신 품위가 있었다. 상당한 품위였다. 그리고 그것은 돈으로는 살 수 없는 것이기 때문에 더욱 귀중했다.

"약혼자와 만날 준비는 되어 있소?"

그녀는 웃으며 끄덕였다.

"상대는 지금 그다지 기운이 없소. 그러나 당신에게는 그게 오히려 더 좋아. 당신이 끼어들 수 있는 여지가 생기기 때문이오. 당신은 그의 간호원이 되어주어야겠소."

"간호원?"

"그래요. 눈에 종기 같은 것이 생겨서 그것이 몹시 마음에 걸리는 모양이오. 오늘 모레이 교수가 스위스에서 진찰하러 오게 됩니다. 그리고 충분한 치료를 위해서는 간호원을 딸려두는 것이 좋겠다고 하기로 되어 있소. 그래서 우리들이 시내에서 찾아다니게 됩니다. 그러나 모든 것이 뒤죽박죽되는 휴가중에 간호원을 찾아낼 도리가 없지요. 우리들은 그렇게 해서 하루하루 그를 화내게 만들어 둡니다. 당신의 위치를 스타급으로 만들기 위한 거지. 그렇게 하면 당신이 나타나는 것만으로도 구세주가 되는 게요."

"말씀 도중에 미안합니다만 저는 간호원이 아닌걸요."

"더더욱 좋은 게요. 정말로 그에게 필요한 것은 간호원이 아니라 그를 잘 다루는 여자니까."

"그러면 그 눈병은 도대체 어떻게 되는 건가요?"

"교수가 당신에게 정확한 치료법을 말해 줄 게요. 붕대를 감는 정도는 누구나가 할 수 있소. 그리고 그 이상의 것은 기대해도 소용없어요. 그는 간호원 정도에게는 결코 맡기지 않으니까. 그에게는 의학계의 권위자가 아니면 안 되는 겁니다. 그리고 그의 신변에는 그런 시중을 드는 전문하인들도 있고. 그 하인들에게 시키는 데 익숙해 있기 때문에 갑자기 다른 사람에게 시킬 리가 없소. 당신은 다린 약이나 물약의 입자심 정도나 준비해 주면 돼요. 그리고 때때로 시원한 손을 이마에 갖다대 주는 겁니다. 알겠소?"

"전혀 모르겠는걸요. 만일에 제가 그 사람의 고용인이 돼 버리면 어떻게 결혼하고 싶은 생각이 들 수 있겠어요?"

"그것은 나의 판단에 맡겨 주면 돼요. 실은 겉으로는 삶아도 구어도 먹지 못할 것 같은 그 노인에게는 꼬리를 잡을 수 있는 아주 간단한 방법이 있는 게요. 분하게 됐지만 나 자신이 그 방법을 쓰지 못하는 것은 그것을 알아차린 것이 너무 늦었기 때문이오. 그러나 당신을 위해서는 그 조그마한 경험을 살려주려고 생각하고 있소."

"말씀대로 하겠어요."

"조종하는 게요. 모든 것은 거기에 달려 있소. 처음에 그를 만날 때부터 방패를 만드는 겁니다. 잊어서는 안 돼요. 어떤 일이 있더라도 선수를 빼앗겨선 안 돼요. 그렇지 않으면 당신은 실패하게 됩니다."

"그래도 만일에 제가 고용된 입장에서 반항이나 한다면 목이 잘릴 수밖에 없지 않겠어요?"

"그 반대요, 전혀. 그가 오래 전부터 찾고 있는 것이 바로 그거니까. 그 앞에서 조금이라도 인간다운 자존심을 계속해서 지니고 있는 사람이 있다면 그는 그 사람을 위해서는 모든 것을 희생할 용의가 있는 겁니다. 다른 사람들은 모두 그에게서 이익을 얻기 위해 눈을 감고 그를 참고 있지요. 그러니 그런 사람들과 친해져서는 안 됩니다. 그는 당신을 무시하고 얼마 안 가서는 경멸하기 시작할 테니. 멍청하게 그렇게 되도록 놔두어서는 안 되지요. 그렇게 하면 승부는 정해진 거나 마찬가지니까."

"그것만 가지고 그 사람이 저를 사랑하게 된다고 말씀하시는 거예요?"

"사랑이라는 것은 이 얘기와는 관계가 없소. 그는 그 연극에 붙잡히고 말 겁니다. 그리고 당신을 손에 넣을 수 있는 다른 수단이 없기 때문에 결혼하게 되는 거지. 물론 당신을 돈으로 사려고도 할 게요. 그러나 반항하면 할수록 그의 눈에는 당신의 가치가 높아져 가는 겁니다. 그리고 특히 결혼을 하자고 청해 왔을 때에 드디어 꿈이 이루어졌다 하고 뛰어들어서는 안 됩니다. 마에나 양, 이것은 일급 배우의 배역이오. 진짜 배우라도 이런 배역은 무척 소화시키기 힘들지."

"그렇게 해서 진짜 '착한 왕자님'같이 되는 거겠군요."

"아니, 왕자가 아니라 대부호요. 그리고 그쪽이 훨씬 더 좋지."

"흰 옷을 살까요?"

"그렇겠군. 그것이 믿음직한 느낌을 줄 거요. 그러나 가정부 같은 모습을 너무 내지 않도록. 다른 인상으로 바꾸는 것이 꽤 어렵게 되니까."

"알겠습니다."

"그를 실망시키지 말도록. 그리고 아주 조심해야 해요. 꽤나 나쁜 사람이니까. 그러나 한번 걸려들게 되면 당신은 그 마음의 중심이 되어버리고 마는 게요."

"그 사람도 제 마음의 중심이 되어야지요. 아무튼 걱정마세요."

"이것으로 대강 중요한 의논은 끝난 것 같소. 그는 급히 출항하고 싶어하고 있소. 그래서 우리도 칸에는 다시 가지 않게 되지요. 배 위에서는 항상 만날 수 있으니까, 그때마다 당신의 주가가 얼마나 올라가 있는지를 알려 드리리다. 그럼 행운을 빌겠소, 마에나 양."

그녀는 일어섰다. 두 사람은 악수를 했다. 두 사람의 음모가 드디어 현실화되려 하고 있는 것이다.

모레이 교수는 우수한 의사였으며, 동시에 비범한 사업가

이기도 했다. 그는 일찍부터 백만장자가 하늘이 준 꿀단지라는 것과, 그 백만장자들은 남의 관심을 끌기 위해서 온갖 신경증을 앓고 있다는 것을 알고 있었다. 교수가 알고 있는 환자들 대부분은 이 범주에 속하고 있었다.

그의 병원은 터무니없이 보수가 비쌌고 사치스러웠으며, 경제적으로 강력한 인사들 중에서도 특히 거물급들은 지루함을 참고서 기다리며 시간을 보내러 오는 사람이 많았다.

유럽의 각지로부터 규칙적인 왕진을 의뢰받았고, 또한 굉장한 보수를 받았으며, 거기에 못지않게 이상한 이름이 붙여진 병도 고쳐 놓았다.

배짱이 좋고 말수가 적고 아무도 알 수 없는 의학용어를 잘 구사하고 환자를 요령 있게 겁주어 놓기 때문에 환자들은 그 사람만을 믿게 되고, 그 다음 그 다음으로 선전까지 맡아주는 것이었다.

모레이 교수는 앤턴 콜프가 기다리고 있는 칸에 비행기로 도착했다. 이 두 사람은 기묘한 우정으로 맺어져 있었다. 콜프는 이 의사의 인품을 꿰뚫어보고 있었고, 교수 쪽에서도 그것을 잘 알고 있었다. 그리고 교수가 보기에는 이 비서는 맛있는 성찬에 얻어걸려 벼락 출세한 인물에 지나지 않았다.

이 서로에 대한 생각 때문에 두 사람의 관계에서는 불필요한 연극이 전연 필요없었다. 그리고 기회가 있을 때마다 기꺼이 만나고 있었던 것이다.

"이번엔 뭡니까?"

차가 요트 항구로 두 사람을 실어나르고 있는 동안에 의사가 물었다.

"눈이 나빠졌소. 결막염 같아."

"흠, 그래. 당신은 어떻소?"

"변함없지. 이제 곧 바다로 가야 할 것 같소. 그리 반갑지도 않아."

"그럼, 입원시켜 줄까?"

"아니, 그럴 필요는 없소. 기분전환할 수 있는 것을 데리고 갈 생각이니까."

의학 전문가의 관록 있는 얼굴 표정이 쾌활한 응큼함으로 바뀌었다.

"간호원?"

앤턴 콜프는 웃기 시작했다. "그래요, 간호원이오."

"예쁜 모양이지?"

"그야 모르지. 아직 만나지도 못했으니까. 어떤 인물이든 좋으니 하여튼 한 사람만 있으면 돼요. 그 배에는 남자가 너무 많아서."

"하하, 그렇지."

"아니, 그런 건 아니오. 그러나 낮에는 시간이 많고, 나는 그렇게 젊은 것도 아니고·해서."

"그렇구먼. 그러나 그 간호원에게 너무 일을 많이 시키지는 말아야지."

두 사람은 같이 웃어댔다. 이러한 농담을 서로 나눌 수 있다는 것이 아주 흐뭇했던 것이다.

진찰은 한 시간이나 계속됐다. 의사는 배에서 식사했는데, 비행기가 오후편이었기 때문에 그것은 당연했다.

앤턴 콜프는 간호원을 찾아오라는 지시를 받았고, 환자는 자기 병실에 틀어박혀서 자메이카 인 하인들에게 신변의 잔심부름을 시키면서 아무에게도 성가시게 하지 않고 간호원이 오는 것을 기다렸다.

이틀이 지났다. 콜프는 일부러 얼굴을 보이지 않았다.

노인은 미친 듯이 화를 냈고, 주위 사람들은 엎드려서 폭풍이 지나가기를 기다리고 있었다.

드디어 리치몬드는 니스에 기항해서 아무라도 데려오기로 마음먹었다. 바로 그때 마치 기적처럼 모두가 기다리고 있는 여자가 나타났다.

힐데가르데가 배와 부두를 연결하는 트랩을 건너오는 동안 사나이들은 일제히 그녀의 얼굴을 바라보았다. 우아하고 자신에 찬 그녀는 이등항해사에게 앤턴 콜프의 소개로 의사회에서 왔다고 말했다. 그 이름이 증명서 대신의 역할을 해서 그녀는 즉시 환자 옆으로 안내되었다.

리치몬드는 하인들을 쫓아내고는 휠체어를 힘들여 굴려서 그녀 쪽으로 다가가서 다짜고짜 자기는 마치 순교자처럼 고통받고 있는데도 이틀 동안이나 기다리게 하다니 어떻게 된 거냐고 하면서 대들었다.

똑바로 서서 얼굴색 하나 바꾸지 않은 채 힐데가르데는 환자의 얼굴을 똑바로 바라보며 장갑을 벗어 접어서 핸드백 위에 놓은 다음 천천히 입을 열었다.

"저는 1년 중 5개월은 일이 없어요. 그러나 여름엔 해안에 평소의 일곱 배가 되는 사람들이 모입니다. 그러니까 제 일도 일곱 배나 되지요. 그렇기 때문에 제가 환자를 고를 수 있습니다. 만일 선생님이 언제라도 지금과 같이 마음에 들지 않으신다면 분명하게 그렇게 말씀해 주세요. 제게는 다른 일도 많으니까요."

칼 리치몬드는 깜짝 놀라서 눈 위에 뭉쳐서 대고 있던 손수건을 떨어트리고 말았다.

"왜 좀더 빨리 오지 않았지?"

"젊은 여자가 아기를 낳는 것을 도와주었어요. 오늘 의사회에 들렀더니 간호원이 필요하다는 사람들의 명단을 보여주더군요. 선생님의 이름이 제일 위에 쓰여져 있었기 때문에 온 거예요."

"하지만 내가 누구라는 건 알고 있겠지?"

"그야 물론 칼 리치몬드 씨 아니세요? 명단에 그렇게 쓰여 있던데."

"하지만 내가 백만장자란 것은 알고 있겠지?"

"그것이 어쨌다는 거예요?"

"날 도와주는 것이 연금으로 살아가고 있는 이 근처의 할멈들을 도와주는 것보다 당신에게 이익이 된다는 게지."

"어머, 그런가요? 제가 받는 것은 의사회가 정해 준 요금이에요. 사회적 지위를 이용하시는 건 선생님이시지 저는 아닌걸요."

"그러나 아가씨가 아무리 위선적이라 할지라도 내가 다른 사람들보다 10배를 더 준다는 건 알고 있겠지?"

"절대로 그렇게 받진 않아요."

"흠, 덜 빠지게 정직하군."

"아뇨, 앞이 훤하게 보이기 때문이지요. 선생님이 마구

뽐내시고 학대하고 안 좋은 말씀이나 하시게 되면 전 참지 못해요. 선생님도 다른 사람들과 똑같이 지불해 주세요. 그리고 다른 사람들과 똑같이 점잖게 행동하셔야 해요. 그렇지 않으면 또다시 명단을 보러 가겠어요. 아시겠죠, 리치몬드 씨?"

노인은 의심스럽다는 듯이 그녀를 쳐다보았다.

"괴상한 여자로군." 하고 입속에서 중얼거리며 휠체어를 돌려 그녀에게서 떨어졌다. "좋아. 하여튼 왔으니까 날 살펴봐 줘야겠어."

"저도 그럴 생각이에요. 치료에 대한 의사 선생님의 지시는요?"

"그건 비서한테 설명해 달라고 해. 당신 이름은 있겠지? 그렇지 않으면 휘파람이라도 부를까?"

"지나가는데 휘파람을 불어대는 경우가 많이 있지요. 그러나 제 이름은 힐데가르데 마에나예요."

"같은 나라 사람인가?"

"독일인이에요. 함부르크."

"그거 좋군. 독일어로 말할까?"

"예, 좋으시다면."

"그래, 프랑스까지 와서 무얼 하고 있는 게지?"

"선생님이야말로 이런 곳에서 뭘 하시려고 꾸물거리고 계시는 거죠?"

그는 그녀를 노려보았다. 그는 자주빛 얼굴이 되어 화가 나 있었다. 그러나 힐데가르데가 얼른 미소를 띠자 할수없다는 듯이 그도 미소를 지었다.

"아직 도와드릴 일이 있나요? 그렇지 않다면 제 방으로 가서 짐을 정리해도 될까요?"

"시간은 얼마든지 있어. 조금 더 나와 함께 있어 주지."

베란다 쪽을 향한 채로 그는 그렇게 명령했으나, 그 사이에도 유리창에 비쳐진 그녀의 모습을 계속 관찰하고 있었다.

"함부르크 얘기를 좀 해봐. 1934년 이래로 가본 적이 없지. 독일어로 말해 봐."

힐데가르데는 다소 놀라서 속으로 생각해 보았다. 이렇게 감상적이라면 키를 잡는 것은 어렵지 않겠다.

몇 시간 뒤, 앤턴 콜프 옆에서 갑판의 난간에 팔꿈치를 기대고서 그녀는 자신이 느낀 인상을 말해 주었다. 칸의 항구는 밤이 되면서 조용히 멀어지고 있었다.

"잘 해냈소. 당신 얘기를 하더군."

"뭐라고 하던가요, 선생님께서는?"

"아니, 뭐 특별한 것은 아니오. 마음을 놔서는 안 돼요. 아직도 관찰하고 있으니까. 그러나 처음 대면은 잘 됐소. 일단 아가씨는 여기에 남게 됐으니까. 그런데 배멀미는 괜찮겠소?"

"괜찮을 것 같은데, 그건 왜요?"

"당신이 선실에만 처박혀 있어서는 안 되지. 우리들은 극히 드물게 기항하게 되고, 그것도 아주 짧은 시간만이오. 약을 가져왔소. 예방을 위해. 하루에 몇 번 마셔야 해요."

힐데가르데는 그를 보며 미소지었다. "정말로 처음부터 끝까지 준비해 주시는군요, 선생님은."

"그에게 담배를 끊으라고 하시오. 아주 굉장할 겁니다만, 모레이 교수가 특히 그렇게 하라고 하더구먼. 그리고 체스를 하게 되면 져주는 것을 잊지 말아요. 너무 계획적인 건 좋지 않지. 마음이 피곤해지니까. 그러나 항상 져주어야 합니다."

"뜻밖에 간단하게 마음을 잡을 수 있으리라 생각되는데요. 그 사람은 그저 응석부리는 감상적인 노인 같던데요?"

"그 인상은 그다지 정확한 것 같지 않은데."

"그러나 함부르크에 대한 것을 한 시간씩이나 거리의 모습이라든지 아주 세세한 것까지 얘기해 달라고 하던걸요."

"아니야, 틀려. 당신의 얘기를 감상적인 기분으로 듣고 있었다고 생각하면 큰 잘못이오. 그는 당신의 신상을 조사하고 있었던 거요. 단지 그것뿐이지."

"어떻게 아세요?"

"그가 그렇게 얘기합디다."

힐데가르데는 잠시 바다를 바라보고는 말했다. "그것이 오히려 좋을는지 모르지요."

그 뒤의 생활은 천천히 궤도에 오르고 있었다. 한 번도 배에 타보지 않았던 힐데가르데에게는 이 새로운 생활의 리듬이 멋있게 생각되었다. 이 떠 있는 궁전은 그녀를 완전히 사로잡았다. 그녀의 선실은 안락한 것으로나 취향으로나 모두 만점이었다. 아침 일찍 일어나 선교를 오락가락하고, 선실에서 아침식사를 들고는 고물의 갑판으로 햇볕을 쬐러 나간다. 점심 조금 전에 자기 선실로 돌아가 옷을 갈아입고 꼭 그때쯤 일어나는 칼 리치몬드를 만나러 간다. 그녀는 붕대를 갈고 손톱 손질 같은 것을 해주면서 말상대를 해주는 것이다.

리치몬드는 그녀가 손톱 손질에 대해서 특별한 기술을 가지고 있는 것도 아닌데도 그것을 하게 시켰다. 그것은 사실 구실이었고, 그가 그렇다고 고백은 안했으나 그녀를 옆에 있게 하는 것이 즐거웠던 것이다.

어느 날 아침 그는 양손을 비눗물이 가득찬 세면기 안에 담그면서 미소를 감추며 고양이 같은 부드러운 소리로 말했다. "지금부터 당신이 무엇을 해야 하는지 알겠나?"

"……"

"아주 잠시 동안 당신의 주머니에 감추고 있는 열쇠를 내게 빌려주는 거야."

"그것으로 무엇을 하시게요?"

그는 참으로 이상한 소리를 냈다. 아마도 웃었던 모양이다.

"책장 속에서 무엇을 좀 꺼내야 해."

"여송연, 그거 말이죠?"

"쓸데없는 데다 생각을 돌리지 않아도 돼, 알겠지? 교환 조건이 있어. 당신이 열쇠를 주면 손을 벨 정도로 **빳빳한** 100달러짜리 지폐를 한 장 주지."

"의사 선생님이 담배는 안 된다고 말씀하신 걸 잘 아시잖아요?"

"난 여송연을 꺼내겠다고 하지는 않았어."

"말씀하시진 않았지만 그럴 생각이잖아요?"

"아니, 잘 생각해 봐. 그걸 우리 두 사람만의 비밀로 해두는 거야. 당신에게 그 열쇠는 아무 소용도 없잖아. 그 대신 어떻게 써도 좋을 100달러를 주겠다는 건데."

"필요없어요, 리치몬드 씨. 아무리 말씀하셔도."

노인은 폭발했다. "바보같이! 좀 생각해 봐. 당신이 그것을 주지 않으면 난 하인을 불러서 책장을 부수고 열게 할 거야. 난 여송연을 꺼낼 수 있어. 당신은 1달러도 받지 못하게 되고."

"아무쪼록 생각하시는 대로 하세요."

"그래도 되나?"

"저는 열쇠를 드리는 것은 거절합니다. 그러니 하인을 불러서 가구를 부수고 여송연을 꺼내서 피우도록 하세요. 회장님은 병에 걸리시겠지만 저는 상관 없을 테니까요."

"아, 그렇게 화내진 말라고. 다른 수를 생각해 내야겠는데. 내가 돈을 주겠다고 한 것은 무례한 짓이었어. 그건 인정하지. 당신과 같이 젊고 예쁜 여자에게는 좀더 좋은 것이 있지."

그는 갑자기 휠체어를 돌려 작은 응접실 쪽으로 움직여가서 찬장을 열고 큰 상자를 끄집어냈다. 그리고는 그것을 무릎 위에다 놓고 몸도 움직이지 않고서 힐데가르데 쪽으로 돌아왔다.

음모를 꾸미는 듯한 표정으로 그는 조끼를 열고 와이셔츠의 단추를 풀고서 그 속에서 열쇠를 한 개 끄집어냈다. 길고 사슬이 달린 그 열쇠를 그는 상자의 열쇠 구멍에 꽂아 넣고는 곁눈질로 힐데가르데를 쳐다보면서 철컥 하고 돌려서 뚜껑을 열었다. 상자 안쪽은 두툼한 빌로도 천으로 덮여 있고 보석류를 비롯해서 금이나 백금 팔찌, 반지, 펜던트 등이 질서없이 쌓여 있었다.

이 늙은이의 무릎 위에는 마치 알리바바의 보석들이 모두 놓여 있는 것 같았다. 그리고 그 광경을 좀더 세속적인 것으로 보이기 위해서인지 노인은 류마티스로 모양이 변한 양손을 그 안에 집어넣고서 그 장신구들을 빛나게 해보였다.

"자, 어느 것이라도 좋아."

힐데가르데는 홀린 듯이 그 황홀한 보석의 산을 응시했다.

"어떤 게 맘에 들지? 반지, 팔찌, 아니면 브로치?"

그리고 그녀가 대답하기도 전에 그는 커다란 사각 루비가 붙은 반지를 흔들어대고 있었다.

"자, 받아. 이걸 주지."

힐데가르데는 잠시 그것을 손가락으로 잡고서 본능적으로 그 빛을 춤추게 만들었다. 그리고는 한숨을 내쉬며 말했다. "참으로 멋진 보석이로군요!"

"실론에서 가져온 거야. 가장 좋은 돌이 발견되는 곳이지."

그녀는 얼굴을 들고 상대와 시선을 마주쳤다. 그리고는 조용히 반지를 상자 안에 넣고서 미소지으며 말했다. "회장님이 그렇게 여송연을 좋아하시는지는 몰랐어요. 하지만 역시 안 되겠어요."

거친 손동작으로 그는 뚜껑을 닫고서 열쇠를 구멍에 맞춰 집어넣을 때까지 잠시 동안 딸까닥딸까닥 소리를 내다가 겨우 잠근 다음, 열쇠를 가슴과 셔츠 사이에 넣고 조끼 단추를 끼우고서 기분나쁜 어조로 힐데가르데에게 대들었다.

"잊지 말아야 할 게 있어. 당신은 내가 고용한 사람이야."

"잊을 만한 시간을 주시지도 않았잖아요."

"좋아, 그럼 명령하겠어. 알지, 여송연을 찾아가지고 와."

"바보스럽기 짝이 없군요, 이런 연극 같은 거. 그러나 저는 모레이 교수님에게서 지시를 받았어요. 그런 지시를 내린 것은 모두 회장님을 위한 거잖아요?"

"당신에게 돈을 주는 것은 이론이나 따지라는 게 아니야. 시키는 대로 해달라는 것뿐이야. 그 열쇠를 가져와."

"미안합니다만——"

"거절한다?"

"물론입니다."

"꺼져버려. 이제 당신은 만나고 싶지도 않아. 모가지야."

이런 모습에 다소 질린 힐데가르데는 일어서는 것을 잠시 주저했다.

"나가버리라면 나가. 쓸모없는 인간 같으니."

"하지만 말이죠! 우리는 지금 바다 위에 있어요. 걸어나가라는 거예요?"

"꺼져버려."

"그렇게 화내시지 않아도 되잖아요, 회장님 나이가 되시면 1년 1년이 다른 사람들보다 배나 더 중요하실 텐데요."

거기에 대답한 그의 말은 힐데가르데가 되새기기도 창피할 정도의 것이었다.

노여움은 다음날까지 계속됐다. 자기 방안에 틀어박힌 칼리치몬드는 그녀를 찾지 않았다. 자메이카 인들이 신변 심부름을 맡고 있었으나 노인의 낌새조차 들을 수 없었다.

노인은 변덕쟁이였기 때문에 처음부터 완전히 정떨어지게 하는 것은 잘못된 것인지도 몰랐다.

그녀가 다시 그와 만난 것은 저녁식사 때였다. 거기에는 전부가 초청되었다. 전부라 하는 것은 앤턴 콜프, 선장, 그리고 이등항해사와 그녀였다. 그날 밤 노인은 장난기를 곁들인 미소를 띠고서 가리지 않은 애꾸눈에는 밝은 비웃음까지 띤 채 차례차례로 모두의 얼굴을 바라보았다.

음식은 최고급에다 진귀한 포도주까지 곁드려져 있었는데, 분위기에는 늘 무언지 모를 위선적인 냄새가 감돌고 있었다. 누구나가 방심하지 않고 이 변덕스러운 노인이 어떤 속셈을 감추고 있는지를 생각하고 있었다.

화제는 여행이나 유명한 해안에 대해서 이어지고 있었다. 그것은 거의 안심할 수 있는 무난한 화제였다. 앤턴 콜프와, 원래가 명랑하고 그다지 분위기에 대해서 괘념치 않는 이등항해사가 활발하게 이야기의 화제를 제공하고 있었다.

식사가 끝날 때가 되어서야 힐데가르데는 노인의 태도를 알았다. 커피와 식후의 술이 나왔을 때 그는 주머니에서 여송연 한 개비를 끄집어내서 그 끝을 이빨로 물어뜯어 자기 앞에다 풋 하고 뱉어버렸다. 그리고 그는 그 동안 그녀에게서 눈을 떼지 않았다. 천천히 불을 붙이면서 그는 말했다.

"당신이 거절한 것이 잘 된 것이었어. 당신에게 받는 것보다 훨씬 싸게 치니까 말이야." 그렇게 얘기하면서 그는 악어 가죽의 여송연 갑을 끄집어내서 일부러 그녀에게 보여주는 것이었다. 10개비 정도의 하바나 여송연이 보라는 듯이 줄지어 누워 있었다. 그녀는 아무 대답도 하지 않은 채 선장이 권해 주는 담배를 한 개비 받아들었다. "어때, 마에나 양, 당신의 지난번 결백을 후회하지는 않나?"

그녀는 웃으면서 그를 보았다. 그리고는 코에서 기다랗게 연기를 내뿜으면서 조용히 말했다. "알고 계시겠죠, 리치몬드 회장님? 왜 모레이 교수님이 회장님에게 담배를 피우지 못하도록 저에게 지시하셨는지를요."

그녀는 대답을 기다렸지만 말이 없자 말을 계속했다. "의사 선생님이, '그 나이의 노인에게는 한 개비의 담배가 한 달 수명을 단축하게 돼요.' 라고 하시더군요. 저는 회장님이 그처럼 작은 자본을 낭비하고 계시는 것이 정말 용감하다고 생각합니다."

침묵이 지배하고 일동은 말이 없었다. 앤턴 콜프는 코를 접시 속에 처박고서 자기의 시선이 춤을 추고 있는 장난기 어린 눈빛을 눈치채이지 않으려 애쓰고 있었다. 난처하게 된 두 사람의 사관은 커피를 열심히 마시는 척하고 있었다. 단 한 사람, 힐데가르데만이 자기를 노려보고 있는 노인에게 웃으면서 시선을 보내고 있었다. 그의 여송연에서는 조용히 연기가 피어오르며 연막을 만들고 있었으나, 이미 승리에 취해 있을 수만은 없게 되었다. 그래도 허세를 부리며 그는 한 모금 크게 연기를 내뿜었다.

"한 달이면 낮이 30번 밤이 30번, 몇 시간이 되나요?" 하고 힐데가르데가 중얼거리듯이 물었다.

칼 리치몬드의 주먹이 식탁을 내리치자 크리스탈 잔이 소리를 냈다. 자수를 넣어 만든 테이블보에 빨간 포도주가 한 방울 넘쳐 떨어졌다. "당신은 짐승이야! 더러운 짐승!" 리치몬드는 고함질렀다.

"그러나 젊은 짐승이에요, 리치몬드 회장님, 아직은 이렇게 젊은……" 웃음을 띠고서 말하고는 그녀는 조용히 일어나서 식탁을 떠났다.

남은 사람들은 무표정한 채로 그녀가 나가는 것을 돌아보지도 않았다.

문을 닫고 나자 그녀는 온몸이 떨려오는 것을 느꼈다. 방금의 광경이 파국을 금방 느껴지게 하는 듯했다. 너무한 건 아닐까? 그녀가 이 자리를 차지한 것은 며칠이 되지도 않았다. 처음부터 이렇게 강한 승부로 나가다가 오히려 기회를 놓치게 되는 것은 아닐까?

난간에 기대어서 그녀는 마음의 동요가 가라앉는 것을 기다렸다. 가까이 다가온 선장의 발소리도 알아차리지 못했다. 그의 목소리에 갑자기 찔끔했다.

"당신은 위험한 다리를 건느고 계시는군요."

어떻게 대답해야 좋을지 몰라서 그녀는 미소만 지었다.

"조심하십시오. 내 충고 같은 걸 들어주실지 모르겠지만 저 늙은이는 사람들 앞에서 당하는 걸 좋아하지 않는답니다."

그리고는 대답도 기다리지 않고 멀어져 갔다. 그의 그림자는 금세 어둠 속으로 사라져 갔는데, 발소리만이 티크 재(材) 갑판을 울리고 있었다. 초조해져서 그녀는 담배를 꺼냈다. 선원실에서 떠드는 소리가 나더니 자메이카 인들이 식기를 들고 왔다. 좀 전에 있었던 일이 곧 주방 안에서도 얘깃거리가 되어 틀림없이 그녀의 태도가 비난받고 있을 것이다. 늙은이에게 정면으로 반대하는 사람이 나타났다는 것이 모두에게 공감을 주긴 했겠지만, 그런만큼 그녀는 단번에 요주의인물이 되지 않을 수 없었다. 선장의 태도가 이미 그것을 설명해 주고 있었다. 사람은, 특히 마음이 약한 사람들은 영웅을 싫어한다. 힐데가르데는 어떤 태도를 취해야 할지 망설이고 있었다. 그리고 왜 앤턴 콜프는 와주지 않는지 알 수가 없었다.

바다는 조용하게 소리를 냈고, 바람은 가벼웠고, 밤은 잔잔하였다. 그리고 젊은 여자는 갑자기 자기는 이 배 위에서 도대체 무얼 하고 있는 것일까 생각하였다.

닫힌 감옥과 같은 세계로부터 아주 눈깜짝할 사이에 그녀는 이곳으로 오게 된 것이다.

그렇게 생각하니 갑자기 그녀의 기억 밑바닥에서 그 함부르크의 불결한 아파트가 떠올랐다. 그리고 그 기억에 그 전의 시절이 연결되어서 나타났다. 폭격당했던 시절, 여자로서의 그녀의 생활에 결정적인 도장이 찍혀진 시절, 처참하게 파괴된 거리의 혼돈 속에서 쥐와 같았던 매일매일, 공포와 배고픔과 추위와 고독의 연속. 그리고 그러한 시절에도 시간에 따라서 조그마한 습관이 살아남아 있었다는 것이 이상할 정도였다. 사람들은 다 떨어진 모포 밑에서 잠자고, 구멍이 뚫어진 통조림 통으로 식사하고, 판자집이나 1 kg의 감자나 한 다발의 마른 장작을 구하러 돌아다녔다. 그리고 그러한 상태에 있을 때 앙상한 골조밖에 남아 있지 않은 건물 한가운데에서, 화염으로 휘어진 철골 복판 한가운데에서, 허물어진 벽의 구멍이 뚫린 수도관 한가운데에서, 커다란 입을 벌린 지붕 밑에서 그녀는 러브스토리를 만들었던 것이다……

상대는 패전한 군대의 한 병사로, 피곤과 굶주림으로 지쳐 있었으며 다 떨어진 군복에 대한 자랑도 없었고, 왜 동료들과 떨어졌는지도 모르고 있었다. 소총과 잡낭을 어깨에 걸치고 모자도 없이 머리카락은 먼지로 뒤범벅이 되어 삼(麻)처럼 된 채로 건물 잔해를 헤치면서 그녀가 있는 폐허한 모퉁이에 나타난 것이다.

힐데가르데는 주워모은 불씨로 식사 비슷한 것을 데워서 그와 함께 먹었다.

사나이는 허기진 듯 말도 하지 않고서 그것을 먹었다. 그리고 그 다음 두 사람은 모두 언제 죽을지 몰랐기 때문에, 아무것도 과거와의 연결이 없었기 때문에, 미래가 있을 거라고는 생각지도 않았기 때문에 그 돌 산 위에서 바람을 맞으며 사랑을 맺었던 것이다. 둘은 자기들이 가지고 있는 모든 것, 젊음과 관능과 다정함을 서로 교환했다. 살아 있는 것, 젊고 힘센 것, 그것을 모두 서로에게 주었다. 하다 못해 누군가가 그것을 즐길 수 있도록, 그리고 두 사람의 죽음이 전혀 무의미하지 않도록 소원하면서. 그것은 하룻밤 내내 계속되었다. 오직 하룻밤뿐이었다. 아침에 그는 그녀가 자고 있는 동안에 떠나 버렸다.

그것이 두 사람이 받은 몫이었다. 인생은 그 이상의 것은 그 두 사람에게 줄 수가 없었다. 그녀는 그 보배를 유복하고, 젊고, 고생하지도 않고, 풍족하고, 또한 자각도 없고, 욕심이 많은 사람들에게 남겨주었어야만 했을는지도 모른다. 그러한 사람들은 마치 귀족과 같이 아무것도 주저하지 않고 행운이 계속되도록 테이블 밑에서 손가락을 깍지끼고서 주문을 외지도 않은 채 그녀의 보배를 주머니 속에 집어넣고는, 또한 수도 헤아리지 않은 채 그것을 낭비해 버리고 말았을 것이다. 사실 그렇게 하는 것이 당연하겠지. 그러나 그녀는 그런 사람들과는 종족이 달랐던 것이다.

바다는 조용하게 소리를 냈고, 바람은 가볍게 불었고, 밤은 잔잔했다. 그리고 젊은 여자는 갑자기 100살이나 나이를 먹은 느낌이었다……

선원 한 사람이 다가와 모자에 손가락을 하나 대면서 경례한 다음 칼 리치몬드가 체스 상대로 그녀를 부른다고 전했다.

그래서 그녀는 단번에 현실로 돌아와서 이 체스에서는 노인을 이기게 해주어야겠다고 결심했다. 어느 정도는 점수를 벌어두는 것이 안전하겠지.

힐데가르데는 선원의 뒤를 따라갔다.

체스의 승부는 장난에 지나지 않았다. 실생활에서의 승부가 더 열이 오르고, 날이 감에 따라 두 사람은 역할을 바꿔가며 상대적인 우세를 서로 빼앗고 빼앗기고 했다.

포르트 피노가 맘에 들었기 때문에 그들은 이틀 간 거기에 기항했다. 그녀가 뭍에 올라 있는 동안 노인은 침대에 들어가 선실의 문을 닫아걸고 틀어박혀 있었다.

앤턴 콜프는 그녀의 승리를 인정하지 않을 수 없었다.

"당신은 대단히 천부적인 혜택을 받은 학생이오." 바다가 내다보이는 호텔 테라스에서 차를 마시며 그가 말했다.

"선생님의 교시에 따르고 있을 뿐이에요."

"아니, 그 이상이오. 당신에게는 자발성이 있어. 그것도 정말로 기막히게. 이번 일은 반드시 멋지게 해낼 거요."

"그 사람은 순진하지 않기 때문에 아주 쉬워요. 신뢰를 이용한다면 아주 맘이 편치 않겠죠?"

"그러나 당신은 해내지 않았소, 안 그래요?"

"정말이지 모르겠어요. 경쟁심을 불러일으키는 것이 오히려 그 사람의 태도죠. 그것이 저에게는 이 게임을 흥미롭게 만들고 있는 것 같아요."

"그래, 돈이 들어오게 되는 날에는 어떻게 하겠소?"

힐데가르데는 멍청히 앞을 바라본 채로 어깨를 으쓱했다.

"모르겠어요. 전 벌써 돈 계산 같은 건 잊어버린 것 같아요. 재산이란 그런 게 아니잖아요. 이차적인 문제를 생각지 말고 해나갈 것. 그러나 선생님은, 선생님은 어떻게 할 생각이세요?"

"잊지 말아요. 내 손에 들어올 재산은 당신의 재산에 대면 비교도 안 돼요. 거기다 나는 벌써 예순세 살이오. 내 야심은 소박하지. 그런만큼 오히려 확실하고."

"어떤 야심인가요? 말씀해 주세요."

"아니, 말할 수 없어. 절대로."

"뭐 아무래도 좋아요. 이미 지금 이대로도 한결 행복해졌으니까요. 우리들이 지금 보내고 있는 생활도 마음에 들고,

배도 좋고, 약혼자도 재미있고, 승부에도 열중해 있고. 더 이상 무얼 바라겠어요?"

"말하는 투까지 아주 달라졌군. 당신이 처음 내 사무실에 왔을 때의 일을 기억하시오?"

힐데가르데는 웃었다. "전 선생님이 결혼 상대자라고만 생각했었어요. 그때는 복권에 당첨이나 된 것처럼 생각되었죠."

"친절한 말씀, 황송하오이다."

"제가 순진했었다는 증거예요. 그래도 선생님이라면 부인을 찾으시는 데 신문에 낼 필요까진 없으시겠지요?"

"그건 그래요. 특히 나같이 여자를 그저 이용만 하는 사람은 말이오. 여자가 내 생활에 들어온다는 것은 위생상의 필요 때문이 아니겠소? 칫솔과 같지. 아시겠소? 그래서 아무래도 자주 바꿀 필요가 있단 말이오."

"그런 여자들보다 나은 사람은 한 번도 만나본 적이 없었나요?"

"있었지. 직업여성이었소. 원래 그런 여자가 정부로서는 이상적인데, 그 중에서도 그 여자는 기가 막혔었지. 나는 그 전부터 산 여자에게는 약했지요. 물론 돈으로 산 여자 말이오. 여자는 모두가 팔려진 것이 틀림없으니까……그러나 결혼해 버리면 틀려지지. 매력이었던 천성을 모두 잃어버리고 한 집의 주부나 요리사나 중성으로 변하고 만단 말입니다. 침대의 상대가 되는 것은 아주 드물게 된다는 거요."

"그럼 저는요? 선생님은 저를 갖고 싶다고 생각하신 적은 없으신가요?"

앤턴 콜프는 조금 놀라서 장난스럽게 그녀를 바라보고는 잠시 있다가 대답했다.

"당신도 여자요. 그러니까 본능적으로 손에 잡히지 않는 것을 가지고 싶어하는 게요."

"제 반응을 이야기하고 있는 게 아니에요. 선생님의 반응 말이에요. 저, 한 번도 저를 갖고 싶다고 생각해 보진 않으셨나요?"

"생각해 보지도 않았소."

"그래요?"

"그래서?" 잠시 침묵하다 그는 말을 이었다. "그래, 당신은 생각해 보았소?"

두 사람의 눈이 떨어지지 않았다. 한 순간 둘 사이에는 망설임의 구름이 스쳐 지나갔다. 그러다가 낮은 목소리로 그녀가 대답했다. "싫진 않으시겠죠, 틀림없이?"

그의 시선은 그녀의 몸을 머리부터 발끝까지 훑어보면서 천천히 그녀를 벗기고 있는 것 같았다. 그러나 곧 그 눈의 표정은 달라졌고, 조용한 목소리로 그녀를 보지 않은 채 말했다. "서로 즐겁게 몇 시간을 지낼 순 있겠지. 그것은 틀림없소. 그러나 미래가 우리들을 준비해 주는 것이 훨씬 매력적이지 않겠소."

"그러나 선생님은 독신 아니세요? 재산 같은 것이 고녹을 위해서 무엇을 할 수 있겠어요?"

"혼자는 아니지. 나에겐 당신이 있어. 내 귀여운 딸이."

"우리들은 결코 함께 될 수는 없지요. 그때 저는 선생님의 테두리 밖에 있게 되거든요."

"일이 그렇게 되지 않으면 안 되지. 나에게 있어서는 피를 나눈 딸보다도 훨씬 귀중하니까. 그렇지, 난 당신의 아버지인걸."

얘기는 거기서 끝났다.

칼 리치몬드는 포르트 피노에서 섬세한 자상함을 보였으나, 그 뒤로는 며칠 간이나 마치 싫은 표정을 짓고 있는 것이 좋다고 믿고 있는 것 같았다. 힐데가르데는 되도록 비위를 건드리지 않으려고 조심했지만 시칠리아 섬에 기항하고 있을 때 사건이 폭발하고 말았다.

그것은 극히 하찮은 영계 요리에서부터 시작되었다.

힐데가르데는 극히 자연스럽게 오락의 주인 역할을 했고, 요리도 지시하게 되어서 노인의 음식 기호를 잘 알아차리고 교묘하게, 그리고 조심스럽게 주의해서 그것을 맞추고 있었다.

위가 약해서 극히 조금밖에 먹지 못하는 노인은 요리에 대해서 무척 즉흥적이고 까다로워서 힐데가르데의 능숙한 지시를 좋아하고 있었다.

그러던 어느 날, 노인이 싫어한다는 것을 알면서도 그녀는 자기가 좋아하는 버섯이 든 닭고기 요리를 만들도록 했다. 그 대신에 노인이 특히 좋아하는 생선 요리를 추가하도록 배려를 했다.

점심식사의 절반까지는 극히 정상적으로 지나갔다. 그때 급사장이 맛있는 닭고기 요리를 가져왔다. 노인은 처음엔 깜짝 놀랐다가 즉시 그것은 자기로서도 억누를 수 없는 노여움으로 바뀌었다. 원인과 균형을 맞추지 못한 그 격렬함은 오히려 뜻밖이었다. 힐데가르데가 그의 생활에 끼치고 있는 영향으로 인해 자기의 자유가 침범당했다고 느꼈으며, 자기가 좋아하는 것을 그녀가 가볍게 여겨서 자신의 식탁에서 자기를 모욕했다고 생각한 것이다. 그리고 그것은 도저히 용서할 수가 없는 것이었다.

같은 식탁에 앉아 있던 사람들이 접시에서 닭고기 요리를 나누고 있는 동안에 그는 웨이터를 불렀다. 빛바랜 듯이 새하얗게 변한 얼굴로 눈은 힐데를 바라보고 있었다. 그의 시선을 피하면서 그녀는 온몸의 힘으로 자신의 두 손이 떨리는 것을 멈추게 하려고 애썼다.

자메이카 인이 들어왔다.

"내려놔." 하고 그는 무표정하게 말했다.

두 사관과 앤턴 콜프는 약간 어이없어 하면서도 접시를 내려놓았다.

힐데가르데는 흑인의 장갑 낀 손이 접시에 가까이 왔을 때도 얼굴을 들지 않았다.

그녀는 이상하게 떨리는 낮은 목소리로 소스를 조금만 달라고 했을 뿐이다. 완전한 침묵이 지배했다. 자메이카 인은 어떻게 해야 하는지 몰라서 주인의 얼굴을 돌아보며 그의 명령을 기다리고 있었다.

"난 닭고기가 몹시 싫어, 마에나 양. 그리고 당신은 그걸 알고 있어. 내가 싫어하는데 내 식탁에서 사람들이 그걸 먹고 있다는 것은 참을 수가 없단 말야."

처음으로 힐데는 그를 바라보았다. "회장님은 자신이 드실 때의 모습이나 자신이 드실 때 내는 소리가 다른 사람들에게 유쾌한 것인지 아닌지 생각해 보신 적이 있으세요? 회장님이 유별나게 좋고 싫은 것을 가리는 것을 참는다는 것이 즐거울 거라고 생각하고 계시는 건가요? 저는 회장님이 좋아하시는 생선 요리를 틀림없이 만들게 했어요. 그걸 드시고, 저희들에게는 닭고기 요리를 먹게 해주세요. 그리고 바보스러운 소동을 일으키지는 마시고요."

그러나 폭풍을 안은 고요함이 더 이상 그녀의 말을 계속하지 못하게 했다.

두 사람은 가만히 노려보고 힐데는 지나쳤다는 것을 깨달았다. 자기의 지위가 무너져 버리기 일보직전이라는 것을 알아차렸다.

한 순간, 일동은 활극을 보는 듯이 꿈적도 하지 못했다. 칼 리치몬드의 얼굴은 흰 빛을 띤 흑색에서 붉은 빛으로 바뀌었다. 노여움으로 그는 쉰 목소리로 변했다. "흠, 당신은 나를 싫어하는군. 내가 먹는 것을 보고 있을 수가 없다는 거지. 내가 소리를 내는 게 맘에 안 든다는 거지. 그런가, 좋아. 칼 리치몬드의 추억을 남겨주지. 잘 봐, 도움이 될 테니까!"

그는 붉은 포도주가 들어 있는 병을 잡고서 오른쪽 벽에다 힘껏 던져버렸다. 크리스탈 글래스가 산산조각나고 벽은 붉게 물들어 버렸다.

아무도 막을 겨를도 없이 그는 접시들을 집어서 잡히는 대로 벽에다 던져버렸다. 컵이 뒤를 이었고 다음에는 나이프와 포크가 날았다. 자메이카 인은 놀라 질겁하여 의자 뒤로 숨어버렸다.

앤턴 콜프는 엉거주춤했으나 노인은 보지도 않고 가까운 것에서부터 손이 잡히는 대로 벽에다 던져버렸다.

"시시한 암컷이 주인에게 대들다니. 모두들 알아둬, 누구 한 놈도 날 멸시하는 걸 용서 못해. 그리고 내가 하지 말라고 하면 당신이든 누구든 명령을 지키지 않으면 안 돼. 여기선 너희들은 모두 내 하인인 거야. 당신이라도 조금도 다르지 않아. 내가 지시하는 대로 따르도록 돈을 주고 있는 거야. 돈을 갖고 있는 것은 나야. 내가 무엇이든 정하는 거야. 주인은 나야. 너희들은 내 하인이야. 너희들 어느 누구나 이것을 잊는 건 절대로 용서 못해. 난 식사 때 트림을 하고 싶으면 당당하게 한단 말이야. 너희들에게 그것을 웃으며 참을 만한 돈은 충분히 주고 있어. 트림 정도가 뭐. 더 나쁜 것도 할지 모르지. 마에나 양, 그래도 당신은 참아야 한다고. 다른 사람들과 똑같이 말이야. 몇 번이든, 내가 만족할 만큼 말이야."

힐데의 신경은 그 이상 견딜 수 없을 정도로 떨리고 있었다. 그녀는 일어나서 성난 쉰 소리로 앉으라고 고함치는 칼리치몬드의 명령을 무시하고 나가 버렸다.

갑판에 올라가니 부드러운 바람과 주위의 고요함 때문에 조금 살 것 같았다. 그녀는 마음을 가라앉히려고 한껏 깊은 숨을 쉬었다. 그러나 온몸의 떨림은 멎지 않았다. 꿈꾸듯이 선실로 돌아와서 가지고 있던 신변의 물건들을 슈트케이스에 챙겨넣고 핸드백을 들고서 다시 갑판으로 나왔다. 트랩은 걸려 있는 채로 있었다. 아무것도 생각하지 않은 채 그저 본능적으로 그녀는 그쪽으로 향했다. 승무원 한 사람이 스쳐 지나가면서 호기심에 찬 모습으로 그녀의 얼굴을 들여다보았으나 말은 걸어오지 않았다. 그녀에게는 그 승무원이 조소하듯 만족스러운 얼굴을 하고 있는 것으로 생각되었다. 크롬 도금의 손잡이를 잡고 그녀는 하이힐이 트랩의 구멍 사이에 끼지 않도록 조심하면서 내려갔다.

부두에 내려가니 햇빛이 그녀의 눈을 어둡게 했다. 몇 마리의 개가 자고 있는 광장을 지나 종려나무 밑의 찻집을 향해서 걸었다. 어디선가 달콤한 노래가 흘러나오고 있었다. 그녀는 그 시원스러워 보이는 찻집으로 들어갔다. 코카콜라 상자에 살짝 걸려 넘어져서 몸을 일으키는데 구석방에서 선원들이 점심식사를 하고 있는 것이 보였다. 그녀는 선원 셔츠를 입은 남자에게 다가가서 택시가 어디에 있는지를 물었다. 말이 많은 여자 한 사람이 이탈리아 어로 무언가 의논하기 시작했다. 남자는 힐데가르데를 홀끔홀끔 바라보면서 접시 위의 치즈를 먹고 있었다. 접시 가운데에는 대구뼈가 남아 있고, 나일론 테이블보 위에는 양상치를 담은 큰 샐러드 접시가 놓여 있었다.

힐데는 트렁크를 든 손을 바꿨다. 겨우 여자가 입을 다물었다. 남자는 일어나서 나이프를 접어 주머니에 집어넣고서 두 손을 바지에 닦고는 지독한 액센트의 영어로 자기가 태워다 주겠다고 했다.

두 사람은 잠들어 있는 듯 조용한 광장으로 나왔다. 마침 낮잠자는 시간이었다. 두 사람 모두 본능적으로 홀끔 요트 쪽을 바라보았다. 요트는 해안의 후미진 곳을 척 차지하고서 그 크기와 호화스러움으로 주위의 어선들을 압도하고 있었다. 배 위에는 사람 그림자가 없었다.

두 사람은 찻집의 뒤를 돌아 조그마한 골목길로 들어섰다. 남자는 조용히 이쑤시개를 쓰면서 다른 것을 생각하는 모양인지 즈크(베실이나 무명실로 두껍게 짠 직물) 구두를 신고 소리도 없이 앞서 걷고 있었다. 그는 창고의 문을 열었다. 낡고 조그마한 화물자동차가 놓여 있었다. 자전거 두 대가 벽에 세워져 있어서 힐데는 안으로 들어갈 수 없었다. 사나이는 밖에서 기다리라고 신호했다. 이윽고 모터의 붕붕거리는 소리가 들리고 차는 후진을 시작했다. 빈 상자가 가득 쌓여 있었다. 남자가 문을 열어주고, 힐데는 그 옆에 올라탔다. 사나이는 트렁크를 뒤에 싣고 클러치를 밟았다. 길에 먼지 구름이 일어났다.

운전을 하면서 사나이는 힐데에게 흘끔흘끔 시선을 던졌다. 그는 말 붙일 기회를 노리고 있었던 것이다. 그러나 힐데는 거기에 응하지 않았다.

개 한 마리가 경적을 듣고 귀찮은 듯이 길을 비켰다. 남자는 겨우 잠잘 수 있을 만한 하나밖에 없는 호텔로 안내했다. 힐데는 핸드백을 찾아서 지폐를 꺼냈다. 남자는 그것을 주머니에 집어넣고는 한마디도 없이 트렁크를 내려놓고 돌아갔다.

보이들은 낮잠을 자고 있는지 누구 하나 나오지 않았다. 자갈길에 뒤꿈치를 삘 뻔하면서 현관까지 겨우 걸어 들어갔다. 초인종을 누르니 인기척이 없는 홀에 요란하게 종이 울렸다. 홀에 장식 비슷한 것은 종려나무 화분뿐이었다.

얼마 뒤에 고용인 하나가 졸린 눈으로 보이 옷 단추를 채

우면서 나타났다. 두세 마디 교환하고 보이는 힐데를 안내
해서 대리석으로 된 큰 계단을 올라갔다. 둘은 긴 복도를
지나 커다란 방으로 들어갔다. 보이는 곧 쇠살문을 열었다.

아름다운 테라스에서 바닷가 후미진 곳이 내다보였고,
'행운아'호가 굵은 밧줄로 묶여서 조용하게 흔들리고 있는
것이 보였다.

혼자 남게 되자 힐데가르데는 구두와 답답한 원피스를
벗고서 맨발로 슬립 하나만 걸친 채 담배에 불을 붙여 물고
침대에 길게 누웠다. 더위가 금세 방안에 가득찼고, 요란한
매미 소리가 그것을 더욱 부추겼다. 부드러운 바람이 종려
나무의 칼날과 같은 잎을 비벼대고 있었다. 그녀는 눈을 감
았다. 그리고 처음으로 자기가 어떤 진흙탕 속에 발이 빠져
버렸는가를 깨달았다.

배에서는 칼 리치몬드가 제멋대로 화를 낸 다음에 선실
로 자기를 옮기게 해서는 거기서 힐데가 만들어놓은 식단
의 점심을 먹고 있었다.

고함을 지른 다음에는 후련해 하는 그였고, 시장기도 느
꼈으며, 또한 대개의 경우 그는 먹고 마시는 것을 즐기는
편이었다. 사실 그 약간의 소동이 결코 불만족스럽지는 않
았다. 그것은 그에게 마지막 말을 던지는 기회를 제공해 주
었기 때문이었다. 그는 식욕이 왕성했다. 그와는 달리 나머
지 사람들은 모두 목에 무엇이 걸린 것 같은 기분으로 일이
어떻게 되어가는가 하고 걱정하고 있었다. 앤턴 콜프는 기
분이 상한 것을 감추려 하지 않았다. 이런 소동이 일어난

것이 자기 학생 때문이라는 점에 마음이 언짢았다. 이번에는 분명히 그녀가 도를 지나쳤던 것이다. 더군다나 우쭐해진 그 여자는 사라져 버리기까지 한 것이다. 이에 대한 보상은 짧은 시간 안에는 불가능할 것같이 생각되었다. 산전수전 다 겪은 그로서도 이것을 방탕아가 돌아온 것처럼 꾸밀 수는 없었다. 또한 리치몬드 쪽에서 그녀를 찾아나서리라고는 생각되지 않았다. 단 한 가지 해결책은 노인이 그녀가 없어졌다는 것을 알기 전에 앤턴 콜프 자신이 찾아내는 수밖에 없었다.

이번에는 그가 힘없이 트랩을 내려갔다. 그리고 광장의 하나밖에 없는 찻집으로 향했다. 그는 그 한가로운 사나이와 교섭해서 잠시 전에 힐데가르데를 데려다 준 호텔로 안내되었다.

도어맨은 그를 방으로 안내했다. 힐데는 시트를 몸에 감고 침대에 앉은 채로 그를 맞이했다.

앤턴 콜프는 한치의 빈틈도 없는 옷차림으로, 옷깃의 단추 구멍에는 제비꽃을 꽂고, 무릎에는 파나마 모자를 놓고서 착잡한 표정으로 그녀를 쳐다보았다.

"그래, 당신은 꽤 위험한 실패를 한 것 같은데."

그녀는 대답하지 않고 피우고 있던 담배를 새로운 담배에 옮겨붙이고는 담배꽁초를 옆의 탁자 서랍 안에다 비벼 끄고서 넣어버렸다.

"칼 리치몬드는 아직 당신이 없어졌다는 것을 모르고 있소. 사태가 더 이상 악화되기 전에 돌아갑시다. 다른 사람에게 비밀을 지키게 하는 것은 내가 맡겠소……뭐라고 좀 말해 봐요."

"전 배에 돌아갈 생각 없어요."

"음, 그래요?"

두 사람은 오랫동안 침묵했다. 힐데가르데는 해안 후미진 곳의 경치에서 눈을 뗄 수가 없었다. 상대가 수화기를 들어서 위스키를 가져오라고 해도 뒤돌아보지 않았다. 그가 안락의자로 돌아가 앉아서 두 사람은 그대로 보이가 올 때까지 기다렸다. 막간의 희극이 잠시 이어진 다음 보이가 나가자마자 앤턴 콜프는 즉시 문제의 핵심을 찔렀다.

"주의를 주기 위해서 얘기하는 건데, 이 외국에서 돈도 여권도 근로수첩도 없이 남는다는 것은 정말 바보스러운 짓이오. 아주 기가 막힌 해결책이라도 발견하지 않는 한."

"말씀하시는 게 맞아요. 하지만 그런 일이 있은 뒤론 배에는 돌아가지 못하겠어요."

"그건 자존심인가, 그렇지 않으면 전술인가?"

"무슨 뜻인가요?"

"만일에 그것이 하나의 제스처라면 그건 좋아요. 나도 가담하겠소. 그 방법을 설명해 봐요. 그러면 도와드리지. 말해 보시오. 대답이 없는 걸 보니까 역시 전술은아니시군. 성격 문제, 그것도 나쁜 성격 때문이라고 하는 거요? 확실히 그런 거요?"

"서로 뒷다리 잡는 것은 그만두도록 하죠. 그 늙은이가 정말 싫어요. 저, 더 이상은 참을 수 없어요. 그것뿐이에요."

"그럼 당신은 아무런 수고도 하지 않고 백만장자가 될 수 있다고 생각하고 있는 게요? 내가 진작에 얘기해 두지 않았소? 그 사람을 다루는 것은 다이나마이트를 취급하는 것처럼 힘든 일이라고. 나 또한 형편없이 안이하게만 생각하는 여자를 믿고 있었군."

힐데가르데는 몸을 일으키더니 베개를 등으로 갖다댔다.
"이젠 그만두세요. 부탁합니다. 저는 말싸움할 생각은 없어요. 확실히 선생님 말씀이 맞아요. 아주 분별없는 짓을 제가 했어요. 그러나 하루이틀 만에 그렇게 바뀔 수 있는 건 아니잖아요."

"그것이 당신의 좋은 점이야. 그러나 하여튼 일어나서 배에 돌아갑시다. 당신이 도망간 것이 발견되기 전에."

힐데가르데는 침대에서 미끄러져 내려와 원피스를 집어들어, 그녀에게서 눈을 떼지 않고 있는 앤턴 콜프 앞에서 아무런 거리낌 없이 그것을 뒤집어썼다. 그리고 머리칼을 흐트러뜨리며 그것을 입으면서 말했다.

"아까 전술이라 하셨죠? 그건 어떤 의미였나요?"
"역시 마음속에 무언가 생각이 있었군?"
"아까는 그렇지 않았지만 지금은 없는 것도 아니죠."
"어떻게 하겠다는 게요?"
"아까는 정말로 감정에 끌려서 나왔지만 그걸 그 고집쟁이 늙은이를 잡아올리는 미끼로 바꿀 수는 없을까요?"

"무서운 도박이군. 그가 꽉 물었다는 증거는 아무데도 없지. 만일에 벌써 바늘을 삼켜버렸다고 한다면 그건 기막힌 솜씨요. 그러나 그렇지 않으면 보상받을 수 없는 실패가 되는 게요."

"선생님은 어느 쪽이라고 생각하세요?"

"방금 얘기한 것처럼 주사위로 정하기에는 걸린 돈이 너무 많아."

"그러나 이대로 배에 돌아가면 꼭 항복한 것 같지 않겠어요?"

"아직 그가 당신이 도망나온 것을 알기 전까지는 괜찮소."

"배는 항구에 있는걸요. 그런 충돌 뒤에 나가지 않을 이유가 하나도 없잖아요? 자존심이 조금이라도 있는 사람이라면 누구나 그렇게 했을 거라고 생각해요. 그게 기분나빠요."

"이런 때에 그런 미묘한 것까지 따지고 있을 순 없소."

"저, 조금 생각이 있는데요. 배에 돌아가시면 저에 대해선 아무 말씀도 하지 마시고 눈치만 살펴주세요. 만일 그 사람이 저에 대해서 전혀 마음을 쓰지 않는다면 오늘 중으로 돌아가겠어요. 그러나 만일에 그렇지 않는다면 잘 구슬러서 그 사람을 제가 있는 곳으로 오게 해주세요. 그러면 그 뒷일은 제가 맡을께요."

앤턴 콜프는 마지못해 일어섰다.

"다른 방법이 없구먼. 어떻든 그가 아무 말없이 닻을 올려버리지나 말았으면 좋겠는데."

힐데는 미소지었다. "그때에는 항구의 관리와 문제가 일어난다고 수를 쓸 수도 있지 않겠어요? 저는 여권 없이 상륙했으니까요. 어때요?"

"정말로 천부적이오, 당신은."

그리고 앤턴 콜프는 그 이상 한마디도 보태지 않고 나갔다.

승부는 힘들었다. 그러나 만일에 노인이 그녀의 뒤를 쫓아가게만 되면 승리는 뚜렷한 것이다. 문제는 오로지 그 변덕쟁이 노인의 뜻밖의 반응에 달려 있다.

앤턴 콜프는 배에 돌아가 사소한 이유를 만들어서 사무실에서 회장의 얼굴을 볼 기회를 만들었다. 서류 다발을 안은 채 선실 문을 노크한 그는 안에 들어가서 상대의 급변한 태도를 보고 놀랐다.

리치몬드는 마치 아첨하는 듯한 미소를 띠고서 그를 맞았다. "오늘밤 스플릿으로 떠나네. 모든 걸 부탁하네. 도중에는 기항하지 않을 테니까."

비서는 조심스럽게 광맥 쪽으로 나아갔다. "왜 스플릿으로 가시는지 물어봐도 되겠습니까?"

노인은 마치 생활을 즐기고 있다는 투로, 그 도시에는 멋있는 추억이 있어 꼭 한 번 가보고 싶어서 그렇다고 대답했다.

이 설명에는 아무런 의미도 없었다. 그렇다고 다른 설명을 요구할 수도 없었다. 앤턴 콜프는 그것을 참는 수밖에는 없었다.

"이미 선장에게는 명령하셨습니까? 아니면 제가 지시할까요?"

"아니, 모두 끝났어. 아, 체스나 한번 두세. 5시가 되어야만 물을 넣는 게 끝날 모양이야."

둘은 체스판을 사이에 두고 게임을 시작했다.

어느 쪽도 진짜 마음에 두고 있는 화제에는 가까이 가려 하지 않았다. 노인은 비서를 관찰하고 있었다. 그러나 상대가 입을 열지 않는 것을 보고 잠시 뒤에 결심했다. "마에나 양이 선실에 없더군."

앤턴 콜프는 체스판을 보면서 아무데도 걸리지 않을 대답을 했다. "이 더위에는 무리도 아니지요."

"아니, 말하는 것이 서툴렀는지도 모르겠군. 선실에도 없다는 거야. 그렇다면 자네 생각으론 어디에 있을 것 같나?"

"배가 커서요."

노인은 만족한 듯 쿡쿡 하고 닭과 같은 소리를 내며 웃었다. 그에게는 매우 재미가 있어서 견딜 수가 없었던 것이다. "그 여자는 내 배에는 없어. 그건 확인했지. 그리고 식사 후에 트렁크를 들고 내려가는 것을 본 선원도 있어."

"이 부근을 한 바퀴 돌고 올 생각인지도 모르죠."

"트렁크를 들고서? 어이, 콜프! 자네는 꽤 똑똑하다고 생각했는데 말이야. 그 여자는 나간 거야. 깨끗하게 말이지. 우릴 모두 다 내버려두고 도망쳐 버린 게야. 젊은 것이 꽤 대단하잖아."

비서는 상대의 시선이 자기에게 못박힌 듯이 머물러 있는 것을 느끼고 있었다. 그래서 자기 말을 움직여 놓고 나서 어깨를 으쓱해 보였다. "다른 간호원을 찾도록 하지요. 그 여자는 바보입니다."

"난 다른 여자가 필요하다고 말하는 게 아니야. 그 여자가 필요해. 그 여자는 내 고용인이야. 내 허락 없이는 제멋대로 나가게 할 수 없어. 난 불복종이 제일 싫어. 그 여잘 찾아다 줘. 스플릿에서 내려주지."

"그러나 다른 여자를 찾으시는 게 현명하다고 생각지 않으십니까? 그 여자는 고집이 세서 더 귀찮은 짓을 하게 될는지도 모르잖습니까. 그리고 우선 찾을 수 있을는지 없을는지도 알 수 없고요."

"여긴 뉴욕이 아니야. 호텔을 모조리 돌아보면 돼. 그것도 몇 채나 있다면 모르지. 그리고는 여기로 데리고 오는 거야."

"그러나 따라오지 않겠다고 할는지도 모르잖습니까?"

"뭐라고? 자네는 그렇게 투덜거리고 있는 겐가, 콜프! 마치 그 여자가 나간 걸 기뻐하고 있는 것 같군."

"아, 그렇다고 말씀드릴 수 있지요."

"그 여자가 무슨 짓이라도 했다는 거야?"

"저에게는 아무것도요. 그러나 말씀드리자면 그 여자는 분수를 모른다고 생각되는데요."

"그렇기 때문에 찾아오라고 하는 거야. 사물을 결정하는 건 이 나 한 사람뿐이란 것을 이번에야말로 가르쳐 줄 테니."

둘은 체스 게임을 끝냈다. 앤턴 콜프는 주인의 모처럼의 좋은 기분이 바뀌지 않도록 교묘하게 이기는 것을 양보했다.

그는 호텔로 가서 힐데가르데에게 그 어딘지 불안한 약혼자의 지금의 정신상태를 알려주었다. 특별히 기뻐해야 할 만한 것도 못 됐다. 노인이 바라는 것은 단지 폭군이 갖고 있는 관심에 지나지 않았기 때문이다. 그녀를 기를 쓰고 찾아내려 하는 것은 좀더 분명하게 내쫓기 위한 것에 지나지 않았으니까. 그러나 힐데가르데는 이미 입장을 정해 버렸기 때문에 거기에 버티고 있는 수밖에 없었다. 앤턴 콜프는 그녀에게 그렇게 권하고 배로 돌아가서 노인에게 그 간호원은 두 번 다시는 와서 일하지 않겠다고 거절하고, 급료조차도 받지 않겠다고 한다고 보고했다.

노인은 눈을 반쯤 감은 채 비서를 관찰하면서 끄덕이더니 조용한 소리로 물었다. "우리 둘만의 이야기인데, 콜프, 자네, 그 여자에게 돌아오면 좀 집어주겠다고 했나?"

"예, 물론입니다."

"얼마나?"

"확실한 숫자는 얘기하지 않았습니다. 비슷하게 알아들을 정도로만 알려줬지요."

"탐내지 않던가?"

"무슨 명예니 자존심이니 하는 얘기만 늘어놓아서……"

"허세야, 그건 허세에 지나지 않아. 배가 오늘밤 나간다고 해도?"

"물론입니다."

"그럼, 걱정할 필요없어. 돌아올 거야."

"그렇게는 생각되지 않습니다."

"내기할까?"

"지십니다. 제가 떠나기 전에 그 여자는 비행기 시간을 알아보고 있더군요."

"좋아. 멋대로 하라고 해. 더 이상 그 여자 얘기는 내 귀에 들리지 않게 해줘. 물을 다 집어넣으면 닻을 올린다. 이젠 됐어."

"저는 선실로 내려가겠습니다. 아직 연락해야 할 것들이 꽤 남아 있어서요. 만일 필요한 일이 있으시면……"

"알았어."

그리고 노인은 말이 끝난 것을 알리듯 휠체어를 돌려 버렸다. 앤턴 콜프는 생각에 가득차서 자기 선실로 돌아갔다. 이제 주사위는 던져졌다. 만일에 칼 리치몬드가 아무런 지시도 하지 않으면 모든 계획은 트럼프로 만든 성처럼 허물어지고 만다. 힐데가르데는 너무나 위험한 모험을 하고 있다. 이제는 경쟁권 안에는 남을 수 없게 되었다. 누군가 다른 여자를 찾아내서 다시 교육시켜야지……그러나 그것은 불가능하다. 비서는 그것에 생각이 미치자 깜짝 놀랐다. 양자 입양서류는 이미 공식적으로 제출되어 있었다. 그녀는 이미 그의 딸이었다. 같은 일을 다시 해내기 위한 시간은 이미 지났다. 처음의 계획을 다시 뜯어고쳐서 되도록 손해 보지 않도록 어떻게든 그녀를 다시 한 번 무대 위에 올려놓지 않으면 안 된다.

앤턴 콜프는 손 가까이에 위스키 잔을 놓고 만들어서 붙여놓은 침대에 누웠다. 되도록 빨리 그런 귀찮은 문제를 해결하지 않으면 안 되었다.

그러나 해답이 나오기 전에 시간만 지나갔다. 이 뜻밖의 사건 때문에 모든 것이 물거품이 되려 한다. 그러나 몇 번 고쳐서 생각해 보아도 그에게는 좋은 대책이 떠오르지 않는 것이었다.

5시 가까이 되어서 물은 다 채웠다. 그는 자기 자신을 억누르고 선실에 틀어박혀서 귀를 기울이고 있었다. 그러나 배는 모든 곳이 무척이나 고요했다. 그는 하는 수없이 일어나서 배가 떠나기 전에 앞으로 할 일에 대해 힐데에게 알릴

편지를 쓰려 했다. 바로 그때 기적이 일어났다.

칼 리치몬드는 그를 선실로 불렀다. 그 얼굴을 보자마자 비서는 위 근처의 무게가 단번에 가벼워진 것을 느꼈다. 노인은 알파카 양복을 입고 파나마 모자를 무릎에 올려놓고서 정장을 한 채 그를 기다리고 있었던 것이다.

"마에나 양이 있는 곳에 데려다 주게나."

콜프는 아무런 설명도 요구하지 않았다.

"차를 부르겠습니다."

반쯤 피가 끓어오른 채 그는 갑판으로 뛰어 올라갔다. 모든 것이 다 잘 됐다. 아주 기가 막히다. 그 여자가 도도하게 나간 것이 아주 잘 되었던 것이다. 노인이 그녀를 쫓기 시작했다. 도저히 믿을 수 없는 일이지만 이렇게 일단 꺾어진 이상 그는 진것이다. 나머지는 둘이서 그에게 가까운 장래의 계획을 속삭여 넣어주기만 하면 되는 것이다. 앤턴 콜프는 너무도 기쁜 나머지 평소의 냉정을 잃고 있었다.

환자를 차에 태우고 휠체어를 차 지붕 위에 붙들어매는 것은 매우 대단한 일이었다.

비서는 따라가겠다는 말을 하지 않을 수 없었지만, 다행히도 주인은 그의 봉사를 요구하지 않았다.

"이 사람과 둘이서 하면 될 거야."

운전사를 가리키면서 리치몬드는 그렇게 말하고는 지팡이 끝으로 그의 어깨를 찍어서 시간이 지체했다는 것을 알렸다.

차는 또다시 호텔로 가는 길을 향하고 있었다. 칼 리치몬드는 양손을 지팡이에 얹은 채 뒷좌석에 앉아 주위의 경치에는 눈길을 주지 않은 채 자기 자신에 대해 조용히 웃고 있었다. 아주 작은 희망 한 조각이 또 보였다는 것을 자기 스스로도 아주 기막히게 흡족해 하면서.

도어맨 세 사람이 그를 화물차에서 내려 다시 휠체어에 앉혀 주었다. 휠체어를 뜰의 나무 그늘 밑에까지 옮기고서 노인은 자신이 왔다는 것을 안 힐데가르데가 만나러 내려오는 것을 참을성 있게 기다렸다.

그녀는 뛰어 내려오거나, 또는 계획적으로 기다리게 해서 자기의 승리를 자랑하는 악취미 같은 짓은 하지 않았다.

신중하게 화장을 고치고, 점심때의 일을 생각하기만 해도 몸이 떨려오는 것을 억누르면서 조용한 젊은 여인답게 꾸미고서 이 유력한 명사를 만나러 내려갔다.

그는 다가오는 그녀를 미소지은 채 바라보고는 손으로 앉으라고 지시했다.

힐데가르데는 마음의 동요를 눈치채지 않도록 조심하고 있었다. 여자란 사소한 몸짓에서 그것을 드러내는 법이다. 양손을 무릎 위에 단정히 놓고서 조심성 있게 스커트를 내리고 무표정한 채로 상대가 말하는 것을 듣고 있었다.

"마에나 양, 알겠지? 내가 당신이 이렇게 숨어 있는 장소에까지 찾아오는 건 굉장한 운동이야."

"오시게 할 정도로 마음을 상하게 해드려서 정말 죄송합니다."

"시시한 얘기는 그만하지. 난 기사인 체할 생각은 없어. 내 분수엔 안 맞으니까. 그저 난 일을 확실히 해두지 않는 걸 싫어한단 말이야. 그래서 이번 일도 확실히 결말을 지으려고 생각했을 뿐이야."

"저는 이렇게 나온 것으로 결말을 지었다고 생각하고 있었는걸요."

"당신은 나한테 고용되어 있어. 그리고 나는 나가라고 명령한 기억이 없어."

"명령이 없으시더라도 깨끗이 끝난 것으로 생각하시리라고 여겼어요. 그 대신 회장님껜 아무것도 요구하지 않을 겁니다."

"그러나 내 쪽에서는 요구할 수 있지 않겠어. 예를 들어서 당신이 도망갔기 때문에 무언가 나에 대한 편견이 생겼다고 생각해 보라고. 내게는 당신에게 그 보상을 요구할 권리가 있는 게야, 그렇지 않나?"

힐데가르데는 미소지은 채 대답하지 않았다.

"그것은 또한, 나는 당신에 대해서 어떤……뭐라고 말하면 되나……그래, 경의를 갖고 있다는 뜻이야. 당신은 내 둘레의 쓸모없는 놈들과는 다른 생각을 갖고 있어. 내가 여기까지 온 것도 그것 때문이고."

그녀는 미소를 더욱 짙게 지었다. 그리고 한편으론 그녀의 눈은 '생활에 시달린 순진한 여자'와 같은 눈빛으로 되었다.

그는 힐데를 잠시 동안 바라보았다. 그녀의 침묵이 그를 혼란케 했다. "그래서 한 가지 제안이 있어, 마에나 양!"

"말씀하세요."

"내가 가자마자 배는 닻을 올릴 거야. 트렁크를 들고 나를 따라와."

"그렇게 간단하게는 안 되겠어요, 리치몬드 회장님."

"시치미떼지 마. 이번 일을 잊기 위해서 난 1만 달러를 내지. 항구에 들어갈 때마다 당신은 온 세계의 닭고기를 먹을 수 있을 게야."

"안 되겠어요, 리치몬드 회장님."

"1만 5천 달러라면?"

"회장님이 그렇게 경매붙이는 식의 말씀을 계속하신다면 더 이상 말하는 것도 그만두겠어요."

"나로선 왜 당신과 협상하고 있는지조차도 모를 지경이군. 당신은 내 고용인이고, 또 당신이 잘못했다는 것은 당신 자신도 인정한 게 아닌가?"

"저는 칸으로 돌아가는 것이 가장 좋겠어요. 환자는 다른 데도 있으니까요."

"그런 건 문제가 아냐! 난 당신을 고용했다고. 난 당신을 놓지 않겠단 말이야."

"감사의 말씀을 드려야겠네요. 그처럼 저를 인정해 주시다니."

"얼마나 우쭐대려는 게야, 마치 궁전의 시녀 같군. 그러나 그것도 설마 나한테 화를 내게 하려고 일부러 그러는 건 아니겠지? 우린 그리스 반도를 일주할 거야. 멋진 여행이라서 후회는 안할 거야."

"후회하고 있는 것은 아까 일어난 일뿐이에요, 리치몬드 회장님. 그런 일이 다시 일어나는 것은 싫으니까요."

"그러니까 잊어주는 대가로 1만 5천 달러를 낸다고 하지 않았어. 내가 더 이상 어떻게 하나?"

"하실 수 있어요. 그저 사과만 해주신다면."

"호, 그래?" 노인은 어안이 벙벙해져서 다른 대답을 할 수 없었다.

"아마 그런 돈은 회장님 계층에서는 통용되지 않겠죠?"

"조금 기다려. 알 수 없는 게 하나 있어. 당신은 사람을 조롱하고 있어. 아니, 틀림없이 성실치가 못해. 성실하다면 그다지 성의도 없는 사과의 말을 1만 5천 달러의 미국 현금보다 더 고맙게 생각할 리가 없지. 대체 왜 그런 말을 하는 거지? 어떤 속셈이 있는 게야?"

"아무래도 서로를 이해하지 못하는 것 같군요. 우리는 같은 언어를 쓰고 있는데도 말예요."

"아, 그런 대단한 이야기는 그만두고, 똑똑이 말해 봐. 무엇이 필요한 거지?"

"이미 말씀드리잖았어요. 사과만 해주시라고."

"그럼, 내가 그 설명에 만족했다 치고, 요구하는 대로 사과했다고 하면. 그러면 어떻게 되는 거지?"

"어떻게 되는 건 없어요. 전 그 일을 잊고 다시 일하겠어요."

노인은 휠체어를 빙글 회전시켰다. 그 동안에도 힐데가르데에게서 눈을 떼지 않았다.

"그럼, 내가 조금……그래, 신경을 곤두세웠다고 해두지. 그러면 그때마다 그저 사과하면 된단 말이지? 그리고 당신은 1달러의 이득도 없는 거고? 그렇다면 당신은 완전히 손해만 보는 거 아냐?"

"회장님이 잘못 알고 계시는 것은 바로 그거예요. 누구나 모두가 회장님처럼 손해와 이득만을 따지며 살아가고 있다고는 할 수 없잖아요? 그보다도 손해 이득 같은 건 문제도 삼지 않는 사람들도 있어요. 저는 아무래도 그런 사람들의 동지인 것 같아요."

"그것은 대답이 아니야. 왜 당신은 나와 같은 늙은이에게 당신과 같은 말괄량이 아가씨 앞에서 사과를 하게 하는 거지? 자존심 때문인가?"

"물론 아녜요. 그보다는, 아마도 사람으로서의 자부심이랄까 그런 것 아니겠어요."

"바보 같은 소리! 자부심이라니? 자유와 평등처럼 그저 말에 지나지 않아. 사전에만 있을 뿐이야."

"누구에게나 그저 말에 불과한 건 아니에요, 리치몬드 회장님. 온 세계가 자신이 생각하시는 대로만 되어 있다고 여기시는 것은 그만두시는 게 좋지 않겠어요?"

"그래, 그 훌륭한 마음씨가 무엇에 보탬이 된다고 하는 거지?"

"자랑이란 건 아무런 보탬이 되는 건 아니잖아요? 목적이 있다고 그걸 쓸 수는 없잖겠어요? 그저 저는 이렇게 생각하고, 또 이대로 지낼 생각일 뿐이에요."

"아, 알아요. 나는 당신과 함께 다시 젊어지는 욕탕에 들어가 있는 것 같군. 그러나 내 고백하겠는데, 때로는 그것도 꽤 재미있단 말야."

힐데가르데는 승리의 미소를 감추기 위해서 혼신의 노력을 기울이고 있었다.

"그럼, 이렇게 되는 건가? 내가 당신 신세를 지지 않아도 되게 되면 의사회에서 규정한 요금만을 지불한다? 그러면 당신은 당신 집까지 기차로, 그것도 3등차로 돌아간단 말이지?"

"그렇게 되는 것 아니겠어요?"

"알고는 있구먼? 당신이 만일, 만일에 조금만 협조하면 보통 몇 년이나 걸려서 겨우 벌 수 있는 돈을 며칠 만에 얻을 수 있을 텐데."

"그렇겠죠. 그러나 그 대가는 굉장히 높게 치르겠지요. 회장님은 주위 사람들을 혹사하지 않고서는 못 견디는 분이신걸요. 그런 회장님을 참기 위해서는 무척 큰 물질적인 이익이 필요할 거예요. 그러나 저는 그럴 기운이 없는걸요."

"나를 위해 일하지 않게 되면 어떻게 할 셈이지?"

"그전의 생활로 돌아가죠."

"애인이라도 있나?"

"아뇨, 리치몬드 회장님."

"그럼 가족은?"

"지금은 아무도 없어요."

"친구는?"

"아는 사람들 정도라면."

"당신, 우리 배 위에서의 생활은 좋은가?"

"예, 아주."

"그럼 난, 나를 어떻게 생각해?"

"어머, 이상한 질문이시네요. 그것은 일을 하기 시작했을 때부터 죽 말해 왔다고 생각하는데요."

"그럼, 나를 남편으로선 어떻게 생각하지?"

"왜 그런 말씀을 하시는 거예요?"

"아니, 지금은 그저 농담을 하고 있을 뿐이야. 시간을 줄이기 위해선 여러 가지 얘기를 생각해 내야 하잖아? 대답해 봐요."

"한 번도 생각해 본 일이 없는걸요."

"그럼 생각해 보면 되지……물론 장난으로 말이야."

"그렇지만 대답해 드릴 수는 없잖아요. 제 아버지 뻘이신걸요."

"난 그 또래의 여자들을 좋아하는 늙은이와는 달라. 이미 몇 년이나 난 여자를 그런 각도에서 바라본 일이 없었지. 그리고 지금 이후에도 그런 짓은 안해. 그러나 결혼이란 건 침대 속의 미꾸라지들만을 위한 것은 아니겠지."

"그러면 저와 결혼해서 무엇이 득이 되시겠어요?"

"당신은 날 재미있게 해주는군. 내 나이에 나만큼의 재산을 가지고 있으면 재미있는 노름이란 것이 그다지 흔하게 있는 게 아니야. 당신은 엄청나게 바보스럽게 정직하든가, 아니면 엄청나게 교활한 조그만 스핑크스 암컷이지. 그 수수께끼를 풀기 위해서는 당신과 결혼하는 수밖에 없지. 그렇다고 나는 그것 때문에 잃을 것은 아무것도 없지. 밥을 먹여줄 식객이 하나 붙었다고 해서 내 재산이 흔들릴 리도 없고, 또 내 꿈이 이제 와서 깨어질 위험도 없지. 어떻게 생각하나?"

"어떻게 대답해 드려야 할지요. 너무나 뜻밖의 말씀이라서요. 생활이 완전히 바뀌는 것이라, 솔직히 말씀드려서 지금 저로서는 알 수가 없군요."

"잘 생각해요, 마에나 양. 그러나 생각하면 생각할수록 나에게는 반갑지 않은 게 되지. 그걸 잊지 말아요."

"제가 질문해도 괜찮으시겠어요?"

그는 끄덕였다.

"회장님께서는 저와 결혼하기 위해서 그럴 듯한 이유를 붙이셨어요. 그러면 제 이유는 회장님 생각으로서는 어떻게 되는 건가요?"

"나는 그렇게 솔직한 걸 좋아하지. 당신과 같이 대답하는 여자는 다른 곳엔 절대로 없을 거야."

"그러니까 회장님의 대답은?"

"난 부자이고 늙은이야. 그것 이상 뚜렷한 이유가 따로 있을까?"

"그것은 저에 대해서 꽤 실례되는 대답이시군요. 창녀라면 모를까. 조금 더 나은 이유가 있으실 것 같은데요."

칼 리치몬드는 재미있다는 듯, 그리고 기쁜 듯이 웃어댔다.

"아니, 정말이지 나는 그밖엔 당신에게 줄 것을 찾지 못하겠어."

"그럼 만일 저에게 회장님의 말씀을 진지하게 받아들이도록 하실 생각이라면 그 이유를 생각해 두시길 바라겠어요." 그렇게 얘기하고 그녀는 일어섰다. "트렁크를 가져오라고 하지요."

노인은 마른 손으로 그녀의 손을 잡았다.

"사람들은 전혀 인정미가 없어. 나 자신이 그런 것을 잊어버렸더라도 그다지 날 원망하지 말아요."

힐데가르데는 대답하지 않았다.

보이들이 그가 차에 타는 것을 도와주기 위해서 나왔다. 그것은 시간도 걸리고 또 상당히 힘드는 일이었다. 그 작업을 하는 동안 그는 젊은 여자에게서 한 번도 눈을 떼지 않았다. 그리고 그녀가 자기 옆에 앉자 그녀를 보지 않은 채 이야기했다. "나는 병신 늙은이에다 오히려 연민의 대상이 되지. 이런 이유를 들추면 나를 위해서 도움이 되겠나?"

"전혀 안 되죠. 잘 아실 텐데요."

그는 한숨 돌린 듯이 숨을 내쉬었다. 그 뒤부터 돌아오는 길에서는 두 사람은 세상 이야기를 하지 않았다.

5

두 사람의 결혼식은 그로부터 3주일 뒤 아테네의 바다 복판 한가운데서 거행되었다. 뱃사람들의 습관에 따라 두 사람의 주례는 선장이 섰다.

앤턴 콜프는 근면한 비서로서 모든 서류의 작성을 맡았다. 뉴욕과도 세부적인 사항을 모두 연락해서 이 늦은 결혼식을 정식의 것으로 만들었다. 이 뉴스는 사교계의 소식란에 일대 센세이션을 일으켰다. 사진이 전송되고, 신문의 제1면을 장식하고, 칼 리치몬드의 공증인들이 우왕좌왕하며, 그들의 축하편지 안에서도 특히 젊은 새 부인을 알게 될 날을 몹시 기다린다는 것을 감추려 하지 않았다.

그녀의 이름은 국제적이 되었다. 그러나 본인은 그것을 알지 못했다. 그녀의 생활은 변함이 없었고, 기항 때도 그저 연료와 식량을 싣는 정도의 시간밖에는 머물지 않았다.

배에서의 생활에도 표면적으로는 아무런 변화가 없었다. 그저 힐데가르데는 보석함을 자유롭게 즐길 수 있는 권리를 얻었을 뿐이었다. 그러나 고용인들은 겉으로는 예의 바르게 행동했지만 뒤에서는 손가락질을 하고 있었다. 그녀의 재빠르고도 완벽한 성공을 참을 수가 없었던 것이다.

한 사람, 앤턴 콜프만이 얼굴색을 빛내고 있었다. 그의 목적은 이미 달성된 것같이 생각되었다. 백만장자의 심복인 그는 자기 혼자만이 보관하고 있는 공문서에 마에나라는 이름 대신에 자기 이름을 써넣기만 하면 되는 것이었다.

법적으로는 그와 양부녀(養父女) 관계를 맺은 것을 공표해야 할 의무는 전혀 없었다. 전리품은 나중에 천천히 우리에서 끄집어내기만 하면 되었다. 힐데가르데는 완전히 공식적인 칼 리치몬드의 새 부인이었고, 그의 세계 최대의 재산의 미래 상속인이었던 것이다.

'행운아' 호는 나이 많은 신랑을 실은 채 항해를 계속했다. 그는 이 새로운 상태를 아주 재미있어했고, 다시 한 번 찾아온 청춘을 원기왕성하게 재음미하는 모습이었다.

이름뿐인 그의 아내도 이 동화 이야기와 같은 상태를 나쁘게는 생각지 않았고, 전혀 아무것도 요구하지 않은 나이 많은 남편에 대해서도 평범한 연애결혼보다 훨씬 건실한 장점을 인정하고 있었다.

그녀는 그녀 나름대로 새로운 생활에 녹아 들어가고 있었다. 리치몬드의 기분이 좋았다 나빴다 하는 것도 그녀가 원인이 되는 일은 거의 없었다. 그녀에 대해서는 최대한의 상냥함을 보여주고 있었다. 그녀를 즐겁게 해줄 때도 여러 번 있었고, 둘이서 체스를 두거나 두서없는 이야기를 나누는 것은 결코 힘든 역할이 아니었다. 그녀는 남편에 대해서 애정의 싹이 자라나는 것을 느꼈다. 그리고 호화스럽고 기분좋은 생활 속에서는 정열의 분출 같은 것보다도 남편의 조용함이 더 귀중한 것이 틀림없었다.

이렇게 해서 모든 것은 잘 되어가고 있었다. 지나치게 잘 되고 있었다. 아무런 일도 없이……

힐데가르데는 조심해야만 했었다. 이러한 이야기란 영화나 소설의 좋은 재료가 된다. 그러나 실제의 인생이란 어떤 의미에서는 모험이기도 하며, 또한 그것을 뼈저리게 깨닫게 해주는 응징의 칼이 눈앞에 드리대져 있는 것이다.

그러나 힐데가르데는 독일인이었다. 아무래도 조금 감상적이었다. 자기의 자리가 공식적으로 인정된 이상, 이미 그녀의 눈에는 걱정할 만한 것은 하나도 보이지 않았던 것이다.

인생은 그녀의 이런 순진함을 고려해서 여유기간으로서 신혼여행이라는 틈을 준 것이었다. 그것은 아테네에서 뉴욕까지 즐거운 기항과 아름다운 추억과 화려한 경치를 제공받은 채 앞날에 대해서는 불안의 그림자조차도 없이 계속되었다.

제일 즐거웠던 기항지는 뭐니 뭐니 해도 버뮤다 섬의 해밀턴이었다. 노인은 상륙하는 걸 싫어했으나 그녀에게는 상륙해서 즐기고 오라고 권했다.

전쟁에 의해서 청춘을 좀먹혀 버린 그녀에게는 그것은 전혀 새로운 발견이었다.

그녀는 젊고 부자였기 때문에 이 섬의 부유층 인사들 전부의 표적의 대상이었다. 사람들은 그녀를 비판하고 질투했지만 결국엔 그녀를 받아들였다. 하여튼 그녀는 새로운 요소였으며, 또 기분전환거리가 그렇게 많은 것도 아니었다. 그녀를 위한 축제가 열리고 생각지도 못할 만한 미남자들이 어디선가 나타나서는, 이미 죽어버렸다고 생각해 오던 그녀의 관능을 깨워주려고 모여들었다.

이브닝 파티는 멋이 있었다. 모든 것이 힘을 합쳐서 그녀를 다만 머리뿐만 아니라 몸 전체로 살아가도록 부추겼다. 입맛 당기는 식사, 에로티시즘에 가득찬 풍토, 자극적인 음악, 그리고 멋진 청년들. 햇살에 그을려 굳어진 근육과 탄력성 있는 몸을 가지고 수영한 뒤에는 춤을 추어야 한다는 애매모호한 구실을 붙여 그녀를 그지없이 기분좋은 두 팔로 부둥켜 안아주는 청년들. 그들과 같이 놀고 서로 약속을 하고 유혹하고, 그리고 욕망에 몸을 맡기게 되려는 순간에 상대를 바꾼다. 그것은 새로운, 그리고 이상스러울 만큼이나 사람을 취하게 하는 분위기였다. 그녀는 재미있어했고, 목욕물처럼 돈을 썼고, 인생을 사는 보람이 있다고 생각했다.

사람들은 칼 리치몬드가 그 나이에 힐데가르데와 같이 젊은 여자와 결혼하게 된 것을 정력적인 일이라고 하며 감탄해 했다.

그리고 얼마 안 가서 그 아내의 나쁜 행실이 밖으로 드러나게 될 날이 오리라 말들 하면서 웃음거리로 삼고 있었다. 그것은 언젠가는 꼭 일어나지 않으면 안 될 일이었다. 좀더 비관적인 사람들은 보드빌에 비길 만한 결말까지도 기대하고 있었다. 그럼에도 불구하고 끝내 아무런 일도 일어나지 않았고, 가십란 기자들은 빈손으로 되돌아가게 되었다.

결국 해밀턴은 여러 기항지 중 하나에 지나지 않았다고 할 수 있었다.

뉴욕에 도착하자마자 두 사람은 비행기를 타고 캘리포니아로 가서, 거기서 겨울을 지내고 봄이 되면 플로리다 해안에 가서 '행운아'호와 합쳐 멕시코를 지나 남미를 한 바퀴 도는 여행을 하기로 계획하고 있었다.

힐데가르데는 의기양양했다. 남편은 뉴욕의 저택을 다시 쓰기로 했고, 그녀와 함께 거기서 파티를 열 것도 약속해 주었다. 하루 또 하루, 꿈의 도시로 가까워가고 있어서 지금의 그녀는 배에서 내리게 될 날이 참을 수 없이 기다려지는 것이었다.

약속된 낙원에 도착하기 며칠 전, 앤턴 콜포는 사소한 얘기라고 하면서 그녀의 선실로 찾아왔다.

두 사람은 미소지으면서 서로를 바라보았다. 그 미소에는 공통의 성공이 충만해 있었다.

힐데가르데는 그의 입에 맞도록 위스키를 타서 권하고, 자기는 침대에 걸터앉아 그의 이야기를 기다렸다.

"결혼한 다음에는 정말 가끔 만날 수밖에는 없군요. 그러나 그것이 유감인 것은 기분에 한한 것이고, 일에 관해서는 내 쪽에서도 결코 시간을 낭비하지 않았지요. 당신이 기항할 때마다 밤놀이를 즐기고 있을 때, 이렇게 말하는 것이 결코 나무라는 건 아니오, 나는 당신에 대해서, 즉 내 미래에 대해서 여러 가지로 계획을 세우고 있었던 겁니다……

프랑스에서 얘기한 것처럼 당신 남편의 유서는 자선사업 비슷한 것에 유리하게 쓰여져 있었는데, 나는 되도록이면 그 유서를 파기하고 당신에게 유리한 새로운 유서를 다시 작성하도록 권했지요. 그것이 이번 일 중에서는 제일 델리킷한 것이었습니다. 내가 권한다고 해도 권한다는 것을 알게 되면 재미없게 되어버리니까. 자발적으로 그럴 생각이 나도록 만들지 않으면 안 되었던 겁니다. 그가 나에게 거의 공식적으로 그것을 알려주었을 때에는 거꾸로 반대하기도 했소. 그러나 오늘, 뭐 자랑하려는 것은 아니지만, 그 아슬아슬한 재주에 성공했다는 것을 보고할 수 있게 됐습니다. 증인 앞에서 그 사람이 직접 손으로 서명한 서류가 당신들이 도착하자마자 뉴욕으로 기탁되게 되어 있소. 이것으로써 당신의 미래는 보장된 셈이지요."

힐데가르데는 웃기 시작했다.

"선생님이야말로 악마 같은 분이세요. 그러나 그것을 그렇게 서두르실 건 없잖아요? 제 남편은 전보다 더 기운이 좋으신걸요."

"결혼은 가장 효과적으로 젊음을 되찾는 방법이지. 그러나 치료보다 예방이오. 아무튼 지금까지는 모든 것이 차질 없이 잘 되어갑니다. 게다가 상륙하면 곧 두 분이 캘리포니아로 떠난다죠? 그렇게 되면 지금까지 배 위에서 해온 것처럼 그 사람과 내막적인 이야기를 할 기회는 없어져 버릴 거라고 생각했지요."

"저와 관계된 유서 항목이 어떤 것인지 말씀해 주시겠어요?"

"유리하지요. 아주 유리합니다. 첫째로 당신에게 전재산을 남깁니다. 단지 병원 하나, 양로원 하나, 현대미술관 하나, 그리고 지금까지 그 사람이 돌봐주고 있는 두세 개의 대수롭지 않은 사업, 그것만은 당신이 떠맡게 되지요. 아, 당신에게는 오히려 소일거리 정도일 겁니다. 매년 당신을 맞이해서 큰 파티를 열도록 되어 있으니까. 텔레비전 방송국과 뉴스 영화사에서 오고, 부인은 돌아가신 위인의 흉상 앞에서 극히 흥미로운 일장연설도 하게 되지요."

"그럼 선생님의 입장은?"

"다름없지요."

"그러나 관심을 가지고 봐주어야 할 그 사업이라는 게 제 재산의 일부를 흡수해 버리는 건 아닌가요?"

"일부만이지요. 그리고 재산 전체에서 보면 그것은 문제가 안 됩니다. 자, 그래서 부녀간으로서 나에 관한 조그마한 일을 처리해야겠소. 오늘은 금요일입니다. 우리들은 늦어도 월요일엔 뉴욕에 도착해요. 처음 가보는 사람에게는 꽤 매력적인 도시이지요. 당신은 캘리포니아로 떠나기 전까지는 사교계의 소용돌이 속에 휘말리게 될 겁니다. 아마도 꽤 오랫동안 우리들은 만나지 못하게 될지도 모르지요. 그래서 지금 처리해 둬야겠다는 겁니다."

"말씀하세요."

"당신이 나에게 주기로 작정한 20만 달러를 지금 서명해 주셔야겠습니다."

"어머, 꽤나 급하게 서두르시는군요?"

"물론이오. 나는 이 배 여행을 순전히 모든 걸 확실하게 해두기 위해서 소비했으니까. 그리고 그것은 모두 다 당신 한 사람의 이익만을 위한 것이지요. 그 대가로 당신이 나에게 사소한 것을 해주는 것은 정당하다고 생각합니다만."

"불평하는 게 아녜요. 그저 선생님이 너무나 급하게 서두시는 데 놀란 것뿐이에요."

"비행기로 캘리포니아로 간다는 것을 잊으셨소? 비행기라는 것은 교통수단으로서는 가장 합리적이지만, 또한 가장 위험한 것이기도 하지. 당신들에게 만일의 일이 일어난다면 내 재산은 아무것도 없게 되지 않겠습니까. 그런 위험을 무릅쓸 이유가 나에겐 없지요."

"걱정이 무척 많으시군요?"

"아니, 조심이지요. 만일에 두 분이 모두 돌아가시면 나에게는 2만 달러밖에는 안 남는단 말입니다. 이 수표는 당신의 생명보험과 같은 것이지요. 나는 쓸데없는 위험은 싫어합니다."

"좋아요. 해드리지요. 수표장을 가져다 주시겠어요? 선생님 뒤쪽 서류 책상의 두 번째 서랍에 들어 있어요."

앤턴 콜프는 지시받은 대로 수표장을 집어내고는 주머니에서 만년필을 꺼냈다.

힐데가르데는 담배에 불을 붙이고 나서 양아버지의 얼굴을 보며 미소지었다.

"어떻게 할까요? 지참인 지불, 아니면 기명?"

"물론 자기앞으로 해주시지요. 횡선이 그어진 것으로. 돈을 찾을 때에 거절하면 안 되니까."

잠시 동안 들리는 것은 펜 소리뿐이었다.

"날짜를 넣어야 하나요?"

"물론. 수표를 만드는 이상 정식이어야지. 자, 그럼 서명해 주시지요. 그러나 틀리지 말아요, 힐데가르데 콜프 리치몬드입니다……그래, 이젠 됐군. 아, 고맙소."

조용히 그는 수표를 흔들어서 잉크를 말리고는 악어 가죽의 서류 지갑을 꺼내서 소중하게 그 안에 넣었다.

"그럼 나머진 뉴욕에서의 승부가 잘 진행되기를 기도할 뿐입니다. 아시겠죠, 미국 전체가 당신을 바라보고 있단 말이오. 아니, 그런 표정은 짓지 말아요. 곧 익숙해질 테니까. 그러나 신문기자 양반들에게 말해 줄 대답을 한두 마디는 생각해 두는 게 좋아요. 그렇잖으면 달라붙어서 떨어지지 않으니까."

"선생님, 함께 있어 주시는 거겠죠?"

"물론입니다. 그러나 그다지 쓸모없을 게요. 스타는 내가 아니고 당신이니까."

제2부

일요일은 예수 그리스도를 위해서 바쳐진 날이다. 예의 바른 사람들은 모두 교회나 성당으로 그리스도에게 예배하러 간다. 선택된 사람들만이 직접 예배를 드리는 희귀한 행운을 만난다. 물론 일요일에 죽는다는 조건부이기는 하지만.

칼 리치몬드가 아무리 폭군처럼 굴었지만 소용없는 일이었다. 그도 역시 계급적인 감각을 갖고 있어서 그날 아침 일찍이 이미 창조주의 어전에 출두할 준비가 완전히 갖추어져 있었던 것이다.

그의 죽음을 처음 안 것은 아침식사를 함께 들기 위해서 남편의 선실로 간 힐데가르데였다.

손을 대볼 필요조차 없이 그녀는 남편이 죽어 있다는 것을 알았다. 베개에 기댄 상반신 모습에서는 이미 굳은 것을 볼 수 있었고, 베개 곁의 스탠드는 켜둔 채로 있었으며, 손에는 다분히 잠을 재촉하기 위해서 넘기고 있었던 듯한 책이 아직 쥐어진 채로 있었다. 우묵하게 들어간 가슴은 이미 부풀지 않게 되었고, 완전히 색깔을 잃은 얼굴에서는 한곳만을 응시하고 있는 두 눈빛이 그녀를 꿰뚫을 것만 같았다.

문 입구에 선 채로 몸을 움직이지도 못하고서 그녀는 눈앞의 광경이 무엇을 뜻하고 있는지 알지 못했다. 그녀는 두 번 사람을 불렀다. 그리고는 자기 목소리에 떨었다. 겨우 그녀는 로보트처럼 문을 닫고서 침대로 다가갔다.

노인의 손이 있는 곳으로 손을 뻗었는데, 댈 용기는 없었다. 그러나 좀더 확인해 보려고 몇 번이나 입을 벌린 채 있는 노인 앞에서 손을 저어보았으나 노인은 깜박이지도 않았다.

그녀는 침대 옆의 의자에 무너져 내리듯이 주저앉아서 잠시 동안 생각을 가다듬을 수가 없어서 가만히 앉아 있었다. 그는 죽은 것이다. 그러나 왜? 그리고 언제? 왜 사람을 부르지 않았을까? 이러한 의문이 계속해서 일어나 다른 것을 생각할 여유를 주지 않았다.

사용되지도 않고 쓸모없어져 버린 초인종은 그의 손 옆에 있었다. 그녀는 기계적으로 언제나 옆 테이블 위에 있는 물건들을 보았다. 컵을 들어 그것을 돌려보고 냄새도 맡아보았다. 밑에 남아 있는 것은 물뿐이었는데, 4분의 3 정도 차 있는 것도 똑같았다. 그녀는 어떻게 해야 하는지 알 수 없었다. 정말 어찌할 바를 몰랐다. 둘이서 밤을 새우며 장래의 계획을 짜거나 미국에서 기다리고 있는 생활에 대해서 수를 헤아릴 수도 없는 질문을 퍼붓곤 했었는데, 이 갑작스런 죽음을 어떻게 수하할 수 있단 말인가? 마주앉아서 저녁 내내 얘기하고 있는데 밤 10시경에 자메이카 인이 언제나 해왔던 대로 홍차와 비스켓을 갖고 왔었다. 그 뒤에도 둘은 잠시 얘기하다가 피곤해서 잠자러 가야겠다고 한 것은 그녀였다. 안녕히 주무시라고 한 것도 그녀였다.

그런데 지금 그는 죽어 있다. 혼자서, 마치 가난뱅이처럼.

겨우 그녀의 정신이 서서히 돌아오기 시작했다. 이대로 놔둘 수는 없다. 어떻게든 해야지. 놀람과 곤혹으로, 그리고 광란으로 자리가 바뀌었다.

그녀는 일어나서 문 쪽으로 갔다. 뒤에서는 죽은 사람의 눈이 그녀를 응시하고 있음이 틀림없다. 되도록 빨리 이 방을 빠져나가야지. 그녀는 문을 열었다. 바로 그때 자메이카인이 미는 바퀴 달린 테이블 위에서 커피 잔이 부딪치는 소리가 들렸다. 그가 들어오는 건 좋지 않다. 본능적으로 그녀는 문 안쪽에 꽂아놓았던 열쇠를 잡아서 밖으로 잠갔다. 복도 끝에서 테이블을 밀며 하인이 나타났다. 그녀는 황급히 문을 떠나 황새 걸음으로 복도 복판 가운데까지 뛰어갔다. 두 사람은 거기서 스쳐 지나갔다. 힐데는 상대의 시선을 피했다. 그러나 상대가 어안이 벙벙해서 그녀의 얼굴을 쳐다보는 것을 느꼈다.

빨리 대책을 생각해야지, 그리고 빨리 행동하지 않으면 안 된다. 배는 아주 좁고 닫힌 세계이다. 일은 금방 알려질 것이 틀림없다.

로보트처럼 그녀는 앤턴 콜프의 선실로 향했다. 몇 번이나 노크해서 그가 들어오라고 대답했을 때는 반쯤은 미친 상태였다.

머리칼이 흐트러지고 수염이 자란 채 졸린 눈으로 침대에 한쪽 팔꿈치를 댄 콜프는 그녀가 문을 열었을 때 비쳐들어온 햇살에 눈을 껌벅였다. 그리고 한 손으로 파자마의 옷깃을 들어올리고 그 안에서 하품을 감추었다.

힐데가르데는 흥분 속에서도 노신사가 막 잠에서 깨어난

장면다운 이런 모습이 어쩐지 평소의 그 사람이라고는 생각되지 않았다.

콜프는 자기 방에 힐데가 온 것에 다소 놀라긴 했으나, 그래도 의자를 권하고 베개 위의 스탠드를 켰다.

"그 사람, 죽었어요!" 힐데는 아무런 주저도 없이 그렇게 말했다.

"누가 죽었다고?"

"칼 리치몬드가요!"

힌 순간 침묵이 흘렀다. 그리고는 갑자기 그는 침대에서 고쳐앉았다. "무슨 얘기를 하고 있는 겁니까?"

"평소와 다름없이 오늘도 아침식사를 할 생각으로 그의 방에 갔었어요. 그랬더니 죽어 있는 거예요."

"죽어 있어? 어떻게 그걸 알았소?"

"어떻게라니……? 아니, 확실해요. 움직이지 않아요. 절 뚫어지게 쳐다본 채로. 손에는 아직도 책을 들고 있었어요. 아, 정말 무서워요. 어제 저녁엔, 어제 저녁때까지만 해도 둘이서 얘기를 나누었는데."

"아, 침착해요. 그럼 누구에게 알렸나요?"

"아뇨, 아무에게도요. 곧 선생님을 만나러 온걸요."

앤턴 콜프는 나이에 비해서 놀라울 만큼 신속하게 일어나자마자 실크 실내복을 입었다.

"아무에게도 말하지 않았죠?"

"말하지 않았어요. 선생님께만 말씀드리러 온 거예요."

"다른 사람들에겐 나중에 알리도록 하죠."

"그럼 우리들은 어떻게 하면 되죠. 그 사람은 죽어 버렸는데. 이 눈으로 보았어요. 제가 잠시 동안 그 방에 있었어요."

"내 눈으로 확인하고 싶소. 아무도 모르게 죽어 버리다니 믿을 수가 없어. 자, 오세요. 같이 갑시다."

그는 문을 열었다. 힐데가르데는 이날 아침에 두 번째로 복도를 지났다. 흥분과 고뇌와 공포에 한꺼번에 휩쓸려 그녀의 심장은 크게 고동치고 있었다.

열에 들뜬 사람과 같은 손으로 그녀는 주머니를 뒤져서 열쇠를 꺼냈다. 너무나도 손이 떨려서 그것을 콜프에게 건네주고는 열어달라고 할 지경이었다. 콜프는 그녀를 방안에 들어가게 하고 나서 조심스럽게 문을 잠갔다. 본능적으로 그녀는 얼굴을 양손으로 가렸다. 그러나 비서는 확실한 행동으로 이미 노인의 맥을 짚고 있었다. 그리고는 끄덕이면서 손을 놓았다.

"잘못됐어. 아주 잘못됐어." 그는 그렇게 중얼거렸다.

"무엇이 잘못됐다는 거죠?"

"이렇게 빨리 죽다니. 우리 계획엔 아주 불리해요. 그런데 왜 죽었는지 당신은 모르겠소?"

"제가 알 리가 없죠."

"아직 온기가 있소. 날이 샐 때쯤 죽은 모양이오. 울지 말아요. 빨리 대책을 세워야지. 그렇지 않으면 모든 게 끝장이오."

"어머나, 어째서요?"

"공증인용 유서가 아직 등록 전이란 말이오. 그러니 달리 해결책을 찾아내지 않으면 재산은 눈앞에서 그냥 사라지게 된단 말입니다."

"그럼 어떻게 하면 되죠?"

"모르겠소. 생각 좀 해봅시다. 당신이 발견한 것이 몇 시였다고?"

그는 왔다갔다 하기 시작했다. 힐데는 그에게서 눈을 떼지 않았다.

그리고 그녀는 얘기했다.

"의사를 부르지 않아도 될까요?"

그는 그 말을 듣지 못한 것 같았지만 갑자기 그녀의 눈앞에서 딱 멈춰섰다.

"당신은 정말 어떻게 된 것 아니오? 이 사람은 죽었어요. 그러니 어떻게 해줄 수가 없잖습니까. 우리들이 이 사람에게 무언가를 해주어야지. 단, 멋지게 행동해야 하는 겁니다. 몇백 만 달러가 걸려 있는 거예요. 당신이 욕심이 없다는 것을 과시하는 거야 상관없소. 그러나 나는 그것을 빼앗길 생각이 없단 말입니다."

"저 또한 그걸 위해서 그 사람과 결혼하지 않았나요? 그걸 잊지 마세요."

"그렇다면 의사니 뭐니 하는 평범한 생각은 버리시고 조금이나마 대책을 궁리하는 걸 도와주시오."

"그럼 어떻게 하시자는 거예요? 그 사람은 죽었는데. 이제 한 시간만 지나면 배 안에서 다 알게 될 텐데요."

"그렇게 고함만 질러대지 말고 사태를 정면에서 보는 겁니다. 잘 해낼 수 있느냐 없느냐는 지금의 움직임 하나에 달려 있소. 잘 생각해요. 당신이 이 선실에서 나가서 내게 올 때까지 어느 누구에게도 말하지 않았겠지, 절대로 아무에게도?"

"예, 아무에게도요. 저, 직접 갔는걸요……다만 아침식사를 가져온 자메이카 인과 스쳐 지나갔을 뿐이에요."

"당신을 봤소?"

"물론. 스쳐 지나갔다니까요."

"그럼, 그가 선실에 들어왔겠군."

"아뇨. 저, 자물쇠를 잠갔거든요."

"그것도 크게 안심할 수는 없지. 우선 그 점부터 해결해야 돼요. 난 방으로 돌아갑니다. 초인종을 눌러서 그 자메이카 인을 부르세요. 단, 안으로 들어오지 않도록 구실을 만들어서 말이오. 그리고 특히 자연스럽게 놀라야지. 그러면 아무것도 눈치채지 않게 됩니다. 그것을 잘 해놓고 즉시 살롱으로 와서 나와 만나는 겁니다. 은밀한 얘기를 나누는 듯한 모습은 보이지 않도록 하고. 잊지 말아요."

"절 이 사람과 둘이만 있게 하실 생각이세요?"

"그밖에는 해결법이 없어요."

"도저히 안 돼요. 이 사람이 저를 노려보고 있는걸요……"

"이렇게 불평만 하고 있을 때가 아니오. 아마도 그것만이 제대로 될 수 있는 단 하나의 방법일 게요."

"무슨 뜻인가요?"

"아직 모르시겠소, 부인? 주인과 아침식사를 한 것으로 만드는 겁니다. 늘 그랬던 것처럼. 별로 이상할 건 없어요. 천천히 해나가는 겁니다. 그리고 두 사람은 뉴욕에 도착하는 겁니다. 멋지게 연극을 하나 꾸미는 거지요. 그렇게 되면 모든 것이 잘 되죠." 이렇게 말해 놓고서 앤턴 콜프는 문을 빠끔히 열고서 복도에 인기척이 없는 것을 확인하고는 가볍게 기운내라는 신호를 하고 나가 버렸다.

힐데가르데는 문을 닫았지만 뒤돌아볼 용기가 나지 않았다. 비서의 이야기는 당연했다. 침착을 되찾아야 한다. 그녀는 어떻게 해나가야 일이 잘 될 것인지를 알 수 없었지만, 그렇게 말한 이상 그에게는 틀림없이 계획이 있을 것이다.

그녀는 수화기를 들어 식사를 가져오라고 지시했다. 상대는 필요없는 얘기는 하지 않았다. 확실히 아무것도 눈치채지는 않겠지. 그러나 낙관은 금물이다. 아까 하인이 노인의 방문을 노크했을 게 틀림없어. 그래도 대답이 없었으니까 손잡이를 돌려 봤겠지. 문에 자물쇠가 잠겨 있는 것을 알고는 좀 전에 스쳐 지나가던 힐데가르데의 이상한 태도를 떠올리고는 다소 놀랐겠지. 아직까진 이상한 느낌을 받았다는 정도에 불과할지 모른다. 그것을 지워버리려면 빈틈없이 연극을 해내야 한다.

선실의 침묵이 그녀를 억누르고 있었다. 시체를 보지 않으려고 그녀는 끊임없이 노력을 했다. 하인은 당장이라도 들어올 것이다. 빨리 행동에 옮겨야지. 어쩌다 눈이 선반 위의 라디오에 멎었다. 그녀는 스위치를 틀고 담배에 불을 붙였다. 그리고는 초조하게 다이얼을 돌려 채널을 맞춰서 춤곡이 나오자 볼륨을 올렸다. 베개 위의 스탠드를 끄고 욕실의 전등을 켰다. 하인의 주의를 그쪽으로 쏠리도록 해서 주인의 몸 단장이 한창인 것으로 보이도록 만들 작정이었다. 그녀는 얼른 목욕물을 틀고 선실의 전등을 전부 껐다.

그리고는 문에 귀를 대고 바깥에서 나는 모든 소리에 정신을 집중했다. 음악이 방안 가득히 울려 퍼져서 지옥과 같이 시끄러웠다. 그녀의 심장은 메트로놈처럼 고동치며 가슴을 짓눌렀다.

드디어 찻잔 부딪치는 소리가 귀에 들려왔다. 자메이카인이 가까이 왔다. 칼 리치몬드의 시체는 어둠에 익숙해지지 않은 눈에는 보이지 않을 것이다.

보이는 문을 노크했다.

발끝으로 얼른 욕실까지 뛰어가서 그녀는 거기서 물소리와 라디오 음악소리를 이겨낼 만큼 큰소리로 고함을 쳤다.

"아니에요, 칼, 거기는 푸른색이 좋아요. 저는 그전부터 생각하고 있었는걸요. 푸른색이 제색이에요. 예전부터 생각했었는데……"

그리고 그녀는 자기 몸으로 침대를 감추며 문을 열었다. 예상한 것처럼 자메이카 인은 안을 들여다보려고 했다. 그녀는 그를 향해서 미소짓고는 탁자에다 손을 대고 그것을 선실 안으로 끌어들이면서 말했다. "아침식사예요, 칼. 빨리 목욕을 끝내세요, 제가 준비할께요."

그러면서 손으로 하인에게 돌아가도 좋다고 했다. 그러나 상대는 돌아가려 하지 않았다.

오늘 아침에 그는 매우 친절했다.

"커튼을 열어드릴까요?"

"괜찮아요. 우린 준비가 되면 곧 갑판으로 나갈 테니까. 뉴욕이 벌써 보여요?"

"겨우 보일락말락 합니다. 주인님의 심부름을 해드릴까

요?"

"필요하면 벨을 울릴께요. 만 안으로 들어갈 때는 알려줘요."

하인은 머리를 숙였다. 그러나 그녀는 벌써 문을 밀기 시작하여 상대가 움직이기도 전에 닫고 말았다.

문짝에 기댄 채로 그녀는 흥분을 가라앉히려 했다. 그리고는 전기를 켜고는 다시 시체와 둘만 있게 되었다. 욕실의 물을 잠그고 라디오를 끄려고 하다가 그것은 그대로 놔두고, 선실에서 나와 자물쇠를 잠그고 열쇠를 손에 쥔 채로 자기 방으로 들어갔다. 앤턴 콜프의 선실에서 만나기 전에 옷을 바꿔 입었다.

콜프는 그녀를 기다리고 있었다. 아침에 단정치 못했던 모습은 이미 조금도 남아 있지 않았다. 그 흠잡을 수 없는 몸차림은 그녀가 언제나 봐왔던 대로의 그였다. 그는 가까이에 위스키 잔을 놓고서 잡지를 넘기고 있었다.

명령적인 눈짓을 보내어 그는 조심하도록 알리고는 얼른 일어서서 유리창 너머로 주위를 살펴보고 밖에 사람이 없는 것을 확인했다. 그리고는 테이블 반대쪽에 앉아서 미소지으면서 물었다.

"잘 되었소, 모두?"

힐데가르데는 설명하려 했으나 그가 손으로 막아서, 이런 때에는 그다지 중요하지 않은 세세한 점은 얘기할 필요가 없음을 알려주었다.

"웃는 겁니다. 언제 방해자가 들어올는지 모르니까. 대수롭지 않은 이야기를 하고 있는 것처럼 꾸미는 겁니다. 그런 얼굴을 하고 있으면 누구든지 이상하다고 생각하지."

"지금부터 어떻게 하죠?"

"어떻게도 하지 않는 게요. 생각해 봤는데, 어떻게도 해서는 안 되는 겁니다. 우리들은 칼 리치몬드가 죽지 않은 것처럼 꾸미는 겁니다. 그것이 단 한 가지 해결책이오."

힐데가르데는 침을 삼켰다. 그가 얘기하는 뜻을 이해하지 못한 채 얼굴만 바라보았다.

"우리는 오늘중으로 뉴욕에 도착합니다. 당신 남편은 특이한 노인이오. 사람들을 싫어한다는 것은 누구나 알고 있지요. 게다가 그는 지쳐 있어요. 그는 상륙하더라도 오늘은 아무도 안 만나는 겁니다. 그런 것도 이번이 처음은 아니니까. 내일이 되면 유서는 공문서로서 등록됩니다. 그 다음에 이상한 우연의 일치이지만 당신의 남편은 발작으로 쓰러지는 거요. 나한테는 잘 아는 의사가 몇 사람 있으니까 실제적인 것을 선물해 주면 매장허가를 얻는 것은 그다지 어렵지 않겠지. 그렇게 되면 당신은 이 나라에서 가장 돈 많은 미망인이 될 수 있고, 나는 그녀의 아버지로서 고용인의 신분에서는 해방되는 게요. 달리 이 이상의 해결책은 없소."

힐데가르데는 입을 벌린 채로, 또한 그가 얘기하는 의미도 알아차리지 못하고 변함없이 상대방만 쳐다보고 있었다.

"웃는 겁니다. 그리고 당신의 의견을 말해 보시오."

겨우 그녀는 말을 할 수 있게 되었다.

"여러 사람들의 눈에 띈다고 선생님 자신이 말씀하시지 않았나요? 신문기자나 사진기자, 구경꾼들이 기다리고 있다고요. 어떻게 죽은 사람과 함께 이 배에서 내릴 수 있다는 건가요?"

"조금 더 침착해야겠소. 내가 왜 말했잖습니까. 뉴욕에 도착하는 것은 오늘 저녁이라고. 그러니 그 점은 그리 곤란하지 않아요. 그들은 내가 맡겠소. 사실 당신 주인은 불구요. 그것이 우리들의 비장의 카드인 거요. 휠체어에 앉히고 안경을 끼우고 모자를 깊이 눌러씌우는 겁니다. 뉴욕에는 그의 휠체어를 그대로 태울 수 있는 특별한 차체를 가진 자동차가 있소. 집에 가면 그는 방에 틀어박혀서 아무도 만나고 싶지 않다고 하는 겁니다. 물론 당신이."

"그래도 주위 사람들은 말을 걸어오려 하지 않겠어요?"

"그걸 쫓아내는 것이 당신의 역할이지. 자메이카 인에게 한 것처럼 앞으로도 못할 건 없소. 또 한 번 같은 수법을 쓰는 겁니다. 모든 게 잘 될 게요. 그리고 집에 가게 되면 문을 잠가 버리는 것은 힘든 일이 아니겠지."

"선생님이 옆에 계셔 주셔야 해요. 혼자선 도저히 안 되겠어요."

"당신의 손을 잡고 격려하기 위해서 말인가요? 생각해 보시오, 나는 공증인과 의사를 상대해야 합니다."

"그러나 오늘중에 하인들이 냄새를 맡을는지도 몰라요."

"모든 것은 당신 태도에 달려 있소. 그가 방에 틀어박혀 있는 것이 어제 오늘 시작된 게 아니잖소? 게다가 이번 기항은 누구나 신날 겁니다. 그러니 각자 따로 생각할 것들이 있을 테지. 중요한 것은 지금부터 해야 할 일입니다. 나를 도와줘야 해요. 좋은 기분은 아니지만 다른 방법이 없잖소."

"아직 더 무슨 일을 해야 하나요?"

"그에게 옷을 갈아입히고 휠체어에 앉히는 겁니다."

"저에게 의지하지 마세요."

"의지하겠습니다. 할수없잖소? 그리고 시간이 없어요. 조금 더 있으면 경직이 와요. 그렇게 되면 더는 손을 쓸 수 없게 되는 겁니다. 그의 선실로 가세요. 곧 뒤따라갈 테니까. 가죽 끈을 찾아 오겠소?"

"무엇 때문에요?"

"배에서 내릴 때 휠체어에서 굴러떨어지지 않는다는 보장이 없잖소?"

힐데가르데는 몸이 떨리는 것을 억누르면서 앤턴 콜프의 지시에 따랐다.

이 으스스한 막간 광대극은 꽤 시간이 걸렸다. 힐데는 그 시간을 악몽처럼 보냈다. 라디오는 마치 사람을 놀리듯 프랭키 레인의 성공을 뉴스로 전했다. 그 사이에 시체는 서서히 굳어지기 시작했다.

다행히도 비서는 절대로 이성을 잃지 않고 대부분의 일을 혼자서 맡아 했다. 죽은 사람의 양복을 입힌 것도, 그를 가죽끈으로 단단히 휠체어에 묶은 것도, 그리고 그 끈을 윗저고리로 잘 감춘 것도 다 그였다. 발 뒤꿈치는 두 개를 같이 묶어서 발판에다 고정시키고, 다리는 여행용 모포로 쌌다. 목에는 밧줄을 써서 견갑골 근처를 묶은 또 한 가닥의 밧줄과 함께 묶었다. 또한 그것을 머플러로 감추었다. 앤턴 콜프는 칼에게 햇볕을 쬘 때 쓰던 색안경을 끼우고 모자를 눈 위까지 내렸다.

이렇게 차리고 보니 겉으로는 완벽해서 누가 보나 노인

이 죽은 사람으로 보이지 않았다.

 그는 일하던 손을 쉴 때는 당장이라도 정신을 잃을 것 같은 힐데가르데에게 위스키를 따라주었다.

 "잊지 말아요. 배가 부두에 닿으면 그때부터 일을 처리하는 것은 당신 혼자의 책임입니다. 누구든지 가까이 오게 해서는 안 돼요. 자동차는 지금 곧 전신(電信)으로 불러서 오게 하겠소. 집에까지 가는 도중의 시간은 짧지만 그 사이가 가장 위험해요. 누구에게나 아주 조금이라도 의심을 갖게 해서는 안 됩니다. 당신은 1초라도 감시의 눈을 떼서는 안 돼요. 그의 집에 도착하면 그 다음엔 방안에 틀어박히는 겁니다. 거기까지 가면 집안에 염치없이 들어오는 사람들을 막는 것은 쉬워요. 저녁식사를 주문하는 걸 잊어서도 안 됩니다. 적당히 계산해서 당신 몫만이 아니라 그의 몫까지도 먹어둬야 하오. 부엌에는 빈 접시로 돌려보내지 않으면 안 되니까. 그리고 큰소리로 말하지 말도록. 문 근처에는 하인들이 우글거리고 있을 테니까. 당신 남편은 앓고 있어요. 그러나 살아는 있는 겁니다. 그것만 잊지 않으면 모두 잘 될 게요……나머지는 내가 책임질 테니까. 어떤 일이 있어도 사람과 만나선 안 됩니다. 사람을 불러서도 안돼요. 연락은 내가 하겠소."

 "그러나 만일에 모든 게 선생님이 말씀하신 대로 되지 않을 경우엔?"

 "걱정하지 말고 내가 시키는 대로만 해요. 단지 하루뿐이오. 그러나 만일에 운이 나빠서 생각지 않았던 일이 일어나서 모든 것이 밝혀진다면 그때는 나와 만날 때까지는 아무것도 얘기해선 안 돼요, 알겠소?"

"저, 무서워서 죽을 것 같아요."

"그건 당연하지. 자, 마음을 가라앉혀요. 갑판이 좋겠군. 되도록 사람 눈에 안 띄게 하는 게 좋아요. 당신은 지금까지 뉴욕에 도착하는 걸 몹시 바라고 있었소. 그런 태도를 급히 바꿔서 의혹을 주어선 안 돼요. 자, 또 한 모금 마시고. 그럼 기운이 날 게요."

그리고는 백지장과 같이 새하얀 얼굴을 하고서 그 불길한 변장으로부터 눈을 떼지 못하고 있는 힐데의 귓등에 앤턴 콜프는 속삭였다.

"내일이 되면 당신은 부자가 되는 게요. 그리고 이런 짓도 다만 나쁜 꿈일 뿐이지. 그런 재산을 위해서는 다소 좋지 않은 일도 해야 되잖겠소?"

그 뒤부터는 모든 것이 꿈과 같이 지나갔다. 힐데는 지금까지 알지 못했던 또 한 사람의 자기가 행동하고 있는 것을 그저 보고만 있었다. 그녀의 목소리는 평소와 같았으며, 몸가짐은 자신에 차 있었다. 그러나 머릿속에서는 깊은 연못이 입을 벌리고 있어서, 자칫 잘못하면 그녀는 그곳으로 미끄러져 떨어질 것만 같았다. 팽팽하게 당겨진 밧줄 위를 지나가고 있기 때문에 한 발 잘못 디디면 치명적이라는 것을 알고 있었다.

배의 조작에 바쁜 선원들은 그녀에게 주의를 기울이지도 않았다. 고용인들은 기항하는 것만을 생각하고 상륙준비에 여념이 없었다.

앤턴 콜프가 얘기한 것처럼 뉴욕에 들어가는 것은 배 전체가 특별한 분위기에 휩싸여서 그것이 그녀를 다행스럽게 해주고 있었다.

그녀는 안색이 좋지 않은 것을 감추기 위해서 공을 들여 화장을 했고, 목에는 쌍안경을 걸고서 갑(岬)이나 만(灣)이 하나하나 나타나기 시작하고 있는 해안에 열중하고 있는 것처럼 가장했다. 몇 시간 뒤에는 공무원들이 배에 올라올 것이다. 그때까지는 아직 다소 여유가 있다. 누구나가 각자의 위치에서 일하고 있었다. 휠체어에 앉아 있기만 한 노인까지 지금은 그저 무대에 등장할 때가 되기만을 기다릴 뿐이었다.

모든 것이 아주 천천히 시작되었다. 항구를 열심히 바라보고 있던 그녀는 드디어 배가 도착한 것도 알지 못했다. 검역선이 가까이 와서 배 옆에 갖다댔을 때에야 비로소 여유시간이 끊어진 것을 알았다.

본능적으로 그녀는 공무원들을 피해서 큰방의 베란다에 숨어 그들을 상대하는 앤턴 콜프의 모습을 부러운 듯이 바라보았다. 그녀가 있는 곳까지 말은 전혀 들리지 않았고, 생생한 상상력만이 그녀를 상대해 주고 있었다. 시간은 정지해 버린 것처럼 생각되었다. 그녀는 한 개비, 또 한 개비 담배를 계속 피우며 배에서 1천m도 떨어지지 않은 자유의 여신상을 보지도 않았다.

배는 이스트 리버로 가까워지며 롱 아일랜드 만(灣) 저쪽에서부터 포트 토텐 앞을 지났다.

갑자기 모터 소리가 들렸다. 문을 열고 웃는 얼굴로 앤턴 콜프가 들어왔다.

"모든 게 순조롭습니다."

그는 그녀를 안심시키기 위해서 그렇게 말했다.

"앞으로 얼마나 가야 해안에 닿나요?"

"배를 옆으로 대는 작업이 아주 시간이 걸리는 일이지요. 다행인 것은 지금 계절은 낮이 짧다는 겁니다. 네온에 싸인 뉴욕을 지나게 될 겁니다. 그것이 대낮보다 훨씬 매혹적이지요."

"그런 농담을 천연덕스럽게 하시는군요."

"할 수밖에 없잖소. 당신이 그렇게 절망적인 얼굴을 하고 있으면 아무리 잘 속는 사람이라도 의심하게 됩니다. 혹시 앞으로 내일까지는 만나지 못하게 될는지도 모르지요. 또 한 번 말해 두겠는데, 어떤 일이 일어나더라도 나와 만나기 전엔 아무것도 해서는 안 돼요. 난 공증인과 만나야 하기 때문에 다소 늦을는지도 모릅니다. 그러나 되도록 빨리 의사와 함께 달려가겠소."

혼자가 되자 힐데가르데는 일하는 모습들을 보면서 시간을 보냈다. 그러나 그것은 너무도 느릿느릿했고, 게다가 모든 게 너무 막연하게만 느껴졌다.

거대한 뉴욕은 적의를 갖고 있는 것처럼 보였다. 조용히 안개가 덮이고 있었다. 몇 개인가의 등불이 마천루에서 깜빡이고, 저녁의 어둠이 항구를 흐릿하게 만들기 시작했다. 그녀는 항해사들이 트랩을 내리는 것을 보러 갔다. 그들은 자기들 작업에 몰두해서 그녀를 의식하지 않았다.

힐데는 혼자만 있는 것 같은 생각이 들어서 몸 전체에서 힘이 빠져나가는 것 같은 기분이 들었다.

갑자기 그녀 옆에 하인 한 명이 서 있었다.

"오늘밤에 항구에서 주무실 건가요?"

깜짝 놀라서 그녀는 뜻도 모르는 채 그를 바라보았다.

"리치몬드 씨에게 배에서 내리실 수 있다고 말씀드릴까요?"

"그런데 여기는 어디지?"

"부두입니다." 하인은 약간 이상한 듯이 대답했다.

힐데가르데는 배의 반대쪽을 보고 꿈에서 깬 듯이 느껴졌다.

기관이 멎고 트랩이 내려진 것을 어째서 몰랐을까?

부두에는 무기력한 사람들의 무리가 기다리고 있었는데, 그녀가 걱정할 정도의 인원수는 아니었다. 트랩 바로 앞에는 검은색의 커다란 리무진이 기다리고 서 있었다. 한눈에 그녀는 그 모든 것을 보고, 그 소리와 냄새까지도 알아차리게 되었다. 지금까지 자기는 어떻게 하고 있었지? 잠자고 있었나? 행동에 옮겨야 해, 이 하인을 멀리 보내야 해, 그리고 정신을 차려야 한다고 그녀는 생각했다. 혹시 아까부터 그녀의 눈치를 보고 있었을는지도 모른다. 그리고 태도가 이상하다고 생각했을는지도 모른다.

"내 선실에 가서 코트와 핸드백을 갖다줘요."

보이는 가기 전에 고개를 숙였다. 갑자기 그녀는 한기를 느꼈다.

남편이 없는 이상 그녀가 주인인 것이고, 또한 사람들은 그녀가 명령할 것을 기다리고 있다. 앤턴 콜프도 말했었다.

"당신의 역할은 배에서 내린 다음부터 시작됩니다. 분명하게 해나가야 해요. 아무도 당신을 도와줄 수 없기 때문이오."

몇 시간 뒤에는 모든 것이 끝난다. 그러나 당장 그녀가 의지할 수 있는 것은 자신뿐이었다. 싫어도 남편의 선실로 내려가서 거기서 자메이카 인을 불러 남편을 옮겨야 한다. 우선 복도를 지나, 다음에 엘리베이터에 태우고, 그리고는 트랩을 내려 차까지 운반해 가지 않으면 안 된다. 그렇게 긴, 그리고 그렇게 힘든 일 도중에 어떻게 자메이카 인에게 눈치채이지 않게 할 수 있을까? 여느때 같으면 한 번만 흔들려도 조심하라고 고함지를 칼 리치몬드가 아무런 잔소리도 하지 않는 것이 이상하다고 생각지는 않을까?

힐데가르데는 떨기 시작했다. 위가 경련을 일으키기 시작했다.

하인이 돌아와서 코트 입는 것을 도와주었다. 그는 나가야 할는지 어쩔지 몰라서 망설이며 그녀를 보았다. "짐을 부탁해요. 내일 낮에 집으로 갖다줘요." 그리고 그녀는 밑으로 내려가기로 마음을 굳혔다.

선실로 들어가 노인을 한번 보자마자 그녀는 몸을 떨었다. 그는 낮잠을 자고 있는 듯이 보였다. 그런 모습을 이용할 수 있을까? 주의깊게 그녀는 휠체어 주위를 돌았다. 의심을 일으키게 할 만한 것이 조금이라도 없는지 살펴보았다. 숨겨진 가죽끈이 그 일을 잘 해내 주었다. 장갑을 끼고 모포를 둘러쓴 노인은 그저 쉬고 있는 것처럼 보였다.

그녀는 자메이카 인을 불렀다. 굉장한 노력을 기울여 담배 피우고 싶은 것을 참았다. 이미 담배로 신경을 마취시켜

놓을 수는 없었다.

하인들이 들어왔다. 그녀는 그들이 노크한 것을 들었는지 못 들었는지는 나중에 가서도 생각나지 않았다.

무서운 침묵이 지배했다. 그들이 들어왔는데도 손가락 하나 움직이지 않고 있는 노인 위에 그들의 시선이 못박혀 있는 것을 보며 힐데는 마음이 떨렸다. 자기가 무엇을 하고 있는지도 모르면서 그녀는 휠체어에 다가가서 노인의 목에 감겨진 목도리를 조금 들어올렸다.

"말씀을 안하시는 게 좋아요. 칼, 바깥 공기는 습기가 차 있으니까요. 감기에 들지 않게 이 목도리로 마스크를 하고 있으세요."

그리고는 얼른 뒤돌아보며 남편이 아무 반응도 없는 것을 감추기 위해서 얘기했다. "차까지 갈 때까지 아주 조심해야 해요. 회장님은 조금 몸이 불편하시니까. 빨리 집으로 가길 원하세요."

그래도 하인들이 움직이려 하지 않는 것을 보고 짜증난다는 듯이 그들에게 말했다. "무얼 우물쭈물하고 있어요?"

힐데는 입에서 터져 나오려는 고함소리를 겨우 참으며 지시했다. "그리고 당신은 내 선실로 가서 장갑을 갖고 와요. 자, 당신은 리치몬드 씨를 밀어요. 나도 같이 갈 테니까."

두 하인은 지시하는 대로 따랐다.

한 사람이 방에서 나가는 동안, 또 한 사람은 휠체어 뒤의 손잡이를 잡았다. 그 뒤에서는 그는 노인의 모자밖에는 보이지 않았다.

"조심해서 밀고 가세요." 힐데가 주의를 시켰다.

이 하인이 아무 기색도 나타내지 않는 눈치가 어느 정도 힐데를 안심시켜 주었다.

다른 한 사람을 잠시 동안만이라도 멀리 보내놓은 것이 좋았다.

그녀는 문을 열어놓고 두 사람이 지나가는 동안 그것을 누르고 있었다. 복도는 좁아서 두 사람이 나란히 지나갈 수 없었다. 그녀는 휠체어에 앞서서 걸어가지 않은 것을 후회했다. 염치 없는 사람이 스쳐 지나갈 때에 방패가 될 수 있어야 할 텐데.

눈을 둥그렇게 뜨고 그녀는 복도 쪽으로 난 문을 살펴보았다. 그녀의 선실은 남편의 방보다 구석에 있었기 때문에 장갑을 갖고 올 자메이카 인은 그녀 뒤에서 따라오게 될 것이다.

보이는 천천히 휠체어를 밀고 갔다. 그것이 그녀의 잘못이었다. 그녀가 조심해서 밀라고 했기 때문에 하인은 그저 그것을 충실히 지키고 있을 뿐이었다. 복도 모퉁이에 가서 하인은 휠체어를 눌러 앞바퀴를 들어올려서 빙글 돌렸다. 보이의 몸이 절반이나 가리고 있었는데도 그녀는 노인의 머리가 이 휠체어의 움직임에는 조금도 반응을 나타내지 않고 무서울 만큼 딱딱함을 유지하고 있음을 볼 수가 있었다. 하인은 그것을 느끼지 못했을까?

그들이 엘리베이터에 도착했을 때 나머지 자메이카 인이 쫓아와서 장갑을 내밀었다. 그녀는 얼굴도 보지 않고 그것을 받아가지고 엘리베이터의 문을 여는 것을 도우라고 신호했다.

그녀는 휠체어의 손잡이를 잡고 조금 뒤로 끌었다. 무엇인가 얘기할 것을 찾아야 했다. 이런 억눌린 듯한 침묵을 더 이상 계속할 수는 없었다. 칼 리치몬드는 이렇게 침묵한 채로 있었던 적이 없었던 것이다.

하인 한 사람이 나와서 휠체어를 엘리베이터 속으로 밀어넣으려 했다. 또 한 사람은 부동자세를 하고서 노인에게서 눈을 떼지 않고 작업을 지켜보고 있었다.

할 말을 찾지 못해서 안절부절 못하고 있던 힐데는 갑자기 떠오른 말에 매달렸다.

"돌리는 게 어때요? 그것이 나올 때 간단할 텐데?"

그리고는 곧 남편 쪽으로 구부려 앉았다.

"걱정 안해도 돼요, 칼, 밖에는 차가 기다리고 있어요. 곧 집에 가서 침대에 누우실 수 있을 거예요."

"가방을 가져올까요, 리치몬드 회장님?"

"가방이라니, 무슨 가방?"

"아니, 그저……잘은 모르지만요, 주인님이 서류를 넣어두시는 가방 말입니다. 항상 가까운 곳에 놔두시던 것이라서요."

힐데는 냉정하게 말했다. "주인께 그런 말을 드리지 말아요. 벌써 얘기했잖아요? 편찮으시다고."

"그럼, 그 가방은 어떻게 할까요?"

"그런 걸 내가 아나? 콜프에게 얘기해요. 그 사람이 맡아서 하겠지." 그리고 그녀는 휠체어 옆으로 가서 하인들이 뒤쪽으로 물러가지 않을 수 없게 만들었다.

문이 열리고 그들은 갑판으로 나왔다.

선원 한 사람이 그들 쪽을 향해서 걸어왔다. 목이 조여오는 것 같은 기분으로 힐데는 그가 가까이 다가오는 것을 보고 있었다. 잠깐 멈칫하는 듯한 순간이 있었고, 휠체어는 멎었다.

사관은 노인 앞을 지나 거수경례를 하고 선원실 쪽으로 내려갔다. 천천히 힐데는 숨을 도로 내쉬며 걷기 시작했다. 나머지 두 사람도 그것을 흉내냈다. 트랩에서 몇 미터 앞까지 왔다. 그곳까지는 아무도 없었다.

위험은 부두 쪽에 있었다. 그곳에서는 군중들이 기다리는 데 지쳐 있었다. 차가 멈춰 있는 곳까지는 몇 발자국 되기 때문에 모든 사람들의 호기심을 받아가며 지나지 않으면 안 되었다. 눈치 없는 운전사는 운전석에 앉은 채 차에 시동을 걸 생각조차 않고 있었고, 아마도 휠체어가 다가올 순간까지 일어서지도 않고서 그들을 꾸물거리게 만들 것이 틀림없으리라.

힐데는 그 이상 참을 수 없어서 운전사를 가리키면서 하인 한 사람에게 지시했다.

"차 문을 열어두라고 해둬요. 꾸물거리다 주인이 감기드시면 곤란하잖아."

보이는 기둥을 통하게 만든 로프를 삐걱거리면서 트랩을 내려갔다.

"왜 그래, 내려야 하잖아?"

"혼자서는 트랩에서 내릴 수가 없습니다. 저애가 도와주러 돌아올 때까지 기다려야죠."

힐데가르데는 고함지르고 싶은 것을 겨우 참았다.

군중들이 고개를 빼고서 배에서 내리는 모습을 하나도 빼놓지 않고 지켜보고 있었다. 아래에서 자메이카 인이 운전사와 얘기를 하는 동안, 갑판 위에서는 세 사람이 몸 하나 꼼짝하지 않고 기다리고 있었다.

겨우 정복 차림을 한 운전사가 차의 문을 열었다. 차는 화물차와 구급차를 합친 것 같은 것이었는데, 반갑게도 창문이 작아서 바깥에서는 아무것도 보이지 않을 것 같았다. 힐데가르데는 차 뒤를 트랩 끝에 딱 붙여버리고 싶었으나, 운전사는 틀림없이 그럴 생각이 없는 듯 한 손으로는 문의 손잡이를 잡고, 다른 손에는 모자를 들고서 만족해 하고 있었다.

하인은 또다시 칼 리치몬드가 있는 곳까지 올라왔다. 그리고는 몸을 굽히더니 발판을 잡고서 휠체어를 들어올려 뒤로 내려가기 시작했다. 두 사람 모두 자기들 일에 정신을 빼앗겨서 노인에게는 주의를 기울이지 않았다.

힐데는 군중을 보고서 모두의 흥미가 휠체어의 평형에 쏠려 있는 것을 보고 훅 하고 한숨을 쉬었다. 군중들이 서커스나 보는 것처럼 은근히 기대하고 있는 것은 백만장자가 평형을 잃고 바닷속으로 빠지는 것이었다.

모든 사람들의 흥미가 그것에 쏠려 있었던 것은 다행한 일이었다. 그 덕분에 그녀는 이 작업을 하는 동안 어떠한 위험도 느끼지 않아도 되었다.

부두에 닿자 그녀는 그 원래의 위치로 되돌아가서 휠체어의 팔걸이에 꼭 몸을 붙였다.

"어서 오십시오." 운전사는 긴 인삿말을 준비하는 것 같앉다.

"서둘러 주세요. 주인은 아주 피곤해 하세요."

금방 둘 사이에는 반감이 가득차 버렸다. 구경을 좋아하는 친구들이 몇몇 가까이 다가왔다. 참지 못한 힐데는 운전사를 밀쳐냈다.

"모르겠어요? 주인 몸이 나빠지잖아요? 빨리 올려줘요."

그는 힐데에게 험상궂은 시선을 던지며 휠체어를 자메이카 인들의 손에서 인계받았다. 자메이카 인들은 손이 비자 주인을 쳐다보았다.

"차에다 태워줘요."

"알겠습니다."

세 사람은 지시한 대로 따랐으나 그 불만을 표시하려고 일부러 꾸물댔다.

그녀도 화물차와도 같은 그 차에 탔다.

"난 주인 옆에 있겠어요. 당신들은 돌아가도 좋아요."

"앞쪽이 편하시리라 생각됩니다만."

"여기에 있는 게 좋아요."

노여움이 그녀의 신경을 떨리게 하였다. 두 개의 문을 열어놓은 채여서 누구든 마음내키는 대로 그녀를 들여다볼 수가 있는데도 아직 그 사람은 논쟁을 계속할 생각인 모양이다.

운전사가 노인을 뚫어지게 바라보고 있었다.

"회장님은 평소 같지 않으신 모양이군요?"

"말했잖아요. 주인은 몸이 불편하시다고. 빨리 쉬게 해드려야 해요."

"말씀하시는 대로입니다."

"그러니까 얘기는 그만하고 제발 빨리 차나 출발시키세요.."

"알겠습니다." 그래서 겨우 그는 차 뒤에서 물러났다.

그는 일단 차에서 내려서 모자를 쓰고는 문을 닫았다. 빗장 거는 소리가 들렸다. 그제서야 그녀는 그로기 상태가 된 권투선수처럼 몸을 구부려 앞문을 열고 또 닫는 소리가 마치 꿈속에서 듣는 듯했다. 좀 있자 시동 거는 소리가 들려왔다. 그리고는 겨우 최초의 흔들림으로써 그녀는 자기들이 달리기 시작했다는 것을 알았다.

그녀는 힘없이 핸드백에서 담배를 찾아내어 불을 붙였다. 눈을 감고 커다랗게 연기를 내뿜으면서 조금씩 힘을 되찾아갔다.

리무진은 쿠션이 좋아서 항구의 울퉁불퉁한 길도 매끄럽게 달렸다. 모포를 씌운 좌석에 앉은 그녀는 필연적으로 남편과 마주앉게 되어 있었다. 그녀는 남편에게서 눈을 뗄 수가 없었다. 모자와 안경과 목도리에 가려져서 노인의 얼굴은 거의 볼 수 없었으나, 힐데가르데는 노출된 얼굴을 보는 것보다도 더욱 뚜렷하게 그 얼굴을 상상으로 보고 있었다. 그녀는 남편을 조금은 가엾다고 생각해 보려 했으나, 그보다는 겁이 앞서고 있었다. 이렇게 죽은 사람과 마주앉아 있다는 것만으로도 이미 얼음과 같은 공포에 사로잡히기에 충분했으나, 시체에서 그 휴식을 빼앗았다는 것이 머릿속에 들러붙어 있었다.

차 속은 숨이 막힐 정도로 더웠다. 그녀는 외투를 어깨에서 벗었다. 반소매의 블라우스 차림이 되니 어느 정도 정신이 가다듬어져서 창문으로 흘끗 밖을 내다보았다. 차는 모리스 요트 클럽 펠홈베이 앞을 지나고 있었다. 이 제방은 도대체 얼마나 계속되어 있는 것일까? 그때였다. 운전사의 눈이 그녀를 뚫어지게 쳐다보고 있는 것을 알았다. 거기에는 반감과 건방짐과 놀람의 기색을 보이고 있었다. 그녀는 생각하면서 눈을 감았다. 몇 초간 그녀의 주의는 담배로 쏠려 있는 듯했다. 그러나 참을 수가 없어서 그녀는 또다시 눈을 백미러로 향했다. 두 사람의 시선이 교차되어 이번에는 운전사가 잠시 앞길 쪽으로 눈을 돌렸다가 또다시 시선이 노인 쪽으로 돌아왔다. 그 눈이 역시 놀라는 빛인 것을 보고 힐데는 이상하게 생각하면서 또 남편을 보았다. 그리고는 갑자기 깨달았다.

그녀는 팔을 노출시키고 목덜미까지 풀어헤친 상태였는데 남편은 목도리를 입까지 올리고서 모자를 깊이 눌러쓰고 마직 장갑을 끼고는 무릎에다 단단하게 모포까지 두르고 있는 것이었다. 아무리 봐준다 해도 더위에 너무나 무감각한 모습이었다.

그녀는 자기 몸속에서 엘리베이터가 움직이기 시작하는 것을 느꼈다. 얼른 무슨 일인가를 해야 한다. 그러나 잘못하면 반응적으로 했다는 것을 알아차리게 되지는 않을까?

그녀는 힘차게 망토 소매에 팔을 집어넣고서 소리를 내지 않도록 입술을 깨물고서 자기 손이 남편 얼굴에 닿을 때의 차가움을 참았다. 그래도 그녀는 도중에 그만두지 않고 운전사가 보고 있다는 것을 알면서도 목도리를 턱 아래까지 내려주었다.

그녀는 다시 앉아서 흘끗 백미러를 보았다. 상대방은 급히 눈을 피하더니 그 다음부터는 앞길 이외에는 보지 않았다.

차는 세관 앞에서 한번 멎었다. 운전사가 공무원과 서로 이야기하는 것이 들렸다. 그러나 아무도 그녀를 보려고는 하지 않았다. 차는 다시 움직여 항구를 뒤로 하고 달렸다.

저녁 어둠이 짙어져서 이미 창밖으로는 아무것도 보이지 않았다. 그저 어딘지도 모를 거리 모퉁이가 차례차례로 비쳐져 올 뿐이었다.

차는 꽤 오래 달렸다. 상점가를 몇 개인지 지나서 거리가 조금씩 한산해지고 네온사인의 빛도 부드럽게 되어갔다. 좀 더 있으려니 나무들이 어둠 속에서 떠오르기 시작했다. 주택가로 들어서고 있는 것이겠지. 조금 더 가면 집에 도착할 것이다.

차 속은 완전히 어두워져 있었다. 힐데가 눈을 둥그렇게 떠봐도 눈앞의 남편의 검은 그림자를 겨우 알아차릴 정도였다. 그녀는 머리가 아파와서 담배에 불을 붙였다.

잠시 뒤에 차는 멎었다. 창으로 내다보니 도리스식 기둥이 늘어서 있는 돌계단이 환하게 비쳐지고 있는 것이 보였다. 하인들이 줄을 지어서 공손하게 이 집 주인의 도착을 기다리고 있었다. 연미복을 입은 늙은 집사가 차에 다가왔다. 힐데는 또 한 번 공포에 휩싸이는 것을 느꼈다.

운전사는 이미 문을 열고 있었다. 그녀는 곧 고용인과 남편 사이에 끼어들었다.

"준비는 되어 있나요, 주인의 방은?"

"물론이죠. 난로에는 불도 지펴놓았습니다."

그녀는 짐짓 웃는 얼굴을 꾸몄다.

"수고했어요."

운전사는 아무것도 느끼지 못한 것처럼 움직이지 않았다. 하인들은 부동자세로 서 있었다. 어떻게든 해야지, 그것도 빨리. 그녀는 이중 계단이 붙은 큰 응접실과, 아무리 작은 것이라도 찾아낼 수 있을 것 같은 수정으로 된 커다란 샹들리에를 보았다.

한 번 더 이 하인들이 늘어선 앞을, 남편을 그녀보다 더 잘 알고 있는 사람들 앞을 지나가지 않으면 안 된다. 온몸의 힘이 빠져나갔다.

운전사와 집사가 명령을 기다리고 있었다.

가슴에서 조용한 소리가 흘러나와 공포의 그림자조차 보이지 않는 애교 있는 태도로 말하기 시작한 것이 그녀에게는 자기라고는 생각되지 않았다. "주인은 잠이 들고 말았어요. 여행의 피곤이 한꺼번에 몰려온 거예요. 깨시지 않도록 조용히 방으로 모셔다 드릴 수 없겠어요? 이거 조그마한 곡예가 되겠군요?"

집사가 경의에 찬 미소를 지으며 인사하니 이 계획의 성공을 보증하는 것처럼 보였다. 두 사람의 하인이 휠체어를 내리는 것을 도왔다.

힐데는 타는 듯한 손을 자기 이마에 갖다댔다. 이마도 같은 정도로 뜨거웠다. 그녀는 운전사에게 말했다.

"당신은 이제 가도 좋아요. 내일 아침에 다시 새로운 일을 부탁하겠어요."

예의바른 노집사는 휠체어에서 약간 떨어져 뒤를 따르고 있었다.

가볍게 끄덕이며 그녀는 하인들에게 인사했다. 그리고는 계단을 다 올라가서는 그 중 한 사람을 돌아보면서 말했다.

"저 샹들리에를 꺼줄 수 없어요? 저 빛 때문에 주인이 깨지 않도록 해야 하니까."

그 하인이 빠른 걸음으로 큰 응접실로 향하는 것이 보였다. 그러나 휠체어가 빠르게 움직여서 너무 많이 가 있었다. 1초만 더 나가면 방 입구에 도착해서 칼 리치몬드는 밝은 빛을 가득 받아 모두의 눈에 폭로될 판이었다. 그녀는 발을 헛디뎌서 뒤꿈치를 다친 흉내를 냈다. 모두가 한꺼번에 멈춰섰다.

잘못했다는 듯한 미소를 짓고서 그녀는 발을 문질렀다.

"괜찮으시다면 제 팔을 잡으시지요."

고개를 저어서 그녀는 그럴 필요가 없다는 것을 알렸다.

"곧 나을 거예요."

응접실의 전기가 꺼지고 1층에서 광선만이 새어나오고 있었다.

"자, 이젠 괜찮아요."

그것은 힐데가르데의 본심이었다.

그들은 다시 걷기 시작했다.

"방은 1층에 준비해 놓았습니다. 저녁식사는 어떻게 하시겠습니까?" 하고 집사가 물었다.

"필요없어요. 주인은 곧 주무실 것이고, 나도 몹시 피곤해서요."

그녀에게는 아무래도 2인분의 식사를 할 용기가 나지 않았다.

"주무시는 것을 돕기 위해서 젊은애들 둘을 보내올리겠습니다.

그녀는 자신도 모르게 고함치고 싶어지는 것을 가까스로 참고 얘기했다.

"좋아요." 그리고는 상대가 놀라서 자기를 바라보고 있었기 때문에 더 계속했다. "이분이 선잠을 주무시니까 지금은 조용하게 놔두는 게 좋겠어요. 눈을 뜨시면 알릴께요. 그때는 어쩌면 밤참을 드실는지도 모르니까."

휴식 장소는 갤러리 바로 맞은편이었다. 아무리 칭찬해도 지나치다고 할 수 없을 만큼 재치 있게 일을 하는 젊은 하인이 그 방의 전기를 끄면서 뛰어다녔다. 난롯불만이 방을 비추고 있었는데, 그것은 힐데에게는 조금도 걱정되지 않는 불빛이었다. 그녀는 승리가 눈앞에 있는 것을 느꼈다.

"참 고마워요." 하고 그녀는 웃으며 얘기했다.

"저는 밤새 깨어 있답니다."

"아니에요, 지금 우리에게 필요한 것은 휴식뿐이에요. 만일에 일이 있으면 부를께요."

그들은 문앞에 있었다. 급사는 칼 리치몬드를 방안까지 밀고 와서 명령을 기다렸다.

"주무세요." 라고 힐데가 말했다.

집사는 나가면서 고개를 숙였다.

"아무쪼록 편히 주무십시오. 아, 실례했습니다. 제 이름은 바네스라고 합니다."

"그래요? 별다른 일은 없으리라 생각돼요, 바네스."

그리고 그녀는 문을 잠갔다. 그것이 너무 빨랐는지도 몰랐다. 그러나 그것으로 끝났다. 이제 그녀에게는 아무것도 무서운 것이 없게 되었다. 이젠 어느 누구도 그녀의 방으로 밀고 들어올 이유는 없었던 것이다.

그때가 되어서야 비로소 실내장식의 호화로움에 정신을 차렸다. 그녀는 잠시 동안 넋을 잃고 있었는데, 잠깐 있다가 갑자기 모든 것이 자기의 것이라는 걸 느끼고는 어안이 벙벙해졌다.

그녀는 문에 자물쇠를 잠그고 휠체어를 제일 어두컴컴한 구석으로 밀어놓고서 난로 앞의 커다란 소파에 옆으로 누웠다. 피곤이 곧 그녀를 잠으로 끌어들였다.

2

눈을 떴을 때는 이미 해가 높았고 난로의 불은 꺼져 있었다. 배가 고파서 위 부근이 아플 정도였다. 그녀는 초인종을 누르는 것을 망설였다. 그러나 아무런 기척도 없는 것이 오히려 의심을 불러일으킨다는 것을 생각해 냈다. 그래서 초인종을 누르고 억지로 시체를 흘끔 보았다. 본 게 잘했다. 설마 그가 자기 방에서도 모자를 쓴 채로 있을 리가 없기 때문이다. 아주 싫었지만 그녀는 모자를 벗겨주었다. 그리고는 장갑도 벗겨주려 했으나 시체가 완전히 경직되어서 맞잡은 손을 도저히 뗄 수가 없었다.

그녀는 휠체어를 난로 앞으로 밀고 가서 문 쪽으로 등이 향하도록 돌려놓았다. 때마침 그때 노크 소리가 났다. 힐데가 문을 여니 문 입구가 꽉 찰 정도였다. 그것은 어젯밤엔 보지 못한 새로운 하인이었다.

"아침식사를 갖다줘요. 그리고 오늘 아침에 사람이 찾아올 테니까 오면 곧 보내줘요." 그녀는 쟁반에 담은 두 사람분의 식사를 한숨에 먹어치우고 빈 식기를 문밖 옆에다 놓았다. 그것은 마치 하숙집과 같아서 이상했을는지도 모르지만, 부엌에서 얘깃거리가 되는 것을 피하기 위해서는 할수 없었다. 칼 리치몬드에게 고용인들이 가까이 올 기회를 적게 하면 할수록 위험이 적어지는 것이었다.

그녀는 거의 불가능에 가까운 일을 해낸 것이었다. 군중 앞에서 시체와 함께 걸었고, 또한 하룻 동안을 완전하게 속여넘긴 것이다.

완전히 꺼져버린 난롯불 앞의 휠체어 위에서 굳어 있는 시체도 이제는 그녀를 긴장하게 하지는 못했다. 그녀와 시체와의 사이에는 동지애와 같은 것이 생겨나 있었다.

힐데가르데는 오랫동안 그를 쳐다보았다. 남편 같은 구석은 전혀 남아 있지 않았고, 그건 단지 인형에 지나지 않았다. 그러나 그녀는 처음부터 인형 이상의 것은 기대하지도 않았던 것이 아닌가.

그녀는 살았다고 생각하면서 일어서서 어처구니없다고 생각될 정도로 호화로운 욕실로 가서 수도꼭지를 틀었다.

미래는 벌써 상냥하게 웃는 얼굴을 하고 있는 것처럼 보였다.

그밖에는 할 일이 없었던 그녀는 오랜 시간을 들여서 화장을 하고 머리를 감고 클립을 꽂았다. 콧노래를 부르고 싶은 것을 참고 있는 것이 오히려 위선이 아닐까 하는 생각까지 들었다.

11시 조금 지나서 그녀는 방으로 돌아왔다. 담배에 불을 붙이고 전화로 또 한 번 손님을 기다리고 있다는 것을 확인시켜 두었다. 바네스는 아직 아무도 오지 않았으나, 다만 마치 그런 것을 의무라고나 생각할 몇몇 신문기자들만이 있다고 대답했다. 그리고 공손하게 주인님이 옷을 갈아입으시는 것을 도와드릴 하인을 보내드리겠다고 했다. 힐데가르데는 급하게 그 일은 그녀 혼자서도 충분하다고 거절했다. 그러자 그 다음에는 그가 직접 불을 붙여 주러 오겠다느니, 마실 것을 가지고 오겠다느니, 라디오를 켜주겠다고 하는 것이었다.

이런 친절에 초조해진 그녀는 전화를 건 것을 후회했다.

시간은 1분 1분 지나서 15분이 지나고 30분이 지나고 한 시간이 지났다. 전화는 침묵한 채로 앤턴 콜프는 나타나지 않았다.

힐데가르데의 낙관주의는 무너지기 시작했다.

그것은 그저 늦어지고 있다는 느낌 때문이어서, 그녀는 무슨 일이든 좋으니까 빨리 시작되기만을 바라게 되었다.

온 집안에 소리 하나도 들리지 않았다. 하인들은 대기실에 모여서 초인종이 전혀 울리지 않는 것을 이상하게 생각하면서 수군거리고 있을 것이 틀림없었다.

점심시간이 가까워졌다. 행동에 옮길 필요가 있었다. 우선, 리치몬드의 용태가 좋지 않다는 이야기를 계속하는 이상 의사를 부르지 않는 것이 이상하다고 생각될 것이 틀림없다.

그녀는 문득 외출해서 식사때를 넘길 구실을 찾기로 했다. 그러나 그것은 너무나 위험했다. 하인들이 절대로 방안에 들어오지 않을 거라고 믿을 수는 없었다. 그렇다고 해서 노인이 있는 방을 열쇠로 잠가놓을 수도 없는 것이었다.

결심을 하지 못하고서 힐데가르데는 창가로 다가가서 커튼을 열어 뜨거워진 이마를 유리창에 댔다.

오래 된 큰 나무가 뜰을 덮고 있었다. 꽤 먼 곳의 가지 사이에서 높은 쇠창살이 보였는데 그것이 정원의 경계인 것 같았다. 두터운 잔디, 자잔한 자갈길, 거기에 잘 배치된 화단이 이 뜰이 우아한 저택이라는 느낌을 주고 있었다. 많은 나뭇잎들은 노랗게 물들어가고 있어서 가을이 다가오고 있음을 알려주고 있었다. 이제 해도 짧아져 가고 있고, 날씨도 선선해져 간다. 모피 옷을 생각하는 것도 한 가지 낙이겠지 ……

조그마한 헛기침이 뒤에서 들렸다. 그녀는 뛰어오를 정도로 놀랐다. 뒤돌아본 그녀의 눈에 집사의 중후한 얼굴이 보였다. 그는 문 입구에 서 있었다. 빠른 걸음으로 그녀는 문으로 다가가서 그의 앞에 섰다.

언제부터 이 사람은 여기에 서 있었을까? 무엇인가 알아차리지는 않았을까? 흥분된 나머지 그녀 쪽에서 먼저 입을 뗄 수가 없었다.

"몇 번이나 노크했었습니다만 주인님이 대답이 없으셔서요. 실례인 줄 알면서도 방해했습니다." 바네스는 그렇게 사과했다.

남편과 그와의 사이를 가로막고 서서 그녀는 겨우 말을 할 수 있게 되었다. "무슨 일인데요?"

"아주 가볍게 드실 것을 마련해 놓았습니다만."

"난 아직 먹고 싶지 않은데요."

"예, 그렇지만 주인님께서는 혹시……"

"주인은 몸이 불편하세요."

"그러면 얼른 의사 선생님을 불러올까요? 언제나 오시는 선생님께……"

"아니, 그럴 필요는 없어요."

그렇게 말하고 나서 그녀는 의사 얘기를 끄집어내도록 한 것을 곧 후회했다. 이 남자를 방에서 쫓아내지 않으면 안 된다. 그것도 빨리.

"주인은 병이 아니에요. 그저 아주 피곤해 있을 뿐이에요. 쉬시는 게 무엇보다 좋지요."

"침대로 모시도록 도와드릴까요?"

"아니, 좋아요. 그럴 필요가 있을 땐 또 부를께요."

바네스는 어디까지나 정중했지만, 그처럼 폭군이었던 주인이 조용하게만 있는 것에 대해 호기심이 커져서 좀처럼 물러가려 하지 않았다.

"운전사가 와 있는데요, 무슨 지시하실 건 없으신지요?"

"지금은 별로."

힐데가르데는 한 발 앞으로 나가서 문 가장자리에 손을 대서 얘기가 이젠 끝났다는 것을 알게 하였다. 그러나 이 가벼운 움직임으로 그녀가 감추고 있던 남편 모습이 완전히 바네스의 시야에 들어가고 말았다. 바네스는 그 뒷모습에 머리를 숙이고 직접 주인에게 말을 했다.

"저 이하 하인 모두가 진심으로 주인님의 결혼을 축하드립니다."

힐데는 눈을 감았다. 집사는 천천히 몸을 일으켰다. 칼 리치몬드의 고개는 움직이지 않았고 대답도 들리지 않았다.

파탄이 왔다.

그러나 그녀는 이렇게 대답했다.

"아직 낮잠을 주무시고 있군요. 조용히 해주세요."

그리고는 곤란한 것처럼 덧붙였다.

"요 근래 밤엔 잘 주무시지 않으시기 때문에……"

집사는 놀랐지만 그대로 아무 얘기도 하지 않고 물러갔다.

문을 닫은 힐데는 온몸의 힘이 빠져 나가는 것 같았다. 너무나 긴장했기 때문에 정신을 잃든지 발작이 일어나든지 할 것만 같았다. 빨리 앤턴 콜프가 와주지 않으면 사태는 그녀 혼자서는 도저히 감당할 수가 없게 되어가고 있었다.

집사가 물러가는 발소리가 들리지 않았다. 아마도 문밖에서 귀를 기울이고 있는 것이겠지. 아무것도 알아차리진 못했겠지만 이상한 일도 다 있다 하고 생각할 것이 틀림없었다.

부엌에서는 쑥덕공론이 한창일 것이다. 하녀들의 고삐 풀린 상상력들은 거기에 꼬리가 붙어서 아주 위험한 모습을 하게 될 것이다. 젊고 아름다운 힐데가 하녀들의 동정을 끌리가 없다. 일이 없는 고용인들은 모두 바네스가 돌아오는 것을 기다렸다가 여러 가지 의견을 내놓겠지. 그러나 바네스가 결정적인 뉴스를 가져오지 않으니까 억측은 더욱 심해질 것이 틀림없다.

도대체 이것을 어떻게 하면 좋단 말인가? 시체를 데리고 또 한 번 여기서 나가는 건 도무지 생각할 수 없는 일이다. 반드시 무언가 지혜로운 방법이 있을 것이다. 그것이 무엇일까?

그녀의 불안은 점점 깊어져 갔다. 괘종시계 소리만이 울리고 있는 이 방의 조용한 정적, 무서운 남편의 모습, 가구들의 친근감 없는 침묵, 난로의 심연과 같은 어두움, 그 안에서 단 하나만의 산 사람으로서 발버둥치고 있는 그녀를 이 무시무시한 조용함이 천천히 삼켜가고 있었다.

그녀는 방안에서 빙글빙글 돌고 있었다. 고뇌의 포로가 되어 생각을 집중할 수가 없었다. 갑자기 그녀는 그 자리에서 우뚝 서버렸다. 그녀 앞에 있는 노인의 시체에 생명이 돌아와 있는 것이다! 그녀는 양손으로 비명이 터져나오려는 걸 눌러막았다. 활발한 파리 한 마리가 코끝에서 뺨으로 내려갔다가, 거기서 다시 위로 올라가 천연스럽게 뜬 채로 있는 눈 위를 기어가고 있었다.

힐데가르데는 정신을 잃을 뻔했다. 이 최후의 모독이 계속되어서는 안 된다. 난폭한 손짓으로 그녀는 파리를 쫓았다. 숨을 헐떡이며 구토와 싸워가면서 한쪽 손으로는 의자 손잡이를 잡고 한 손으로는 흔들어댔다. 그러나 파리는 집요하게 날개 소리를 내며 날아다녔다.

이때 전화의 요란한 벨소리가 그녀의 이성을 되찾게 했

다.

그녀는 그것을 뛰어가 들었다. 그리고는 바네스가 어떤 남자분이 만나뵙자며 왔다는 것을 알렸을 때는 안심한 나머지 그대로 주저앉아 버릴 것만 같았다. 가까스로 그녀는 얼굴을 고치고서 그를 맞이하러 응접실까지 나가고 싶은 충동을 겨우 참았다.

잠시 뒤에 노크 소리가 들렸다. 앤턴 콜프가 아니었다. 40세 전후의 좋은 체격을 가진 남자였는데, 길게 기른 구레나룻 근처에는 흰 머리칼이 섞여 있고, 얼굴색은 짙고, 약간 칙칙한 넥타이를 매고 있었다. 그는 아주 가볍게 윗몸을 굽혀서 인사했다.

힐데는 상대를 탐내듯이 바라만 볼 뿐 이야기를 꺼낼 수가 없었다. 그가 말했다.

"로마. 마틴 로마라고 합니다."

그때 한꺼번에 그녀의 신경의 저항은 깨져 버렸다. 그녀는 이미 두려움도 흥분도 느끼지 않았다. 지금까지 없었던 조용함이 그녀를 감쌌다. 이 처음 보는 사나이의 방문은 그녀의 처음 계획에는 없었던 것인데, 그가 온 이상 앤턴 콜프든지 운명이든지 하여튼 무언가가 그녀가 있는 곳으로 이 남자를 보냈으니, 그것은 반드시 우리 편이 틀림없는 것으로 생각되었다. 그녀는 기계적인 몸짓으로 의자를 권했다. 그러나 사나이는 모자를 손에 든 채로 계속 서 있었다.

"여행으로 피곤하실 텐데 너무 급하게 찾아뵌 건 아닌지요?" 하며 그의 눈은 들어올 때 처음 눈길을 준 노인 쪽을 또다시 똑바로 바라보는 것이었다.

힐데도 약간 몸을 돌려서 그것을 바라보았다. 조용한 걸음걸이로 그 남자는 움직이지 않는 그림자로 다가가서 정면에 멈추어서서는 오랫동안 그것을 응시했다. 그리고는 조용한 목소리로 물었다.

"왜 눈을 감겨주지 않으셨나요?"

힐데는 어깨를 움츠렸다. 그런 것은 문제가 아니었다.

그녀는 입을 열려 했으나 그것도 할 수 없을 정도로 피로가 극에 달해 있었다. 생각하려는 의지와 육체간의 연결이 끊어져 버린 것이었다. 그녀는 경험하지도 못했던 느낌 속에서 방황하고 있었다. 일종의 꿈이나 잠 같은, 하여튼 수초와도 같이 잡을 수 없는 느낌이었다.

아마도 잠시 지나면 다시 행동할 수 있게 되겠지. 그러나 지금은 안 된다. 이 무서운 무기력과 허탈 속에서는 도저히 할 수 없었다.

오랜 침묵이 계속됐다. 사나이는 두 손을 뒷짐지고서 발끝과 뒤꿈치로 몸을 흔들면서 눈은 하늘을 향해 있으나 아무것도 보고 있지 않는 것 같았다. 힐데는 그것을 방해할 생각조차도 하지 않았다. 시간이 지났다. 겨우 사나이가 몸 흔드는 것을 멈추고 또 한 번 노인을 자세히 바라보았다. 그리고는 눈을 감겨주고서 잠시 노인의 이마에다 손을 대 보았다.

사나이는 힐데 쪽으로 돌아와서 물었다.

"언제 뉴욕에 오셨죠, 리치몬드 부인?"

"어제 오후예요. 배에서 내린 것은 어제 저녁이었지요."

"그래, 이건 언제였나요?"

"배 위에서였어요."

"원인은?"

"발작이라 생각해요."

"왜 죽은 것을 감추셨는지 물어도 좋을까요?"

대답하지 않으면 안 된다. 이 사나이는 나쁜 사람도, 적의를 지닌 사람도 아닌 것 같았다. 아마도 앤턴 콜프가 말한 의사겠지. 정식 매장허가를 받으려면 그런 사소한 점까지도 필요하겠지. 힐데는 그러한 것들을 막연하게 생각했다. 그러나 그녀의 입술은 움직이지 않았고 단 한마디도 할 수 없었다.

상대는 조금 전에 그녀가 그랬던 것처럼 빙글빙글 방안을 돌기 시작했다.

다음에 입을 연 것은 그였다.

"부인의 심부름을 해드려야겠습니다, 리치몬드 부인. 그러나 제 질문에 대답해 주시지 않으면 안 됩니다. 이건 매우 중요합니다. 그리고 극히 세밀한 점까지도 결코 소홀히 할 수는 없습니다. 부인의 주인께서 돌아가신 걸 알고 있는 사람은 누구입니까?"

"아무도 모릅니다."

"옮기는 걸 도와준 사람은?"

"하인들, 그리고 운전사."

"그럼 그 친구들은 죽은 것을 알고 있겠죠?"

"아뇨, 몰랐어요."

"어떻게 그렇게 단언할 수 있겠습니까?"

"그렇지 않으면 어떻게 여기까지 와서 이렇게 있을 수 있겠어요?"

"그렇군요. 이분에게 심부름하는 사람이 가까이 오지는 않았습니까?"

"어제 저녁때부터 아무도 여기엔 들어온 적이 없어요."

"이분에게 말 붙이려는 걸 잘 막아내셨군요."

그녀는 그저 어깨를 으쓱했다.

"도저히 믿을 수 없어요."

"남편은 원래 몸이 불편했어요. 휠체어 없이는 움직일 수도 없었지요. 그리고 성미가 꽤 까다로웠기 때문에 그런 일도 불가능한 것은 아니었어요. 결코 쉬운 일도 아니었지만."

"그럼 시체를 옮겨서 어떻게 하실 작정이었나요?"

"그건 당신에게는 관계없는 일 아녜요?"

마틴 로마는 상대가 진정인지 아닌지를 확인하기 위해서 그녀를 쳐다보았다. 힐데가르데는 그의 탐색하는 듯한 시선에 눈도 깜박하지 않았다.

그는 의자를 하나 들고 와서 그녀 정면에 앉았다.

"자, 묻겠습니다만, 리치몬드 부인, 왜 저를 들어오게 하셨나요?"

"기다리고 있었던 것은 당신이 아니었어요."

"호오, 그럼 누구인가요?"

"아버지예요."

"아버지라면 누구신가요?"

"앤턴 콜프."

"누굽니까? '앤턴 콜프'라니?"

"이젠 그만두세요, 그런 질문은."

"하지만 대답해 주시지 않으면 안 됩니다, 리치몬드 부인. 가장 중요한 점이니까요. 부인의 아버님은 그럼 이분이 돌아가신 것을 알고 계셨나요?"

"그렇지 않아요. 그렇기 때문에 기다리고 있었던 거예요. 지금부터 어떻게 하면 좋을까 하고요."

"그럼 왜 아버님도 아닌 저를 들어오게 하셨나요?"

"그것은 아버지가 오늘 아침에 오시게 되어 있어서 그분 이외에는 아무도 기다리고 있는 사람이 없었기 때문이지요. 꼭 아버지라고 생각했었거든요."

"알겠습니다. 왜 돌아가신 주인을 여기까지 데리고 오시게 되었는지를 말씀해 주실 수 없나요?"

"말할 수 없어요."

"그럼 지금부터 어떻게 하실 생각인지요?"

"선생님에 따라서."

"저에 따라서? 아니, 왜요?"

"모르겠어요. 전 이제 아무것도 모르게 되어버렸어요. 나가주세요. 피곤해요. 아주 어려운 일이었어요. 쉬지 않으면 안 되겠어요."

사나이는 점점 더 엄중하게 되어가는 것 같았다.

"분명히 말씀드리지만 잊어버린 듯이 행동하셔도 문제가 해결되지는 않습니다. 의사에게 조사시키면 금방 알 수 있게 되지요. 정신이상인 체해도 마찬가지여서, 오히려 의혹만 깊어질 뿐입니다."

"확실히 말씀드리겠는데, 당신이 얘기하는 걸 조금도 모르겠어요. 어떻게 이 방에 들어오게 되었나요? 누가 오라고 했죠? 당신은 도대체 누구세요?"

"아시겠지만 이 집에서 나가지 마십시오. 이 사건은 벌써 내 직무를 벗어났습니다. 검찰 당국에 연락하겠습니다."

"당신은 도대체 누구세요?"

"마틴 로마, 제8구의 경감입니다."

방이 돌아가기 시작했다. 벽이 쓰러지려 했다. 침대 기둥을 붙잡고 그녀는 간신히 넘어지는 것을 참았다. 자기 목소리와 비슷하게 들리는 목소리로 물었다.

"어떻게 이곳에 왔죠?"

"정식 직무로 온 것은 아닙니다만, 사태의 발전으로 봐서 윗사람에게 보고할 의무가 생겼습니다."

"어떻게 이곳에 오셨나요?"

"어제 저녁의 부인의 태도, 그리고 특히 부인 주인의 태도에 대해 운전사가 이상하게 생각했나 봅니다. 그리고 또한 오늘 아침에도 지시를 받으러 왔다가 집안 분위기가 이상하다고 느꼈답니다. 전화를 준 것은 그 사람이었지요."

힐데가르데는 다리 힘을 잃고 침대 위에 쓰러졌다.

"부인은 왜 주인의 죽음을 알리지 않으셨습니까? 왜 시체와 함께 걸어다니셨나요? 어떻게 해서 이 사태에서 벗어나려고 생각하셨나요?"

"그런 질문을 저에게 하지 마세요."

"확실히 질문할 권리는 저에겐 없습니다. 그러나 범죄계통 형사들은 저만큼의 인내나 선의가 없을지도 모르죠."

"당신과 의논할 생각은 없어요. 변호사를 부르겠어요."

"많이 고용하시지요. 쓸데없는 일이 되겠지만. 제가 전화

걸어드릴까요?"

"좋습니다."

"아직도 모르시겠습니까? 그렇게 이상한 태도를 취하시는 건 큰 잘못입니다. 제가 질문하는 건 개인 자격이 아닙니다. 저는 재판소와 법률을 대표하고 있는 겁니다. 부인은 거기에 따라서 저에게 대답해 주셔야만 합니다. 만일에 부인의 얘기가 사실이라면 걱정할 필요는 아무것도 없는 거지요."

긴 침묵이 흘렀다. 마틴 로마는 양손을 주머니에 집어넣고 힐데가르데를 응시했다. 그녀는 완전히 침착성을 잃은 것 같았다. 입술을 깨문 채로 상대방의 모습을 살펴보고 있었다. 그리고는 입을 열었다.

"저에겐 돈이 있어요. 아주 많이. 당신이 아무리 경찰에서 일해도 손에 넣을 수 없을 만큼 말예요."

"그만두시죠. 그리고 한 가지 충고를 해드리겠습니다. 얼른 좋은 변호사를 찾아서 더 이상 돌이킬 수 없는 실패를 거듭하지 마셔야 할 겁니다."

"실패라니, 무슨 뜻이죠?"

"그래요, 특히 매수 같은 것."

그녀는 이빨을 드러내고 자기 손수건을 깨물어 찢으면서 히스테릭하게 울기 시작했다.

"전 피곤해요. 이렇게 피곤한 건 생전 처음이에요. 틀림없이 신경쇠약인 것 같아. 머릿속이 어떻게 될 것 같아요. 무얼 생각하고 있는지도 모르겠어. 모르겠어요, 하나도 모르겠어."

상대방은 아주 의심 깊게 그녀를 바라보았다.

"앓고 있을 때가 아니지요, 리치몬드 부인. 범죄계 친구들은 그다지 한가하게 놔두진 않을 겁니다. 정말 쉬고 싶으시다면 빨리 사실대로 모두 말해 버리는 겁니다. 그렇지 않으면 침대에서 잘 수도 없어요. 이것이 저의 충고입니다."

"한데 왜 그런 식으로 말씀하시는 거죠? 전 죄인이 아니에요."

"저도 그렇게 바라고 있습니다. 그러나 그것을 증명해야겠죠."

"제가 죽인 게 아니에요."

"누가 살인했다고 했습니까?"

그녀는 칼 리치몬드 앞으로 뛰어가서 휠체어 앞에서 무릎을 꿇었다.

"칼, 절 도와줘요. 전 아무것도 모르겠어요. 아무것도 모르겠어요. 모두가 다 잘 되어갔었는데. 저 사람을 내보내야 돼. 나가! 나가 줘요!"

마틴 로마는 그녀의 어깨를 잡아 강제로 앉혔다.

"조용히 해요. 이분을 배에서 여기까지 옮겨올 만큼 냉정한 부인이오. 그 몇 분의 1만이라도 지금 냉정을 되찾아야 해요. 부인에게 필요한 건 그것이오."

"저에게서 떠나지 마세요."

"그런 걱정은 하지 마세요."

그는 어깨를 으쓱하고서 전화로 향해 갔다. 외선(外線)으로 연결되자 그는 경찰 긴급전화로 뉴욕시의 범죄계 총경 스털링 케인을 불러달라고 했다.

로마가 수화기를 놓고서 15분도 되기 전에 경찰관들이 도착했다. 몇 초 이내에 백만장자의 호화로운 방은 거리의 시장처럼 되어버렸다. 제복 순경에 섞여서 사복 형사들이 달려왔다. 감식반 남자들이 플래시를 터트리며 젊은 여자와 시체에게 사진세례를 퍼부었다.

경찰봉을 잡은 두 순경이 입구를 지키고 있었다. 경찰의는 청진기를 목에서 늘어뜨리고 노인을 진찰하고 있었다. 흰 옷을 입은 간호원 두 사람이 휠체어 옆에서 기다리고 있었다. 생전 보지도 못한 낯선 사람들이 방안을 살피고 다니고, 힐데의 핸드백을 조사하고, 물건들 위에 조그만 종이쪽지들을 처덕처덕 붙이고 있었다. 누군가가 전화를 또 한 대 가설하고 있었다.

총경은 재빠르게 치워진 테이블 앞에 앉아서 로마와 또 한 사람에게 둘러싸여서 서류를 조사하고 있었다.

모든 사람들이 바쁜 듯한, 신경질적인 듯한 모습들이었다. 그리고 어느 누구 하나 힐데에게 주의를 기울이지 않았다. 이상스런 감정이 그녀를 엄습했다. 두 손이 떨리고 완전히 낭패해서 생각을 정리할 수가 없었다. 진행되고 있는 모든 것들이 내용도 없고 현실성도 없는 것으로 생각되었다. 모든 것들이 너무나 급히 진행되는 것이었다. 신경의 긴장이 너무나 강해져서 그녀는 일이 되어나가는 것에 적응할 수가 없게 되어버렸다.

누군가가 그녀의 팔을 잡고 일으켜 세웠다. 그녀는 얌전하게 따랐고, 총경의 정면에 앉히는 대로 자리에 앉았다.

경찰의로 보이는 사람이 말하고 있었다.

"서류는 오늘밤 보내드리겠습니다. 시체해부는 끝나는 즉시로 결과를 보고하겠습니다."

힐데가르데는 그것이 무엇을 의미하는지 몰랐다. 그녀는 간호원들이 방 밖으로 밀면서 나가고 있는 남편의 휠체어를 신기한 듯이 쳐다보았다. 하마터면 그녀는 남편의 모자를 잊지 말고 가져가게 하라고 주의시킬 뻔했지만, 시체를 내보내는 작업의 시끄러움 때문에 방해를 받고 말았다. 그녀는 플래시를 터뜨리는 바람에 눈을 깜박였지만 카메라로부터 자기 얼굴을 감추려는 생각도 하지 않았다.

갑자기 방안은 텅 비게 되었다. 제복 경관들이나 의사, 간호원, 감식반 사람들, 사진사들도 이제는 거기에 없었다. 그녀는 다만 혼자서 세 남자들 앞에 앉아 있었다. 총경과 마틴 로마, 그리고 그녀가 모르는 또 한 사람의 인물이었다.

처음으로 스털링 케인이 그녀를 바라보았다. 그는 손을 마주잡고 테이블 위에 팔꿈치를 대고 천천히 그녀를 관찰했다.

그녀는 그를 훑어보았다.

그는 50세 전후였는데, 젊었을 때 스포츠로 단련된 사람들에게서 흔히 볼 수 있듯이 조금은 둔중하지만 힘에 넘친 몸집이었으며 실제보다 뚱뚱하게 보였다. 회색 머리를 짧게 깎고 안색은 좋은 편이며, 눈은 작으나 날카로웠다.

결혼 반지가 그의 넷째손가락에 파고들듯이 끼워져 있었다. 그것을 끼웠을 무렵부터 그는 살찌기 시작한 게 틀림없었다. 어쩌면 이제 그것을 빼내지 못하는지도 모른다. 대체 반지를 낀 다음에 얼마나 지났을까? 15년? 20년?

갑자기 그녀는 상대의 목소리에 제정신으로 돌아왔다. 그 소리는 조용하고 부드러웠다. 힐데가르데는 주의를 집중하려 했다. 그러나 귀에 남은 것은 마지막의 몇 마디뿐이었다.

"……라고 말하는 것은 분명히 부인에겐 불리하지요."

그리고 또다시 기억에 구멍이 뚫렸다. 주의력의 상실에도 불구하고 우연히 귀에 들어온 것은 다음 한마디였다.

"……변호사를 선정해서……"

그녀는 분해서 흘리는 눈물을 삼키며 입술을 깨물었다. 사태는 극히 위험했다. 정신을 총동원해야 한다. 기분이 나쁘다는 등의 얘기를 하고 있을 때가 아니었다. 시간이 지나면 그럴 여유도 가질 수 있게 되는지도 모른다. 그러나 앞으로 몇 시간 동안엔 그런 어거지 같은 소리는 허용되지 않는다. 아주 조그마한 침착과 최소한의 주의력만 있다면 천천히 쉴 수 있게 되는지도 모른다.

그녀는 스털링 케인의 시선을 꽉 붙들고서 그를 의지하기로 결심했다.

"담배를, 그리고 술을 조금 주세요."

사나이들은 세 사람 모두 움직이려 하지도 않았다.

"부탁이에요."

그녀는 자신의 바보스러운 피곤 때문에 눈에 눈물이 솟아오르는 것을 억누를 수가 없었다. 마틴 로마가 문가로 가서 경비를 서고 있는 순경 한 사람에게 속삭였다.

스털링 케인은 자기 주머니에서 구겨진 러키 스트라이크 한 갑을 꺼내서 피우라고 했다. 그녀는 휘어진 한 개비를 집어내어 조용히 그것을 펴서는 원상태로 만들기 위해 손가락 사이에서 만지작거리다가 담배의 잎을 모으기 위해서 손톱 끝을 가볍게 갖다댔다. 이 조그마한 일이 그녀의 주의를 완전히 빼앗았다. 두 남자는 그녀를 죽 지켜보고 있었다. 겨우 그녀는 담배를 입술에 갖다댔다. 총경이 군대용 라이터를 켜서 불을 붙여주었다. 마틴 로마가 스카치 위스키 한 병과 잔을 손에 들고 돌아왔다. 그는 그것을 잔의 3분의 1 정도 따른 다음 이빨 사이로 실수했다고 말했다. 소다수를 잊은 것이다. 힐데가르데가 말했다.

"괜찮아요. 언제나 스트레이트였어요."

이렇게 얘기하고 나서 곧 후회했다. 아마도 이 사람들은 날 술꾼이라고 생각하겠지. 그래도 그녀는 잔을 잡고서 단숨에 마셔 버렸다. 잠시 동안 그녀는 아무것도 느끼지 못했다. 그러나 단번에 기적이 일어났다. 기분좋은 따스함이 그녀 속으로 들어가서 자신을 감싸주고 가라앉게 하고서 그것이 손가락 끝까지 내려갔다고 생각했는데 다시금 심장으로 거슬러 올라와서 그 고동을 빠르게 했다. 그 동안 그녀의 생각은 다시 명확하게 되고, 그녀의 지성은 잃어버렸던 시간을 되찾기 위해서 일하기 시작했다. 겨우 비상벨이 울려서 그녀에게 방어태세를 취하게 한 것이었다. 상대방은 그것을 알아차리지 못했지만 그녀는 그들이 준 이 조그마한 휴식을 이용해서 유도심문을 꿰뚫어보고 대답을 준비할 수 있었다.

휴식은 오래 계속되지 않았다.

"기분은 좋아지셨습니까, 리치몬드 부인?"

가볍게 끄덕여서 그녀는 괜찮다는 것을 알렸다.

"우리 질문에 대답할 수 있을 것 같습니까?"

그녀는 또 한 번 끄덕였다.

"결혼하신 것은 언제지요, 리치몬드 부인?"

"몇 개월 전이에요."

"정확하게 말해서 언제입니까?"

"그것은 확실하게는 몰라요. 6월인가 7월이었다고 생각해요. 확실하게는 말하지 못하겠어요."

"그거 이상한데요. 신부로선. 그렇죠?"

"바다 위에서의 일이었거든요. 게다가 그 한참 전서부터 항해하고 있었어요. 저, 확실히 날짜를 기억하지 못해도 당연하다고 생각하는데요."

"그것이 여름 휴가론 좋은 곳이지요."

그러나 그녀는 총경이 그저 자기를 안심시키기 위해서 그렇게 얘기한 것이라고 보았다. 그리고 그런 증거를 잡으려고 갑자기 그에게 물었다.

"총경님, 당신은 언제 결혼하셨나요?"

"1928년 4월 4일입니다. 화요일이었지요. 하루 종일 비가 왔는데, 3시부터 5시까지 꼭 사진을 찍는 동안만은 멎었었지요."

힐데는 얼굴을 숙였다. 이런 대답을 기다릴 필요도 없이, 그는 이미 한 점을 벌고 있었다.

"리치몬드 씨와는 어떻게 해서 아시게 됐나요?"

"간호원을 구하는 어떤 의사회를 통해서요. 거기서 배로 보내졌습니다."

"리치몬드 씨의 재산에 관한 것을 알고 있었습니까?"

"아뇨. 그러나 알게 될 때까진 시간이 걸리지 않았지요."
"왜 요트에서 이 집까지 주인의 시체를 옮겨 오셨는지 말씀해 주시겠습니까?"

힐데는 상대를 보았다. 목소리도 점잖았다. 총경은 이 질문을 마치 아무것도 아닌 것을 던져버리듯이 말했다. 그러나 그의 작고 날카로운 눈은 그녀에게서 떨어지지 않았다. 그리고는 점잖게 독촉했다.

"지금 묻고 있습니다."
"대답하기 싫어요."

그녀는 상대방이 곧 대들 것으로 생각했으나 그는 미소만 지을 뿐이었다.

"전에도 결혼한 적이 있으셨습니까?"
"아뇨."
"어린애는?"
"없어요."

그녀에게는 이 질문의 의도를 전혀 이해할 수 없었다. 그저 그녀를 어리둥절하게 만들기 위해서 물은 것이었을까? 그렇지 않으면 사건 이외의 이런 사소한 점도 그에게는 중요하다는 걸까?

"주인의 시체를 어떻게 하실 작정이었나요?"
"모르겠습니다."
"이상하다고 생각지 않습니까, 리치몬드 부인? 부인은 위험을 무릅쓰고 시체를 날랐습니다. 그런데 그런 뒤의 처리를 미리 생각지도 않았고 확실한 계획도 없었다고요?"

그녀는 이번에는 자기 쪽에서 미소지으려고 노력했다.

"그럼 죽었다는 사실을 배 위에선 아무도 몰랐나요? 대답 안하시겠다? 아, 그래도 좋아요. 내 질문이 말초적인 것인지도 모르지. 선원 전부에게 입막을 돈을 줄 수도 없고, 그리고 어느 배에서나 경찰과 잘 사귀지 못한 친구들이 있기 때문에 그 친구들이 조금만 협력해 주면 당신들도, 그래……말하자면 관대한 처분을 해준다. 그러나 아무도 우리에게 연락해 오지 않은 것을 보니, 아무도 알지 못한 거로군요. 그렇다면 아무래도 생각지 않으면 안 될 것은, 부인은 아주 비할 데 없이 냉정하고 기가 막힌 배우라는 겁니다. 부인의 남편은 무척이나 사람 눈에 잘 띄는 분이었으니까요. 게다가 죽은 것을 숨기려면……그런데 정확히 언제 일인가요?"

"저는 아직은 아무 말도 하지 않겠어요."

"아무튼 오늘밤 경찰의가 알려주겠지요. 하여튼 구경거리 좋아하는 군중 속을 죽은 사람을 데리고 지나가서 멋지게 모든 사람들에게 한방 먹인 것은 보통 여자가 할 수 있는 일은 아니지요. 그것은 부인도 인정하시겠지요? 만일에 그 운전사가 적극적인 행동을 하지 않았고 우리에게도 급히 알리지 않았다면 아무에게도 의심받지 않고 부인의 계획은 성공했을 겁니다. 그럼 아직도 그 계획을 우리에게 말해 주지 않으시겠습니까?"

그녀는 고개를 흔들었다. 짧아진 담배가 손가락을 태울 때쯤에 보고 그것을 재떨이에 비벼 껐다.

"자신의 재산은 가지고 계시나요, 리치몬드 부인?"

"전혀."

"부인은 몇이신가요?"

"34살입니다."

"미국인인가요?"

"아니, 독일인이에요."

"훌륭합니다. 영어가 아주 유창하시군요. 전에 미국에 온 일이 있으셨나요?"

"아뇨, 이번이 처음이에요."

"왜 주인을 죽였나요?"

힐데가르데는 어처구니가 없어서 상대를 바라보았다. 잘못 들었는가 하고 생각했다. 그리고 짧게 한꺼번에 숨을 내쉬고서 고함지르기 시작했다.

"아니, 내가 죽인 게 아니에요. 맹세해요, 내가 죽인 게 아니라고요!"

총경은 앉으라는 손짓을 해보였다.

"흥분하지 마세요, 리치몬드 부인. 이 질문은 그냥 해본 겁니다. 의사의 보고서가 올 때까지는 부인의 남편이 타살인지 아닌지는 아무도 얘기할 수 없는 일이니까요." 그리고 밝게 웃는 얼굴로 덧붙였다. "이치로 따지자면 그랬을 거라는 겁니다. 틀렸습니까?"

힐데가르데는 다시 앉아서 겨우 냉정함을 되찾았다. 그리고는 상대의 얼굴을 보지 않은 채 단언했다.

"변호사 앞에서가 아니면 더 이상 얘기하지 않겠어요."

그러자 스털링 케인은 연필을 주머니에 집어넣고 좀 전에 꺼냈던 주머니에서 담배를 한 개비 꺼내어 물고는 라이터로 불을 붙이고서 결론적으로 힐데에게 말했다.

"그것은 부인의 권리지요. 그것을 행사하시는 건 좋습니다. 각기 장사가 다르니까요, 그렇겠죠? 그래서 나도 내 장사가 따로 있고, 만일 부인이 변호사를 필요로 하신다면 그것은 부인이 한 일을 말하기 힘들기 때문이라고 생각하시는 거 겠지요."

"나는 그 사람을 죽이지 않았어요."

"부인은 믿지 않으시겠지만 사실 침대 속에서 병으로 죽었을는지도 모르지요. 그러나 그랬다면 그 침대 위에 조용히 놔두지 않았던 것이 잘못된 겁니다."

그렇게 얘기를 마치고 그는 일어서서 한 번도 뒤돌아보지 않고 방에서 나갔다.

이 심문을 하는 동안 처음부터 끝까지 한마디도 하지 않았던 나머지 두 사람이 힐데에게 다가와서 따라오라고 신호했다. 본능적으로 그녀는 몸을 뺐다.

그녀가 불쌍하다고 생각한 듯한 마틴 로마가 말했다.

"거기에 가서 자는 것이 그래도 낫습니다. 적어도 신문기자들한테는 시달리지 않을 테니까요."

어느 쪽이든 그녀에게 선택의 자유는 없었다. 두 남자는 그녀의 팔을 잡았다. 그녀는 그것을 실례라고는 생각했으나 반항할 기운도 없었다. 그리고 그들이 문을 열었을 때 왜 팔을 붙들었는지 알게 되었다.

고용인들이 모두 신기한 듯이 일을 팽개쳐 두고 홀에 모여 있었다.

문 입구를 향해서 그 무리들을 헤치고 나가는 동안 힐데의 귀에는 자기를 한 번도 본 일조차 없는 하인들이 거리낌

없이 내뱉는 욕지거리가 들려왔다. 운전사는 비웃는 듯한 모습으로 그녀가 지나가는 것을 보고 있었다. 그녀가 끌려나가는 곳에 바네스가 모습을 보이지 않은 것은 반가웠다. 그러나 이 고용인들의 무리도 밖에서 기다리고 있는 구경꾼들에 비한다면 아무것도 아니었다.

뉴스는 도화선이 붙은 화약이 폭발한 것 같았다. 칼 리치몬드의 집은 주택가였음에도 불구하고 지금은 이곳에 굉장한 군중이 모여서 어떻게 될는지 알지도 못하면서 무엇인가 볼것이 있을까 하고 기다리고 있었다.

젊은이들은 쇠창살에 기어 올라가서 정원의 나무들을 통해서 무엇인가를 찾아내려 하고 있었다. 어린애들은 기다리다 지쳐서 울상이 되었고, 연인들은 군중 속에서 오히려 둘이 붙어 있을 수 있다는 것을 다행으로 생각하고는 이 기회를 잘 이용하고 있었다. 그리고 여자들은 떠들어대고, 얘기를 만들어내고, 악담을 해대고, 장광설을 늘어놓고, 상상의 나래를 펴면서 이런 무기력하고 순진한 대군중의 중심이 되어가고 있었다.

힐데가르데가 나타났을 때 그녀의 두 호위병은 아무 쓸모없는 것이 아니었다. 군중은 즉시로 이것이야말로 볼것이라고 깨달았고, 또 그것이 그다지 오래 계속되지 않을 거라는 것도 금세 알아차렸다. 마치 밀물에 밀리듯 맨 앞줄의 사람들은 두 사나이와 한 여자를 둘러쌌다. 세 사람을 둘러싼 얼굴의 물결에서는 약간 바보스러운 호기심들과 우울한 권태들이 보였다. 모든 시선들이 힐데가르데에게 집중됐다. 한 순간 무겁고 고통스러운 침묵이 있었다. 그리고 한 여자가 어린애를 쳐들고 그애에게 말했다. 그러나 실은 군중에게 얘기하는 것이었다.

"자, 봐, 돈 때문에 남편을 죽인 여자가 어떻게 생겼는가를."

그것이 신호가 되었다. 뒤쪽, 아무것도 안 보이는 곳 근처에서 성난 고함 소리들이 끓어올랐다. 주먹들이 들어올려졌다. 서민의 증오, 일상생활 동안에 축적되어 대상이 누군지 몰라서 헤매던 증오가 먹이를 발견해서는 그곳으로 달려드는 것이었다. 협박적인 얼굴이나 들어올려진 주먹은 힐데가르데의 주변뿐만이 아니었다. 모든 사람들이 그녀가 본 적도 없는, 앞으로도 결코 만나지 않을 모든 사람들이 갑자기 그녀에 대한 미움으로 하나가 되어 협동하게 되었다.

두 경관은 힐데가르데를 에워싸듯이 해서 그녀의 방패가 되었다. 경찰의 검은 리무진 차에서 건장하게 생긴 경찰 두 사람이 내려와 손목 근처로 경찰봉을 휘둘러대면서 힐데와 두 호위병의 앞길을 열어나갔다. 그 경찰이 아직 가까이까지 오기도 전에 힐데는 제일 앞쪽에 있는 한 여자로부터 힘껏 핸드백으로 얻어맞았다. 그 여자는 눈알이 튀어나올 정도가 되어 그녀의 얼굴 정면에서 고함질렀다.

"이 화냥년아! 잘 알았지!"

이 어중이떠중이들은 마치 몇 년 전부터 참아온 개인적인 복수를 지금 하고 있는 듯이 생각하는 것 같았다.

깜짝 놀란 힐데가르데는 이 새로운 사건의 양상을 전혀 이해할 수가 없었다. 바로 전에 그녀에게 질문공세를 퍼붓고, 또한 내일 그것을 되풀이할, 그리고 모레도 그 다음날도 매일같이 자기들에게 만족을 줄 수 있는 해결책이 발견될 때까지 질문을 계속할 사나이들, 그와 같은 사나이들이 지금은 그녀의 가장 믿을 수 있는 친구가 되어 있었다. 그들에게 의지하고 그의 넓은 어깨가 그녀 주위 사람들의 주먹 세례를 받아가며 막아주지 않았던들 그녀는 다른 할일도 없는, 적의에 찬 군중을 너무 기다리게 만들었다는 이유로 린치를 당했을 게 틀림없었다.

거인 같은 두 명의 경관이 진지를 넓혔다. 그들의 제복과 건장한 몸집과 경찰봉, 그리고 동시에 힘이 넘치고 난폭한 황소와 같은 모습이 군중의 칭찬을 받아, 그것을 정복하고 가라앉히고 매혹케 했다. 아마도 조금 더 시간을 주었다면 군중들은 그들을 개선장군으로 만들고 말았을 것이다.

두 개의 그룹이 마주쳤다. 네 사나이에게 둘러싸인 힐데는 더 이상은 쿡쿡 찔리지 않게 되었고 주위에서 욕지거리만 받게 되었다. 군중의 흥미는 이미 그녀에게는 없었고, 미국 남성의 훌륭한 대표자 네 사람으로 옮겨가 있었다. 차문이 열리자 몹시 떨면서 안으로 들어간 그녀는 기사(騎士)들에 대해 감사하는 마음이 꽉 차 있었다. 그러나 기사들 쪽에서는 벌써 그녀를 돌아다보지도 않았다. 하기 싫은 일이 끝난 것이다. 그들은 차 구석에 힐데가르데와 나란히 앉았다. 그리고 차는 달리기 시작했다. 마틴 로마가 말했다.

"로키 마시아노의 선수권에 도전한 게 누구더라?"

3

다음날 심문이 재개되었다. 스털링 케인은 특수한 분위기를 가진 그의 홈 그라운드에서 책상 뒤에 앉아 심문을 지휘하고 있었다.

 힐데가르데는 그 분위기를 연행되었을 때 곧 느꼈다. 사태는 진전되고 있었다. 그리고 표면적으로는 그녀는 불리했다. 조사는 그녀 이외의 곳에서도 이미 시작되고 있었던 것이다. 피곤에 지치고 온 신경을 다 써버린 그녀가 잠들어 있는 동안 다른 사람들은 참을성 있게 퍼즐의 파편을 주워 모은 것이 틀림없었다. 그들은 그 퍼즐에다 그녀가 해결의 열쇠를 줄 것을 기대하고 있었던 것이다.

 처음 보는 얼굴들이 몇 사람이나 그녀를 흘끔흘끔 쳐다보았다. 별로 적의를 가졌다고는 보이지 않았지만, 그 대신 어둡고 무감각한 표정들이었다. 그녀는 지뢰가 장치되어 있다는 것을 느끼고는 있었으나, 거기에 어떻게 접근해야 할는지를 몰랐다. 뉴욕에 전혀 아는 사람이 없는 그녀는 관선 변호인을 승낙했다. 모든 사람들이 그를 기다리고 있겠지. 그러나 그녀는 앤턴 콜프를 만나서 태도를 결정할 때까지는 변호사에게나 누구에게나 아무것도 얘기하지 않을 작정이었다. 이번 사건에서는 두 사람이 공범이며, 또한 그는 시간을 끌 필요도 없이 그녀를 여기서 끄집어내기 위한 수단도 충분히 갖고 있을 것이었다. 틀림없이 보석금이 필요할는지도 모른다. 그러한 때에도 그는 그녀의 보증인이 되어 줄 것이다. 그가 올 때까지 독을 품은 질문의 화살 끝을 잘 피하기만 하면 되는 것이다.

 스털링 케인의 책상에는 사진 몇 장인가가 들어 있는 사진틀이 놓여 있었다. 그 사진을 보고 싶은 가벼운 욕망이 그녀를 사로잡았다. 아마도 그의 부인과 애들이겠지. 혹시 손자의 것이 들어 있을는지도 모른다. 이 남자의 사생활을 감싸고 있는 사람들의 얼굴을 보는 것이 그에 대해서 알지 않으면 안 될 모든 것을 가르쳐 주는 듯이 느껴졌다. 그러나 의자에서 일어나 책상까지 가볼 용기가 그녀에게는 없었다.

문이 다시 열리고 우아하게 생긴 남자가 들어왔다. 총경과 악수하고, 다른 사람들과도 잘 아는 사이인 듯 인사를 교환했다. 그리고는 그녀 옆에 와서 앉았다.

"걱정하지 마세요. 나는 당신의 변호사입니다."

그렇게 얘기한 그는 그녀에게서 시선을 떼고 자기 가방 쪽으로 정신을 돌렸다. 그는 거기서 산더미 같은 서류들을 끄집어내서는 마치 자기 사무실에 있는 것처럼 그것들을 살피기 시작했다.

힐데가르데는 그가 오기 전보다도 더 고독하게 되었다.

그녀는 경찰에서의 심문이 이렇게 실마리 없는 분위기 속에서 이루어진다는 것은 꿈에도 생각지 못했다. 사람들의 심한 출입 속에서, 더구나 항상 전화벨에 방해를 받았다.

도대체 전화가 무슨 관계가 있을까? 게다가 그녀의 변호사라고 하는 이 남자도 도대체 무얼 생각해서 여기에 와 있는 걸까?

이런 소란 속에서 그녀가 처음 보는 경감이 물었다.

"부인의 이름과 나이와 직업은?"

그녀는 상대를 바라보며 이 새 얼굴은 무얼 하러 왔는가 하고 생각했다. 변호사가 그녀 쪽으로 몸을 기울이고 충고

했다.

"대답하세요. 그저 형식이지요. 이미 부인의 가족수첩과 그 내용을 조사한 뒤니까요."

그러나 경계심에 가득찬 힐데가르데는 어떤 일이 있더라도 마에나라는 성은 입에 내지 않으리라 생각하고 있었다. 그렇지 않으면 곧 양녀 입양과 결혼 이유를 밝히지 않으면 안 되게 된다.

함부르크는 멀고, 또 그 지독한 폭격이 있었던 터라 조사는 거의 불가능할 것이다.

"대답하세요." 하고 변호사는 권했다.

"힐데가르데 리치몬드, 34살, 칼 리치몬드의 미망인입니다."

놀랍게도 상대방은 그 이상은 아무것도 묻지 않았다. 경관 한 사람이 아주 예의바르게 그녀의 지문을 종이에 찍고서, 그것은 그저 형식이라고 하며 그녀를 안심시켰다.

힐데가르데는 바보가 아니고 또한 용기가 있다는 것도 이미 나타낸 바 있지만, 이렇게 자잘한 일이나 계속되고 사람들의 걷잡을 수 없이 뒤섞인 행동이나 들락날락거리는 것, 그리고 계속해서 바뀌어가는 새로운 얼굴에 완전히 어리둥절하게 되어버렸다. 이 사건을 맡고 있다는 스털링 케인은 그녀를 거들떠보지도 않는다고 생각할 즈음에 갑자기 질문하고, 또 다른 것에 몰두한다고 생각하면 좀 있다가 그녀의 사건으로 되돌아오고, 그리고는 또다시 그것을 던져버리고 마는 식이었다. 그러한 것들이 모두 힐데를 당황케 하고 예측할 수 없게 만들고 불안케 했다.

시간이 지났다. 사무실 안의 사람들은 정력적으로 일을 해나가고 있었다. 누구나가 자기가 하는 일을 잘 알고 있는 것처럼 보였다. 그러나 그 중에서 그녀만이 꾸어다 놓은 보릿자루처럼 심문당하는 것만을 그저 기다리고 있었던 것이다. 그것이 하나의 수단이었는지도 모른다. 그녀에게서 모든 저항력을 빼앗으려는 수단인지도 모른다.

4

이렇게 해서 그녀의 신경은 아슬아슬한 곳에까지 가게 되어 처음의 막연한 가슴 설레임이 드디어 광란의 지경으로까지 바뀌었을 때, 처음으로 그 사무실에서 방해꾼들이 나가버리고 갑자기 조용하게 되었다. 전화도 이제는 침묵하고 있었다.

스털링 케인이 다시금 주인공이 되었고, 그의 지배력과 엄숙함을 되찾았다. 그는 고차원의 지성 같은 것은 흔적도 없고, 그저 인습 속에서 살아나가고 상상력이란 전혀 갖고 있지 않은 실직한 관리와 같은 사람으로 되돌아가 있었다.

책상에 등을 향하고 창을 앞으로 해서 남자 한 사람이 타이프라이터에 새 종이를 끼웠다. 서기 역할을 하려는 것 같았다.

변호사는 자료를 정리해 놓고 잠시 시계를 보고서 기다리고 있었다.

창밖의 먼곳에서 여자가 한 사람 세탁물을 널고 있었다. 그것을 본 것은 힐데가르데뿐이었다.

총경이 얘기하기 시작했다.

"리치몬드 부인, 왜 당신은 나이 많은 부자와 결혼했는지 물어도 됩니까?"

"이의가 있소." 하고 변호사가 막고나섰다.

"저어, 말씀드릴 게 있는데요——"

이렇게 얘기하기 시작하다가 힐데가르데는 마음이 놓이지 않아서 말을 망설였다. 그녀가 관행이 된 순서를 부수는 바람에 모두가 다 그녀를 보았기 때문이다. 그녀는 변호사를 돌아다보았다.

"변호해 주시는 사람이 없는 것이 좋아요. 적어도 당분간은."

놀람의 한 순간이 지나자 변호사가 기분이 나빠져서 일어섰다.

"나는 그저 부인을 도와드리기 위해서 온 겁니다. 이 다음에 그것을 아시게 될 겁니다. 솔직히 얘기해서 후회하시지 않게 되길 바라겠습니다."

그리고는 모두에게 가볍게 인사하고 나갔다.

잠시 웅성거리는 소리가 났다. 힐데는 설명하는 것이 좋겠다고 생각했다.

"저 사람이 있으면 좀 마음이 놓아질 않아서……"

서기는 돌아다보고 이상한 듯 그녀를 바라보았다.

"리치몬드 부인, 당신은 어제 남편과 아시게 된 것은 의사회의 소개로 거기서 간호원으로서 배에 가게 되었다고 하셨죠?"

"그대로입니다."

"그 이전에는 남편에 대해선 알지 못하셨죠?"

"예."

"배에 도착하자마자 부인의 아버님과 만나게 되었다고 하는 기적적인 우연을 어떻게 설명할 수 있겠습니까?"

"모르겠어요, 말씀하시는 뜻을."

"아니, 내 질문은 확실한 겁니다. 부인은 확실히 앤턴 콜프의 딸이지요?"

"예."

"그래, 그분이 그 배에 타고 있었다는 것을 모르고 있었나요?"

"예."

"이상한데. 그렇게 생각지 않습니까? 그런데 칼 리치몬드에게는 직접 상속자가 한 사람도 없어서, 만일에 그와 결혼하면 그 재산이 전부 자기 것이 된다는 것을 알고 있었나요?"

"당신의 질문은 잘못되어 있어요. 내가 그전부터 계획을 세워가지고 있었던 것처럼 말씀하시는데, 그런 것은 전연 없었으니까요."

"미묘한 얘기는 뒤로 미루지요, 리치몬드 부인. 지금은 그저 사실을 확인하는 것뿐입니다. 내 질문에 대답해 주셔서 사건의 개략을 파악하고 싶은 것뿐입니다. 배에 도착했을 때에는 어떤 이름을 사용하셨나요?"

"왜 그걸 물으시는 거죠?"

"어떻게 대답하실는지를 알기 위해서입니다. 분명히 말씀드리겠는데요, 변호사가 없기 때문에 당신의 대답은 모두 기록되고 거기에 서명해 주셔야 합니다. 그리고 우리들은 다시 그것을 검토하지요. 따라서 요령 있게 다루신다든가 하는 것은 득이 되지 않습니다. 그래, 어떤 이름으로 가셨나요?"

"마에나, 힐데가르데 마에나."

"참 감사합니다, 리치몬드 부인."

"언제 아버지와 만나게 될까요?"

"곧 만나게 될 겁니다. 그분 집에 가보았는데 돌아온 흔적이 없더군요. 곧장 플로리다로 날아간 것으로 보입니다. 그것은 알고 계셨나요?"

"그렇게 빨리 출발하시리라고는 생각지 않았어요."

스털링 케인은 갑자기 그녀를 똑바로 쳐다보고는 계속했다. "그러나 곧 돌아올 겁니다. 최초의 기항지에서 비행기를 갈아타고요."

"그럼, 곧 만날 수 있겠네요?"

"당연하지요. 그러나 그렇게도 딸에게 애정이 있으시다니 이상하군요. 34년간이나 거의 만나지 않았는데."

"전쟁으로 따로 떨어져 있었으니까요."

"그러나 전쟁이 일어난 건 1939년입니다."

"담배 한 대 주시겠어요?"

왜 있는 것인지도 모를 또 다른 새 얼굴의 사나이가 그녀에게 담배를 내주고는 불까지 붙여주었다.

"남편은 건강하셨나요?"

"예, 제가 보기론."

"그 반신불수는 따로 치고, 다른 데 병은 없었나요?"

"없었다고 생각해요. 하지만 내가 처음에 만났을 때는 눈에 종기가 나 있었어요."

"아니, 그거야 아무것도 아니지요, 리치몬드 부인. 그저 너무 안하무인으로 되어버린 늙은이였으니까. 바보처럼 시끄럽기만 했을 테지요."

힐데가르데는 대답하지 않았다.

"남편의 유서 내용에 대해서는 알고 계셨나요?"

"아뇨."

"남편과 그에 대해서 말씀해 본 적이 있으셨나요?"

"한 번도."

"부인과 아버님과의 관계는?"

"보통이었지요. 그런데 무슨 뜻이죠?"

"아니, 그저 조그마한 호기심 때문입니다. 그렇게 오랜 세월 뒤에 갑자기 만나게 된다는 것이 매우 특이한 일이라서 말이지요. 서로 어떤 기분이었는지 물어보고 싶었을 텐데요?"

젊은 여자는 대답하지 않았다.

"그럼 묻겠는데요, 리치몬드 부인, 아버님이 배에 있다는 것을 알지 못했을 텐데 왜 거짓 이름을 썼나요?"

힐데가르데는 당황한 채 신경질적으로 담배만 빨았다.

"완전히 우연이다 그 말이시요? 그러나 틀림없는 진실을 말씀해 주시는 게 좋습니다. 내 상상이 부인에게 아주 불리한 결론을 끄집어낼지도 모르니까요……칼 리치몬드와 알게 되었을 때 곧 결혼할 생각을 굳혔습니까?"

"결심하는 것은 제가 아니었지요."

"무슨 말을 하는 겁니까? 부인과 같이 아름답고 젊은 분이라면 남자 한 사람쯤 다루는 것은 간단할 텐데. 더구나 상대는 늙은이 아닙니까."

"남편은 단순한 늙은이는 아니었어요. 그분은 자기가 결정한 것밖에는 하지 않는 사람이었어요. 어느 누구도 그 사람의 의견을 바꾸게는 할 수 없었지요."

"그건 그렇겠군요. 꽤나 고집이 섰던 모양이지요?"

"거기에 대해 불평할 생각은 없어요."

"불평하지 않는 것은 아마도 부인뿐일 겁니다. 주의 사람들에게 대해서는 참을 수 없는 인물이었다는데."

"나에게 그런 건 문제가 아니었어요."

"물론 그렇겠지요. 그러나 그분이 지독히도 참을 수 없는 사람이었다는 증명은 되는 거지요."

"장점도 있었어요."

"물론 그렇겠죠. 남편께선 나이가 많고 부자였지요. 야심적인 젊은 부인에게는 멋진 장점일 테죠."

"남편은 꽤 오래 살았을는지도 몰라요."

"그럼 왜 죽었습니까?"

"그런 건 모르겠어요."

"부인의 겸손함은 매우 이상할 정도이십니다. 여기에 와서부터 지금까지 어째서 경찰의의 보고를 한 번도 들으려고 하지 않았습니까?"

힐데가르데는 담배를 껐다.

"그분이 어떻게 죽었든 저에게 무슨 관계가 있나요?"

"이것은 작은 일입니다만, 리치몬드 부인, 그러나 그럴 만한 가치는 있지요. 남편은 타살되었습니다."

"왜 저한테 말씀하시나요?"

"이상하군요, 그 대답은. 그렇게 생각지 않나요?"

힐데가르데는 폭약이 폭발됐다는 것을 강하게 느꼈다. 그러나 그것과 자기와 어떤 연결이 있는지 조금도 알 수 없었다. 아무도 입을 열지 않았다. 타이프라이터의 소리도 멎었다. 창밖의 여자의 모습은 사라지고 세탁물만이 바람에 나부끼고 있었다.

겨우 조금 마음이 가라앉아서 그녀는 입을 열어 물어볼 수 있었다.

"타살이라니 어떻게, 그리고 누군가요, 죽인 게?"

"그것을 대답하기엔 나보다도 부인 쪽에서 훨씬 여러 가지를 알고 있으리라 생각하는데요."

"아니, 모르고 있어요."

"부인의 생각에 리치몬드 씨가 죽으면 이득이 되는 사람이 누구일까요?"

"아니, 그것은 이치에 맞지 않아요. 나는 그분이 죽었다고 해도 조금도 이득이 되질 않아요. 살아 있을 때도 무엇이든 손에 넣을 수 있었는걸요."

"아무거나? 정말입니까?"

"이미 아실 거예요. 그분을 알기 전까지는 가난했어요. 그분이 결혼해 주었기 때문에 부자가 된 것이지요. 그 이상 무엇을 바라겠어요?"

"부인의 말씀엔 모순이 있습니다. 부인은 그분과 결혼한 것이 재산을 위해서라고 냉정하고 분명히 얘기했습니다. 그것으로 욕심 많고 계산이 깊은 사람이라는 것을 알 수 있지요. 한편 부인은 아직 34살입니다. 더구나 아름답고 매력적이지요. 돈많은 자유로운 여자에게 인생은 수를 셀 수 없을 정도의 매력적인 유혹의 손을 벌릴 테지요. 그리고 그것을 나이 많은 남편은 용서하지 않을 것이 틀림없고."

"그러나 결혼하자마자 곧 남편을 죽이다니, 날 바보라고 생각하세요?"

"확실히 정상참작의 여지는 있지요. 남편의 성격이 지독하다는 것은 유명했으니까요."

"무서운 오해예요. 어떻든 나와는 관계가 없어요. 믿어주셔야 해요."

"그렇지요. 그럴 수밖에……그러나 그렇다면 배에서 집까지 그 엄청난 위험을 무릅쓰고 죽은 남편을 왜 옮겨갔는지 그것을 말해 주시지 않겠습니까?"

"그 질문엔 대답할 수 없어요."

"하지만 늦든 빠르든간에 대답해 주실 수밖에 없을 겁니다."

"남편이 어떻게 죽었는지 물어도 되나요?"

"독살입니다. 그것이 보통 여자들이 쓰는 무기라는 것은 인정하시겠지요?"

"거짓말이에요, 그런 건."

"안됐지만 경찰의의 보고는 확정적입니다. 의사는 시간까지 정확하게 알고 있어요. 그것도 부인의 흥미를 끌 것으로 생각됩니다만. 그분이 죽은 것은 금요일 새벽 3시와 5시 사이지요. 거기서 판단하건대 독을 먹인 것은 밤 9시와 10시 사이라는 겁니다. 그 시간에 어디에 계셨습니까, 리치몬드 부인?"

"난 아니에요. 내가 죽이지 않았어요."

"내 질문에 대답만 하십시오. 금요일 9시부터 10시 사이에 어디에 있었나요?"

실컷 얻어맞고 나가떨어진 듯이 된 힐데는 대답했다.

"그분과 함께 그분 선실에 있었어요."

"부인이 계실 동안, 남편은 밖에서 가져온 무언가를 먹었거나 마시거나 했습니까?"

"모르겠어요. 생각나지 않아요."

"잘 생각해 보세요. 독을 집어넣은 음식을 주방에서 날라 왔다고도 생각할 수 있으니까."

"이런 얘기는 모두 나쁜 꿈일 뿐이에요."

"그러나 불행한 것은 부인이 그 악몽 속에 말려 들어갔다는 겁니다. 그리고 부인의 입장은 몹시 위험해요. 나는 부인을 도와주고 싶습니다. 하지만 그러기 위해서는 방법을 주셔야 하지 않겠습니까? 그 금요일날에 부인도 무얼 먹었거나 마셨거나 했나요?"

"그랬다고 생각합니다. 나는 매일 밤 그분의 선실에 가 있었어요. 트럼프를 했지요. 언제나 자메이카 인 하나가 포도주와 비스켓을 갖고 왔어요. 때로는 홍차일 때도 있었고요."

"그날 밤에도 왔습니까?"

"확실히 왔다고 생각해요."

"그래, 부인은 무얼 마셨나요?"

"포도주, 트르도의 일종이지요."

"어떤 맛이었나요?"

"별로 생각해 보지는 않았어요."

"그럼 과자는?"

"언제나 똑같았어요. 별로 달라진 것도 없었죠."

"흠, 그러나 그날 밤에 그것으로 인해 죽었습니다. 그런데 부인의 건강엔 하등의 이상도 없었다는 것을 보면, 나는 독약이 밖에서 온 것은 아니라고 결론지을 수밖에 없게 됩니다……어때요, 리치몬드 부인, 이젠 자백할 때가 왔다고 생각하지 않나요?"

그러나 힐데가르데는 대답하지 않았다. 그녀의 몸은 조용히 의자에서 미끄러져 내려서 얼굴을 마루에 댄 채로 정신을 잃고 말았다.

5

24시간 뒤 앤턴 콜프는 비행기에서 내리자마자 그 길로 당국에 출두했다.

스털링 케인은 그를 사무실에서 만나 곧바로 심문에 들어갔다.

"콜프 씨, 당신은 1934년부터 리치몬드 씨를 위해 일해 왔습니다. 뮌헨에서 있었던 회의 때 그에게 고용됐군요, 맞습니까?"

"그대로입니다."

"따님과의 연락은 어떻게 취해 왔었나요?"

"우연이지요. 간호원을 한 사람 찾으려고 몇 군데 소개소에 부탁해 놓았는데 그녀가 배로 온 겁니다. 나는 잠시 동안 그 마에나 양이 내 딸이라고는 알아볼 수도 없었지요. 신문소설에서가 아니면 그런 얘기는 통하지 않으니까."

"그럼, 언제 따님이라는 것을 아셨나요?"

"결혼할 때였소. 필요서류를 모으는 것이 내 일이었지요. 정식결혼을 위한 공문서가 필요했었는데, 그때 처음 마에나가 사실은 콜프라는 성을 가지고 있다는 것을 알았습니다. 그러나 그같은 성이 우연의 일치는 아니었지요."

"그래서 어떻게 하셨습니까?"

"그녀에게는 로맨틱한 구석은 조금도 없어요. 그것은 나도 인정하지 않을 수 없습니다. 나도 인간이니까. 젊었을 적에 그다지 자랑할 수 없는 얘기가 있지요. 그 아이는 그런 여자 중 하나에서 태어난 겁니다. 나는 인정은 해주었으나 거의 돌봐주진 않았지요. 첫째, 그애 어머니 쪽에서 먼저 떠났거든요. 그 뒤 얼마 안 가서 난 칼 리치몬드 회장을 만나, 그 때문에 나의 생활은 거의 만족스럽게 되었고, 또한 그애 생각도 전혀 떠오르지 않게 되었던 겁니다."

"잘 알겠습니다. 그러나 나에게 흥미가 있는 것은 따님을 발견했을 때의 당신의 태도입니다.

"감동이라는 것보다는 오히려 놀람이었지요. 그리고 그런 정도로 매력적이고 머리 좋은 애의 아버지라는 것이 나쁜 기분은 아니었습니다. 그래서 그애를 귀하게 여겼지요. 물론 감상적으로서가 아니라, 사실은 이기적인 노인으로서 말입니다."

"따님이 어떤 이유로 거짓 이름을 써서 당신의 주인 앞에 나타나게 됐는지 말해 주시겠습니까?"

"말하지 않으면 안 되겠군요. 그리고 이것을 총경님에게 말씀드리더라도 딸애를 배반하는 것은 아니라고 생각합니다만, 사실 그런 방법을 쓴 것도 실은 모두 내 책임입니다. 그애는 전쟁으로 무참하게 폐허가 된 나라에서 젊은 시절을 지냈지요. 앞을 바라볼 수 없는 생활에서 도망칠 수단을 찾아보려 했다 하더라도 어느 누구도 그것을 비난할 수는 없습니다. 나쁜 것은 바로 나죠."

"계속해 주시죠, 콜프 씨."

"힐데가르데는 다른 몇천 명이나 되는 여자들이 하는 행동과 똑같이 했을 뿐입니다. 그애는 귀인이 타는 가마를 노린 거지요. 원래 머리도 좋았고, 야심도 강한 애였습니다. 웬만한 액수의 재산 같은 건 문제로도 삼지 않았지요. 그런데 칼 리치몬드는 두 가지 점에서 그애의 눈에 들었습니다. 하나는 그의 재산, 두 번째는 내가 그의 비서로 있다는 것이었습니다. 그애는 우선 자기의 본 이름과 계획을 밝히기 전에 나를 관찰하려 한 거지요. 그러나 내가 알게 된 이상 거기에 찬성하고 되도록이면 도와주려고 생각했습니다. 그것은 내가 옛날에 도와주지 않았던 것에 대한 보상으로서도 당연했지요."

"그 음모는 참으로 기막혔군요. 그러나, 콜프 씨, 리치몬드 씨에게도 생각이 있었을 텐데요. 당신의 얘기를 듣고 있으면 마치 당신네 두 사람이 시장의 싸구려 물건이라도 사고파는 것처럼 리치몬드 씨를 가지고 논 것 같은데."

"바로 그것이 그 사람이 주위 사람들에 대한 태도였지요. 따라서 그에게 답례를 한다고 해도 나쁜 기분은 아니었지요."

"리치몬드 씨는 뒤늦게 알게 된 따님의 관계를 알고 있었나요?"

"물론 알지 못했다고 생각합니다. 그런 종류의 연극 비슷한 얘기는 조심성 많은 노인에게는 나쁜 효과밖에 주지 못할 테니까."

"그다지 조심스럽진 않았던 것 같군요. 어디의 누구인지도 모르는 여자와 결혼해서, 더구나 그 여자의 신원에 대해서는 당한 꼴이었으니까."

"그러나 바른말을 너무 하면 누구를 위해서도, 아니 그 사람을 위해서도 좋지 않게 되는 것 아니겠습니까."

"그래서 당신은 따님의 후원자가 됐군요."

"그것은 이번 일을 스포츠를 보는 듯한 시각이어서 해당되지 않는다고 생각하는데요. 딸애는 머리도 좋고 얼굴도 예쁘기 때문에 거뜬히 혼자서 해냈으니까 말입니다. 뒷배경으로서의 나, 당신은 그렇게 생각하시고 싶겠지만 그 뒷배경이 리치몬드 씨에게 영향을 준다든지 하는 것은 전혀 없었습니다. 기껏해야 큰 실책을 범하지 않도록 주의시킬 정도밖엔 안 됐죠. 나의 무책임했던 태도를 후회할 필요는 없으니까 말입니다."

"당신은 리치몬드 씨의 유산 내용에 관해서는 알고 계시나요?"

"물론입니다. 내가 회장님의 가장 직접적인 협력자였으니까."

"그 정확한 내용을 얘기해 주시겠습니까?"

"전재산은 회장님이 독신인 채로 죽을 경우에는 자선사업에 쓰여지도록 되어 있었지요. 그러나 이 항목에는 단서가 붙어 있어서, 재혼할 경우에는 특수한 장해가 없는 한 아내, 또는 자식들이 상속자가 되게 되어 있습니다."

"그 양쪽의 경우, 당신이 받을 액수는 어떻습니까?"

"변함없습니다. 약 2만 달러 정도의 유산을 받게 되어 있었습니다."

"그것은 당신과 같이 중요한 협력자에 대해선 너무 적다고 생각되지 않나요?"

"나는 한 번도 리치몬드 회장님이 죽는 것을 목표로 한 적은 없었습니다. 살아 있는 것을 목표로 했었지요. 지금 내가 꽤 많은 재산을 갖게 된 것도 회장님이 권해 준 거래나 양도해 준 주식, 그리고 회장님이 거래 때에 인정해 준 수수료 덕택이지요. 나의 기본 급료도 세금이라는 점에서 서로간에 형편이 좋도록 정해 놓은 약속에 지나지 않습니다."

"당신의 의견으로는, 콜프 씨, 리치몬드 씨를 죽인 것은 누구입니까?"

"나는 모릅니다. 폭군이었으니까. 그분을 참을 수 있는 것은 머리가 좋은 사람들뿐이었지요. 즉시 손익에 영향을 주니까요. 그러나 그분 주위에는 꽤 난폭한 하인들도 있었지요. 그들을 마치 노예 취급을 했으니까. 그들로서는 죽이고 싶을 정도로 증오를 가졌을는지도 모르지요."

"콜프 씨, 당신이 의심의 눈을 하찮은 고용인들에게 향하게 하려는 것은 훌륭하십니다. 그러나 느끼지 못하시나요, 이 비극의 중심은 단 하나밖에는 없어요, 당신 따님이지요."

"그러나……"

"아니, 들어보세요. 당신 자신이 얘기하지 않았습니까. 따님은 아름답고 젊고 야심가인 데다가 또한 갑자기 동화책 얘기처럼 부자가 되었다고요. 그렇다면 따님이 지금까지 혜택받지 못했던 인생의 즐거움을 맛보고 싶어지는 것은 오히려 당연하지 않을까요?"

"그러나 극히 단순한 이치로 얘기하더라도 힐데가르데가 남편을 죽였다는 것은 생각할 수 없지요. 이미 얘기한 것처럼 그애는 결코 바보가 아닙니다. 바로 얼마 전에 결혼했기 때문에 전세계의 눈이 자기에게 쏠려 있다는 것을 알고 있어요. 그런 추측은 터무니없는 오해입니다."

"당신이 따님을 변호하시는 것은 당연한 것이지요."

"아버지로서의 애정은 방금도 말씀드린 대로 그렇게 아기자기한 것이 아닙니다. 그러니 그런 판단은 좀 엉뚱한 거로군요."

"왜 그렇게 급하게 뉴욕에서 플로리다로 가시게 됐는지 물어봐도 될까요?"

"나는 리치몬드 회장님의 상업상의 책임자였습니다. 회장님의 연애사건 덕분에 돌아오는 것이 늦어져서 회장님 이름으로 처리해야 할 거래가 늦어졌던 겁니다. 그런 한편 뉴욕에서의 용건은 전혀 없었지요."

"그렇다고 자기 집에 갈 시간조차도 없었다는 것은 좀 이상한데요?"

"우리 집은 말하자면 은퇴 장소와 같은 거지요. 사업을 그만두었을 때를 생각해서 준비해 두었을 뿐입니다. 단지 그것이 있다는 것만으로도 기분좋기도 하겠지만, 일을 하느라고 거기서 떨어져 있다는 건 더 기쁜 일이지요."

"그럼, 콜프 씨, 당신의 따님이 남편의 시체를 배에서 집에까지 나른 것을 어떻게 설명하시겠습니까?"

"그런 소문은 들었습니다만."

"경찰의도 그것을 증명했습니다."

"그것은 그애와 만나보지 않고서는 대답을 못 드리겠는데요.."

"하지만 의견은 가지고 계시겠지요?"

"아마 무언가 잘못되었을 겁니다. 그런 짓을 할 수 있다니, 지금으로서는 믿을 수가 없는데요."

"두말할 필요도 없겠습니다만, 당신도 경찰의 지시에 따라주셔야 합니다."

"당연하지요. 그래, 언제 힐데가르데와 만날 수 있겠습니까?"

"모레 만날 수 있도록 조치하겠습니다."

"변호사를 붙여줘도 괜찮겠지요?"

"좋습니다, 본인만 좋다면."

"그애가 필요한 물건을 차입시킬 수 있을까요?"

"필요한 것은 행운일 겁니다, 콜프 씨. 그것도 아주 많은 행운이지요. 어딘가 그것을 발견할 수 있는 곳을 아신다면 좋겠는데."

6

스털링 케인은 약속을 지켰다. 힐데가르데는 앤턴 콜프의 방문을 받았다. 콜프는 그녀가 완전히 쇠약해진 것을 보고서, 이렇게 짧은 동안에 그런 변화에 깜짝 놀랐다. 그녀의 시선은 불안을 띠고 있었고, 의자에 구부정하게 앉아 양손은 떨고 있었다. 급하게 올려빗은 머리카락에서는 기름기 없는 귀밑머리가 어깨에 걸려 있었다. 가끔 그녀는 몸을 떨었다. 그가 말했다.

"자신을 찾아야 해요. 또, 아무것도 확정된 건 아니오. 나는 이 나라 유수의 변호사를 몇 사람 알고 있소. 당장이라도 보석금을 내고 석방시키겠소."

"저 사람들은 제가 죽였다고 믿고 있어요. 누가 언제 죽인 건가요? 그리고 무엇 때문에?" 힐데는 두 손을 불끈 쥐며 물었다.

"그것은 나도 모르겠소. 그것보다도 틀림없이 이것은 자메이카 인들의 복수라고 생각해. 언젠가 일어나지 않으면 안 될 일이었지. 그런 대우는 너무했었소. 그리고 곧 증명되지. 하여튼 기운을 내지 않으면 안 돼요. 그리고 행동하는 겁니다. 이러고 있는 건 마치 저쪽에서 하는 말을 받아들이는 것 같아."

"왜 약속하신 대로 와주시지 않았어요? 모두 게 그대로 잘 되어가고 있었는데."

"당신이 조금 더 냉정하다고 생각하고 있었지. 내가 결코 아무와도 만나지 말라고 하지 않았소? 왜 말하는 대로 따르지 않은 거요?"

"아무리 해도 오시지 않았잖아요."

"내가 유서 등록을 하고 있었던 것은 알고 있었을 테지?

그것이 우편환을 만드는 것처럼 간단하게 되는 줄로 생각했소?"

"하네스가 남자분이 만나러 왔다고 해서 틀림없이 선생님으로 생각한 거예요."

"그런데 당신은 그렇게 중요할 때 상대방 이름도 확인하려 하지 않은 게요. 무엇이든 좋으니 구실을 만들어서 쫓아냈더라면 좋았는데. 그런 것은 배에서 날라오는 것에 비하면 훨씬 간단했었는데 말이오."

"그 사람들은 그것을 가지고 저를 몰아넣으려 하고 있어요. 죽은 것을 아는데 왜 날라왔느냐고 계속 묻는 거예요. 뭐라고 대답하면 되죠?"

"그렇게 당황하지 말아요. 잠시 생각해 봅시다. 이번 일에서 위험한 곳은 그 부분뿐이지. 그러나 무슨 변명거리를 찾을 수 있을 게요. 하여튼 나는 당신 편이오. 내 이익은 당신의 이익과 결부되어 있소. 유서에 대해서 조그마한 의심이라도 있으면 내 손에는 아무것도 안 들어와. 이것은 당신에게 해주는 내 선의에 대한 제일 확실한 보증이오. 그러니 이 나라에서 가장 우수한 변호사를 골라서 사건을 처리케 하겠소."

"그럼, 저는 뭐라고 대답하면 되나요? 언제나 똑같은 심문을 당해요. 확실한 설명을 하지 못하면 언제까지 가더라도 저 사람들은 저의 무죄를 믿어주지 않을 거예요."

앤턴 콜프는 생각에 잠겨서 입술을 깨물고 있었다. 갑자기 그는 머리를 들어 양손으로 힐데가르데의 머리를 잡았다.

"해결의 길은 하나밖에는 없소. 진짜 얘기를 해줘요."

"무슨 얘긴지 모르겠어요."

"빠르든 늦든 언젠가는 알게 돼요. 당신이 선수를 치는 것이 좋습니다. 그만큼 당신이 유리하게 되니까."

"아니, 진짜 얘기라는 게 어떤 걸 말씀하시는 거예요?"

"그 친구들에게 말하는 겁니다. 남편이 당신에게 유리한 새 유서를 만들고 있는 것을 알았기 때문에 만일에 그의 죽음이 그의 공식 유서가 등록되기 전에 알려지게 되면 효과가 없어진다고 생각해서 그랬다고 말이오. 그래도 시체를 감춘 죄는 물을지 모르겠지만 죽인 것은 당신이 아니기 때문에 극히 가벼운 형으로 끝나지요. 그것을 자백하지 않는 한 그 친구들은 당신을 살인범으로 믿을 게요."

"그렇게 되면 선생님도 체포되잖아요."

"아니, 당신이 나와 연루시키지만 않으면 괜찮아요. 내가 자유스러운 한 당신을 위해서 행동할 수 있소. 얼른 출두하지 않은 것도 다 그 때문이오. 웅성거리는 구경꾼 속에서 당신이 경관 둘에게 연행되는 것을 보고 순간적으로 잘못됐다고 판단하고서 피한 것도 다 그것 때문이었소. 행동하는 데는 두 손이 자유스러워야 하니까. 나는 곧장 예정대로 플로리다로 날아갔소. 내 계획서도 조사될 거라는 것이 뻔했기 때문이지요. 그러나 자유롭게 있을 수 있었던 그 몇 시간 동안에 현금을 손에 넣도록 조치했다오. 변호사를 쓰는 데만도 꽤 비용이 드는 데다가, 증인들은 대개 하층계급에서 나오기 때문에 모두 달러를 바라고 있기 때문이오. 벌써 몇 사람 정도에겐 얘기가 되어 있답니다. 하여튼 당신은 침착을 잃지 말아야 합니다. 죽인 것은 당신이 아니니까. 중요한 것은 그것이오. 또 한 번 말합니다만 죄는 아주 가벼워요. 욕심 많은 여자라는 얘기들은 하겠지만. 그러나 돈많은 노인과 결혼한 것으로 이미 그런 평판은 얻은 게요. 그렇다고 해서 당신의 지위까지 허물어질 수는 없지. 이런 것들을 오랫동안 끌기에는 당신의 재산이 너무 많기 때문이오."

"그럼, 어떻게 하면 좋을까요?"

"신문에선 이 사건으로 야단들이오. 공증인은 당연히 경찰에 알리는 것이 의무라고 생각하겠지. 칼 리치몬드는 미국에서도 손꼽이는 갑부였소. 상대방보다 먼저 이쪽에서 그것을 말해서 선수를 치는 것이 좋아요."

"아무래도 선생님도 말려들고 말겠군요."

"아니, 왜?"

"왜 로마 경감을 들여보냈는지 묻잖겠어요. 그러면 선생님을 기다리고 있었다고 대답하지 않을 수 없거든요."

"그거야 대단한 것도 아니지. 게다가 진짜 얘기를 하게 되면 그런 것은 대수롭지도 않게 돼요. 당신은 그저 확실히 상속받기 위해서 죽음을 숨겼다. 그 동안에 나는 공증인한테 갔다. 그리고는 곧바로 내가 당신을 만나러 가기로 되어 있었다. 그때 이미 일어난 일을 당신은 나에게 털어놓으려고 생각하고 있었다. 아버지로서 그런 경우 딸을 배반할 수 없는 게 아니냐. 이것이 바로 논리인 게요. 계획 없이 한 것은 죄가 되지 않습니다. 잘못 처리했다든지 마음속의 동요 같은 것들은 별로 중요하지 않은 이유를 얼마든지 만들어낼 수 있고, 또한 그것을 변호하는 것도 간단해요."

"그럼 어떻게 하면 좋을까요?"

"조금 더 기운을 낼 순 없겠소? 전에는 꽤 용감하지 않았소? 몇백 만 달러와 자유를, 그리고 미국 전체의 미남자들이 기다리고 있는 겝니다. 용감하게 싸워나갑시다. 지금까지 당신은 훌륭하게 해나왔어요. 그것을 계속하는 겁니다. 그것을 잊어서는 안 돼요. 중요한 것은 당신이 시체를 날랐다는 것이 아니라 칼 리치몬드가 살해됐다는 겁니다."

"그러나 그 사람들은 그게 저라고 믿고 있는걸요."

"당신이 시체를 운반한 확실한 이유를 말해 주지 않는 한은 그렇게 믿고 있을 게요. 경찰이란 기구는 아주 잘 짜여져 있다오. 큰 기계 같은 것이지. 괜찮아요, 범인을 찾아 체포해서 징역을 살게 하면 오히려 당신은 희생자가 되어버리고, 이목도 다른 곳으로 옮겨가게 되는 겁니다."

"그러나 유서 얘기를 자백하면 저는 아무것도 받지 못하게 되지 않겠어요?"

"내가 무엇 때문에 좋은 변호사에게 의뢰한다고 생각합니까? 만일에 새 유서에 대한 이의가 성립되면 그전의 유서가 효과를 갖게 돼요. 어떤 일이든 변호사에게 달려 있어요. 그리고 필요한 사람을 필요한 시기에 적당히 추켜만 주면 해결 안 될 문제가 없는 게요."

"말씀하시는 대로 하겠어요."

"그것이 좋지. 그러나 너무 많이 얘기하진 않도록 해요. 그리고 서로가 진짜 부녀(父女) 관계라는 얘기를 지킵시다. 그 점에서는 어떤 것이 드러나든지 의심받게 해서는 좋지 않아요. 야심 많은 젊은 형사 같은 녀석들에게 끈질기게 캐낼 기회를 주어서는 안 돼. 그렇지 않으면 또다시 진흙탕 속에서 빠져나올 수가 없게 됩니다. 그들의 상상력이 다른 범인을 찾을 노력을 포기하고 다시 리치몬드의 죽음을 우리들의 잔등에 엎히게 하는 겁니다."

"언제 제가 석방되나요?"

"현재 당신은 살인용의자로 체포되어 있소. 그러나 방금 내가 말해 준 것과 같은 설명을 해주면 당신의 체포는 불법이 되지요. 그렇게 되면 보석금을 내고 석방을 요구할 수도 있어요."

"미안합니다, 여러 가지로."

"제일 처음에 말했지요, 내 재산은 당신 여하에 달려 있다고."

"억지로 자비심을 감추실 필요는 없잖겠어요?"

"아버지의 의무라는 것도 있긴 하겠지."

앤턴 콜프는 미소지으면서 대답했다.

7

이 면회를 통해 힐데가르데는 어느 정도 안정을 되찾았다. 처음과 같은 반광란 상태는 없어졌다. 그녀는 칼 리치몬드가 살해된 이상 스캔들은 피할 수 없겠다고 각오했다. 그녀의 양아버지가 말하는 대로였다. 진짜 문제는 그녀와는 관계가 없다. 문제는 범인이지, 살인과는 아무 관계도 없는 힐데는 무서워할 게 아무것도 없는 것이다. 상속권도 어느 정도는 이의가 있긴 하겠지만 결국엔 그녀에게 되돌아올 것이다. 그것 때문에라도 모든 수단을 다 써서 싸워야 한다. 일간지의 3단짜리 기사로 만들어진 여론은 대중의 악취미에 굴복해서 그녀를 전쟁 전의 독일 영화에 나오는 '흡혈귀 뱀파이어'로 만들어 버렸다. 칼 리치몬드는 그저 그녀의 손톱에 걸려버린 가엾은 늙은이에 지나지 않았다. 시체를 나른 것이 그녀를 새디스트로 만들어 버려서, 독일인에 대해서 가지고 있는 그러한 편견을 모두 혼자서 뒤집어쓰게 되었다. 힐데가르데도 그것을 알고 있었다. 그러나 그 얘기에 왜 살인 얘기가 연결되는 것인지 도무지 알 수가 없었다. 그녀도 만일에 남편이 그 나이에 있기 쉬운 발작으로 죽은 게 아니라는 것을 알고만 있었다면 일을 돌아가는 대로 맡겨버렸을 게 틀림없었다. 그러면 범인이 발견되고 그녀는 훌륭한, 그리고 존경과 더불어 선망을 받는 미망인으로서 장례식에 나가게 되었을 게 분명했다.

물론 앤턴 콜프가 한 일도 두 사람의 이익을 위한 것에 불과했다. 그러나 그 바보스러웠던 마음의 방심 때문에 마틴 로마를 들어오게 한 것이 좋지 않았다. 그것만 없었다면 아무 일도 일어나지 않았을 텐데. 다행히도 콜프가 어떤 상황에서도 냉정을 잃지 않고 가장 합리적인 방법을 생각해 내고 있다.

이제 더 이상 잃을 것도 없는 그녀는 모든 것을 얘기해 버리기로 했다. 그러나 그날은 스털링 케인이 그녀를 부르지 않았기 때문에 말할 수가 없었다.

독방에 남겨진 채로 그녀는 저녁때까지 신문을 읽는 데에 몰두했다. 그리고 양아버지의 협력적인, 또한 애정으

가득찬 지시에 감사하고 감동했다.

다음날은 아침 일찍부터 심문이 시작됐다. 자기의 길을 분명히 정한 그녀로서는 조용히 응했다. 상대는 사실을 원하고 있으니 그것을 주자. 그 다음은 상대방이 자기를 어떠한 눈으로 보든 문제가 아니다.

당당한 발걸음으로 그녀는 사무실로 들어갔다. 가구나 사람들의 얼굴이 이미 그녀에게는 친근한 것이었다. 보지도 듣지도 못한 남자에게 질문당한다는 심문의 두려운 점은 이미 없어져 버렸다. 그녀는 이제야 대등한 무기를 손에 들고 당당하게 싸운다는 느낌이 들었다. 스털링 케인도 그것을 알아차렸을까? 어느 쪽이든 변함 없이 구겨진 담배를 그녀에게 권하면서 그는 아무런 변화를 보이지 않았다.

그의 담배가 그녀를 미소짓게 했다. 자신감이 돌아왔다. 결국 그도 한 남자에 지나지 않는다. 다른 남자와 같이 버릇도 있을 것이고, 일 이외의 걱정도 있을 것이다.

"안녕하십니까. 기분은 어떻습니까, 리치몬드 부인?"

"덕분에 훨씬 좋아졌어요."

"잠시 시간을 드려서 부인 스스로가 진실만이 자신에게 이익이 된다는 것을 이해시켜 드리려고 생각했지요."

"그것은 똑똑한 방법이었어요. 저도 그 시간을 이용했으니까요."

"한편, 이런 사건을 조사하는 데는 상당한 시간과 인력이 필요합니다. 되풀이해서 말씀드립니다만, 부인의 구금기간은 부인의 협조 여하에 달려 있습니다. 나도 최선을 다해서 부인을 범인이라고는 생각지 않도록 노력하고 있는 중입니다. 부인과 아버님에게 감시 없이 면회를 허락한 것도 그 때문입니다."

"감사합니다."

"이렇게 미리 말씀을 드리는 것도 사실을 밝히는 것이 부인의 책임이라는 것을 다시 한 번 생각해 줍시사 하는 뜻에서입니다."

"꼭 그것을 설명해 드리겠어요."

케인의 원래 음침했던 모습이 한 순간 사라지고 진정한 놀라움으로 바뀌었다.

"원하신다면 일어난 일을 그대로 말씀해 드리겠습니다."

"우리들이 이렇게 하고 있는 것도 그것을 듣기 위한 것이지요."

"그럼……하지만 무척 힘들군요."

"얼마든지 기다리겠습니다. 사실을 처음부터 얘기해 주신다면 여러 가지 의문점이 확실해지리라 생각합니다만."

"그래요, 총경님이 말씀하시는 대로겠죠, 틀림없이." 그리고 힐데가르데가 얘기를 시작하기 전에 앤턴 콜프가 말한 것을 모두 더듬어 보았다. "처음에 칼 리치몬드가 간호원을 찾고 있는 '행운호'호로 갔습니다."

"간호원이 당신 직업이었습니까?"

"아니지요, 물론. 아닙니다, 제일은 번역이었어요. 함부르크에 있는 출판사의 일을 하고 있었지요."

"말씀 도중에 죄송합니다만, 우리들이 필요한 것은 얘기가 아니라 증거입니다. 아주 자세한 점까지 뚜렷하지 않으면 곤란합니다. 남프랑스의 해안에서는 무엇을 하고 있었습니까?"

"그 바로 전부터 가 있었지요."

"일을 그만두고?"

"아뇨, 휴가를 내서."

"계속하세요."

"아주 얘기하기가 어려운데요. 금세 제게 악역(惡役)이 돌아오게 되는군요."

"그쪽에 앉는 사람들, 내 책상 맞은편에 앉는 사람들은 대개 그런 입장에 있지요. 그러나 우리들이 이렇게 하고 있는 것은 부인을 재판하려고 하는 것이 아닙니다. 진실을 알기 위한 것이지요."

어렸을 적에 어머니가 아버지 이야기를 해주었습니다. 사업에 성공했다고 하더군요. 어머니도 신문에서 칼 리치몬드의 이름 옆에 아버지 이름이 나올 때까지는 소식을 알지 못했어요. 그러다가 전쟁이 있었지요. 나는 혼자만 남고 가난하게 되었습니다. 일은 있었습니다만 황폐해 버린 나라에서는 돈도 미래도 없었지요. 그때 나는 아버지를 찾아서 도움을 받으려고 생각했습니다. 나는 적당한 핑계를 대고서 요트 항(港)에 출입하는 상인에게서 말을 들어, 나중에 남편이 된 그 사람이 간호원을 찾고 있다는 것을 알았습니다. 그래서 나는 배로 간 것이지요."

"그때에는 사전의 계획은 하나도 없었습니까?"

"없었어요. 그저 배에 타고 싶었던 것뿐이지요. 그런데 일단 타고 나니까 거기에 계속 있고 싶어지더군요. 이해하시겠죠? 저, 솔직하게 말하고 있다고 생각해요. 착한 애가 되려고는 생각지 않지만."

"계속하시지요."

"나는 상대방이 어떤 남자인지 알기 위해서는 앤턴 콜프를 잠시 관찰하려고 생각했었죠. 사실, 아버지에게 무엇을 요구할 것인지도 확실히 결정하지 않고 있었답니다. 그러나 그때 저에게 있어서의 행운은 아버지가 아니라 사실은 아버지의 주인에 있다고 생각했습니다. 그 난폭한 노인도 사실은 진정한 인정(人情)에 굶주려 있는 불쌍하고 불행한 사람에 불과했죠. 나는 그다지 내 자신의 감정을 속이지 않고도 그의 인정을 받게 되었지요. 오히려 나 자신을 고집하는 것이 우정으로 변했습니다. 그리고는 마음이 통한 겁니다. 나한테나, 또한 그 사람 쪽에서나 연애감정 같은 것은 어리석은 짓이었죠. 그 사람은 이미 그런 나이가 아니었고, 나도 그런 취미는 가지고 있지 않았으니까요. 그러나 그 사람은 나에게 있어서는 흠잡을 데가 하나도 없었습니다. 다른 하인들에게 퍼부었던 모욕도 나에게는 한 번도 없었으니까요. 결국 그 사람은 나에게 결혼을 청하게 되었지요. 그 혼담은 육체적으로는 아무런 손실도 없었지만, 경제적으로는 대단한 것이었습니다. 나는 승낙했지요. 돈이란 것을 한 번도 가져본 적이 없는 나로서는 이 세상에서 가장 귀중한 것이 바로 그것이라고 생각되었거든요. 내가 그 사람을 죽이지 않은 것도 그 때문에 분명한 것이지요."

"그것은 나중에 얘기하시지요. 앤턴 콜프 씨에 관해 얘기해 주시죠."

"서로 친밀하게 지냈어요. 칼 리치몬드가 나와 결혼하려

했을 때 내 서류와 함부르크의 호적등본이 필요하게 되었지요. 나는 그 사람에게 올바른 얘기를 하지 않을 수 없었습니다. 그것은 극히 간단하게, 거창할 것도 없이 끝났지요. 나는 아버지에게 그때까지의 얘기를 자세하게 하고서 배에 탄 목적도 말씀드렸습니다. 아버지는 곧 내 편이 되어서 형편없이 되고 만 그때까지의 생활을 보상해 주시겠다고 했죠. 아버지는 확실하게 약속을 지켜주셨습니다. 우리들의 결혼식은 바다 위에서 열렸죠. 남편의 몸이 불편하다는 것, 이름이 잘 알려져 있다는 것, 두 사람의 나이 차이, 그런 것을 생각해서 화려하게는 하지 않겠다고 의견을 맞추었거든요."

"그것은 나도 알고 있습니다, 리치몬드 부인. 내가 묻고 싶은 것은 남편이 돌아가신 것과 관계되는 극히 최근의 일입니다."

"거기에 대해서는 나는 아무것도 모르고 있어요, 맹세합니다. 그러나 만일 칼이 독살되었다는 것을 알고만 있었다면 그런 짓은 하지 않았을 겁니다."

"무슨 뜻인가요?"

"모든 게 너무나 급해서 난 완전히 이성을 잃고 말았던 거예요."

"설명해 주시죠."

"내가 결혼했을 때 칼은 유서를 쓰게 되었어요. 그리고 그 막대한 재산 때문에 나를 상속자로 하기 위해서는 무척 많은 수속이 필요했습니다. 아버지가 몇 번이나 남편과 얘기해서 아주 최근에 뉴욕에 도착하기 직전에야 남편은 새 유서를 완성했고, 그전의 유서는 무효로 만들기로 했지요. 그 유서는 정식으로 증인 앞에서 쓴 것이지만 아직 등록이 되지 않은 것이었습니다. 뉴욕에 도착하는 대로 곧 수속할 예정이었지요."

"그래서 어떻게 했나요, 리치몬드 부인?"

"그때 남편이 죽은 거예요. 그래서 나는 당황해 버리고만 거죠."

"그런 정도까지는 아니었겠죠. 죽었다는 것을 누구에게도 들키지 않았으니까."

"나는 바른 대로 얘기하고 있는 거예요. 만일 그것을 의심하신다면 더 이상 계속할 필요가 없겠네요."

"그것도 나중의 일로 하시지요. 계속하십시오."

"나는 남편이 그냥 죽었다고 생각했고, 또한 새로운 유서가 등록되지 않으면 무효가 될 게 틀림없다고 믿었습니다. 방금 말씀드린 것처럼 나는 연애결혼을 한 것도 아니고, 게다가 몇백 만 달러라는 큰 돈이 걸려 있었거든요. 그래서 만일에 죽었다는 것을 나중에 알리면 재산은 내 손으로 들어온다고 생각한 거지요."

"그것은 경솔한 사고방식이라고 생각되는데요. 남편의 시체를 어떻게 할 생각이었나요?"

"마침 뉴욕에 도착했기 때문에 그다지 어렵지는 않았습니다. 집까지 날라서 하룻동안 그대로 놔두기만 하면 되니까요."

"만일에 그렇게 했다면 그 뒤에는 어떻게 할 생각이었나요?"

"누군가 매장허가를 내줄 의사가 있었겠죠."

"그러나 그것은 꿈입니다. 적어도 그전에 죽었다는 것을 의사가 모를 거라고 생각했습니까?"

"의사에 따라서 다르겠죠."

"그럴 듯하군요. 그래, 그 엉터리 의사를 어디서 구할 생각이었나요?"

"아버님이 도와주셨을 거예요."

"아버님도 알고 있었나요?"

"물론 알지 못했죠."

"그럼, 어떠한 근거로 도와주었을 거라고 단언할 수 있나요?"

"그건 알 수 없지만, 하여튼 아버지잖아요. 단지 그뿐이에요. 내가 파멸하는 것은 아버지께도 이로울 것이 없으니까요. 그래서 반드시 나를 도와주셨을 거라고 생각해요."

"그러면 마틴 로마를 들어가게 한 것은 아버지라고 생각했기 때문이군요?"

"물론이지요. 뉴욕에서 내가 알고 있는 것은 아버지뿐이거든요."

타이프라이터 소리가 멎은 다음 꽤 오랜 침묵이 계속되었다. 스털링 케인은 책상을 응시한 채로 움직이지 않았다. 어딘지 모르지만 걸리는 곳이 있었다. 그러나 힐데가르데는 그것이 무엇인지 알 수가 없었다.

한마디도 입을 열지 않았던 또 한 남자가 조그마한 이탈리아 담배를 끄집어내서 손가락 사이에서 조그만 소리를 내며 불을 붙였다. 그는 조심스럽게 힐데의 시선을 피했다.

방안에는 폭탄이 장치되어 있었다. 누구나가 그것을 알고 있어서 폭발할 때만을 기다리고 있었다.
　드디어 스털링 케인이 고개를 들고 약간 초조한 듯한 표정으로 물었다.
　"유서 얘기를 고집하실 작정인가요?"
　"물론이에요. 그런데 그게 무슨 뜻이지요?"
　"부인의 말로는 그 서류가 공증인에 의해서 등록되는 것을 기다리기 위해 독살된 남편의 시체를 당국의 눈에서 숨겼다는 거죠?"
　"무슨 말씀인가요? 어째서 그런 말을 하시는 거죠? 이미 말씀드리지 않았나요? 그 사람이 살해된 것은 조금도 몰랐다고요."
　"그러셨지요. 그 점은 잠깐 잊고 있었군요. 그러면 그 유서를 어느 공증인 사무실에 보내셨는지 말씀해 주시겠습니까?"
　"어떻게 제가 그런 것을 알 수 있겠어요? 남편의 일에 대해서는 간섭하지 않았는데."
　"아시겠지만, 리치몬드 부인, 당신의 말은 모순투성이입니다. 방금 전에 그 새 유서에 대해서 알고 있다고 말씀하시지 않았습니까?"
　"그것과 이것과는 다른 거예요."
　"그럼 이름도 모르고, 어떤 사무실인지도 모른다면, 대체 어떤 공증인에게 부인이 말씀하시는 그 유서인가 하는 것을 수속하기 위해 시체를 가지고 뉴욕을 걸어다니시겠다는 건가요?"

"나는 진짜 얘기를 말씀드렸을 뿐이에요."

"아니, 틀립니다. 부인은 우리들을 심심풀이 상대쯤으로 여기고 있는 겁니다, 그것뿐이죠. 조금도 진짜 얘기는 말하지 않았습니다. 진짜 얘기는 우리가 말씀드리죠. 유서 같은 건 있지도 않았어요."

"뭐라고요?"

"새로운 유서 같은 건 전혀 없단 말입니다. 따라서 공증인도 사무실도 없지요. 따라서 부인이 남편의 시체를 운반했다는 그 이유도 없어지는 겁니다. 우리들은 또다시 원점으로 되돌아와 버리고 말았군요."

"유서가 없다니, 그게 무슨 말씀이세요, 도대체?"

"너무 우리를 깔보지 마십시오. 부인 남편 정도의 명사가 돌아가시면 물론 미망인의 말도 듣긴 하겠지만, 동시에 우리도 조사를 하지요. 그리고 부인도 확실하게 말씀하신 것처럼 연애결혼이 아닌 당신네들의 결혼에는 무어라 말할 수 없는 흥미도 갖고 있습니다. 우리들은 각각 다른 이유로 거기에 열중하게 되는 겁니다. 그런데 우리들이 처음으로 만난 것은 바로 그 리치몬드 씨의 공증인들이었지요. 그 공증인들은 부인의 황당무계한 이야기와 비슷한 것은 하나도 말해 주지 않던데요."

힐데가르데는 손을 목에 대고 자기 논리의 복잡한 기구를 전진시키려고 필사적인 노력을 기울였다. 그러나 논리의 빈약이 그녀를 정신 못 차리게 했다.

"그럴 리가 없어요. 당신들은 터무니없는 잘못을 저지르고 있는 거예요. 나는 알고 있어요, 틀림없이 유서가 있었는걸요."

"그럼 어느 공증인에게 보냈나요?"

"그런 것은 모른다니까요."

"소리지르지 마십시오, 리치몬드 부인."

"반드시 그 밖의 공증인도 있을 거예요."

"그거야 틀림없이 있지만 부인 남편의 사업과는 관계되지 않지요. 어느 공증인 사무실이 남편의 사업을 전적으로 맡아가지고 전문적으로 일하고 있습니다. 남편께서도 그것으로 충분했던 모양이지요."

"그러나 내가 그분의 시체를 나른 것은 유서 때문이었어요. 그렇지 않았으면 왜 그런 일을 했겠어요?"

"우리가 알고 싶은 것도 바로 그겁니다. 그리고 사인(死因)이지요. 아무래도 부인은 남편이 살해된 것에 관해서는 별로 관심이 없으신 모양이죠?"

"이렇게 제 몸이 위험하게 되면 우선 자기부터 생각하는 것 아네요, 그렇지 않겠어요?"

"아무도 당신 몸이 위험하다느니 하는 말을 하지 않았는데요."

"너무하세요, 그만두세요. 당신은 나를 범인으로 지목하고 있는 거예요. 그리고 그것을 취소하는 걸 거부하는 거예요."

"부인이 그런 되지도 않는 소리를 끄집어내는 이상 부인을 믿을 순 없지요."

"유서는 틀림없이 있어요. 아버지도 거기에 대해서 얘기했어요. 아버지는 남편의 둘도 없는 비서였거든요. 남편의 사업에 대해서는 무엇이든 모두 알고 있었어요. 유서를 등록하려 한 것도 아버지였거든요."

"흠, 그것은 언제 일인가요?"

"월요일이에요. 그렇기 때문에 칼의 시체를 감춘 거예요."

"이보십시오, 리치몬드 부인. 부인은 선원 모두에게 한잔 먹여놓고 드물게 보는 침착성을 보여줬어요. 그런 부인이 인쇄물에다 우표딱지 하나 붙이는 것처럼 그렇게 간단하게 등록할 수 있다고 잠꼬대 같은 유서 얘기만 계속할 겁니까? 마치 어린애 장난 같지 않습니까? 생각해 보세요. 몇백만 달러나 되는 큰 돈에 관계되는 공문서를 바꾼다 하면 서류가 산더미처럼 쌓입니다. 그것을 서명하고, 편지가 오가고 하는 데 굉장한 시간이 걸리는 거 아니겠어요? 그런데 부인은 종이 한 장만 사무실에다 갖다주면 그것으로 벌써 유효하게 된다고 생각하는 겁니까? 그래서 그렇게 유효하게 되면 시체를 보여주자, 그것이 부인이 생각하고 있었던 것이로군요."

"그렇지는 않아요. 당신은 일부러 얘기를 바꿔 만들어서 아무것도 안 될 일처럼 만들어 버리는군요. 그러나 내가 얘기한 건 진짜예요."

"무엇이 진짭니까? 유서 같은 건 없어요. 울어도 할수없지요. 그보다는 한 일을 있는 그대로 말하는 겁니다. 부인은 사소한 점을 너무 소중히 생각하고 있어요. 아니면 부인의 선의를 누구에겐가 이용당하고 있는지도 모르고. 부인이 누군가에게 속았다는 것도 가능한 일이지요."

"그 유서는 틀림없이 있어요. 그 이상의 것은 얘기할 수는 없어요. 아버지에게 물어보세요. 반드시 그대로라고 말씀하실 거예요. 유서가 있다는 것을 가르쳐 주신 것은 아버지예요."

"물어보지요. 그러나 그전에 왜 남편의 시체를 옮겼는지 말해 주시지요."

"너무해요! 정말 너무……가만히 좀 내버려두세요."

"아, 리치몬드 부인, 마음을 가라앉히세요. 진실을 빨리 알게 되면 될수록 빨리 부인을 조용하게 해드릴 수 있습니다."

"아버지와 만나게 해주세요."

"만나게 해드리죠. 약속합니다. 자, 그러면 조금 쉬시지요. 그리고 지금 얘기한 것을 잘 생각해 보세요. 내가 의무로서 알아봐야만 하는 것, 그 중에서도 특히 다음 질문의 대답을 준비해 주시기 바랍니다. 부인은 왜 남편을 죽였는가 하는 질문이지요."

"입 닥쳐요!"

총경은 그녀의 팔을 눌러 책상 쪽으로 뛰어오르려는 것을 막아야 했다. 그녀는 상대의 양복 깃을 꽉 붙잡고 오열로 몸 전체를 떨면서 고함지르기 시작했다.

"오늘은 돌아가시는 게 좋겠습니다, 리치몬드 부인. 그러나 조사는 계속합니다. 그리고 법정에서는 말보다도 진실이 웅변이지요. 그것을 잊지 마시도록."

그녀는 독방으로 끌려갔다. 신경발작을 가라앉히기 위해서 진정제가 주어졌다. 그녀는 일종의 방심상태가 되어서 악몽을 계속 꾸었다.

주사 때문에 밤새 잠을 자서 약간 진정된 힐데가르데는 아버지와 면회할 때까지는 심문을 모두 거부했다.

앤턴 콜프만이 사태를 설명할 수 있을 것이다. 그렇게 꾸민 얘기를 그녀에게 하도록 해서, 그것으로부터 어떤 이익을 얻었을까? 콜프는 그녀에게 그것을 설명하고 그 위에 지금부터 해야 할 것을 가르쳐줄 의무가 있다. 또 만일에 그가 거짓말을 했다면 그것은 금방 탄로가 난다. 그러나 무엇 때문에 그러한 짓을 한단 말인가? 힐데가르데는 아무리 생각해 봐도 항상 이같은 의문으로 되돌아오고 마는 것이었다.

너무나 격심한 악몽의 연속으로 그녀는 완전히 어리둥절해 하고 있었다. 그 사이에도 사건의 진행은 기대나 공포 여하에 관계없이 엄밀하게 시간을 쫓아서 진전되고 있었다. 그녀 인생의 다른 시기도 역시 지금과 마찬가지로 정확하게 지나갔을 것이나, 과거는 모두 흐릿한 안개 속에 가라앉고 말았다.

정말 그녀는 살아온 것인지? 모든 것이 꿈이었는지, 그렇지 않으면 그녀의 욕망과 미련에서 생겨난 기분좋은 상상 밖에는 안 되는 것이었을까? 극히 잠시나마 과거의 추억을 잡을 경우에도, 그것은 부분적으로 방안의 모습이라든지 사소한 말의 느낌이나 억양을 통해서일 뿐이었다. 모든 것들이 어느 한 장소, 하나의 시절, 하루의 어떤 시간이라는 단편적인 추억에 지나지 않았다.

그리고 그 추억의 앞뒤에 일어난 일은 모두 지워져 버리고 말았다. 그것을 믿어주는 사람이 아무도 없는 이상, 그것은 존재하지 않았던 것인지도 모른다.

인간은 두 번 죽는 것은 아닐까? 한번은 생명으로부터 떨어져 나갈 때. 그리고 또 한번은 모든 사람들의 추억 속에서 떨어져 나갈 때에. 적어도 그것은 그녀에 대해서는 정말이었다.

스털링 케인은 두 번 약속을 지켰다. 오후의 이른 시간에 그녀는 불려나가 면회실로 갔다.

앤턴 콜프가 작은 테이블에 앉아서 기다리고 있었다. 그녀는 고소되어 체포된 것은 아니고 단지 재판소가 사건의 판결을 내릴 때까지 구류당해 있었기 때문에, 두 사람의 면회는 감시도 하지 않았고 쇠창살을 사이에 두고 격리되지도 않았다. 두 사람은 적어도 겉보기에는 자유스러웠다.

침착해지기 위해 노력해서 기운을 차린 힐데가르데는 우선 상대방에게 얘기의 서두를 꺼내도록 했다.

"좋은 뉴스를 전해 드리지. 오늘 오후에 당신의 변호사가 출두합니다. 그리고 보석을 요구합니다. 만일 거절당하면 불법구류로 고소합니다. 그리고 당신에게 불리한 것은 하나도 기록하지 않아도 되지요. 어제는 내가 얘기한 대로 했소?"

"예, 그대로 했어요."

"어떻게 된 겁니까, 그 얼굴은? 무슨 일이 있었소?"

"그것은 제가 물어보고 싶은데요. 새로운 유서 같은 게 없다던데요?"

"무슨 얘기요, 그게?"

"그 사람들이 조사해 보니까 공증인들은 그런 것은 전혀 모른다는 거예요. 제가 다음의 심문 때 대답하기 전에 선생님과 만나게 해달라고 한 것도 그것 때문이에요."

"그것은 잘했소."

"그럼, 선생님이 설명을 해주세요."

"굉장히 심각한 얼굴이시군, 힐데가르데. 아무래도 너무 걱정을 해서 힘을 잃고 혼란되어 있는 것 같소. 어때요, 그렇지? 혼란스럽고, 또한 한참 자문자답해 봤겠지."

"맞아요. 그리고 지금 선생님의 대답을 기다리고 있는 거예요."

"내가 여기에 이렇게 있는 것도 그 대답을 얘기해 주기 위한 거요. 시간은 아직 있소. 하기야 그리 많지는 않지. 아무튼 당신은 꽤 특수한 상황 속에 있으니까."

"설명해 주세요, 그 유서는 어떻게 된 건가요?"

"물론이지. 그런데 어떤 유서를 말하는 게요? 하도 많아서."

"물론 마지막 것이지요. 선생님이 등록시키려고 했던 거 말예요."

"아니, 그래서?"

"절 미치게 만들 생각이세요? 전 설명을 듣고 싶은 거예요. 저는 선생님이 하라는 대로만 했어요. 이것저것 모두 다 선생님의 지시대로 대답할 수 없는 질문까지……"

"잠깐만. 왜 당신은 내 지시에 맹목적으로 따른 거지?"

"아니, 그것은 당연하잖아요. 선생님을 믿고 있으니까요. 그런 것을 지금 끄집어내서 무슨 소용이 있겠어요? 얘기할 수 있는 시간은 한정되어 있고, 곧 저 사람들은 다음 심문을 하기 위해 절 불러내러 올 건데요."

"그렇겠군. 확실히 그래. 저 사람들도 전혀 비인간적이진 않은 것 같소. 아버지가 딸과, 그것도 딸이 절대절명의 입장에 쫓기고 있을 때에 얘기를 한다는 것은 지극히 당연한 것이니까."

"왜 그런 말씀을 하시지요?"

"내가 얘기하고 있는 것이 진실이 아니겠소? 당신의 입장은 위험하다고 할 정도가 아니잖아요?"

"그러나 방금 전에 변호사가 보석을 요구할 거라고 선생님이 말씀하셨잖아요?"

"그건 얘기했지, 틀림없이."

"좋아요. 자, 그럼 말씀 좀 해주세요. 왜 그런 눈으로 절 보고 계시지요?"

"아니, 왜 당신은 그렇게 화만 내는 게요, 힐데가르데. 당신을 쳐다봐도 안 된다, 더구나 질문에 대답하지 않으면 안 된다느니 하면서. 그래, 확실히 얘기해서 무엇을 알고 싶은 게요?"

"제가 알고 싶은 것은 왜 선생님이 공중인한테 안 가셨는가 하는 거예요."

"저런, 드디어 큰 문제가 생겼군. 부녀간의 솔직한 대화의 장소로군. 애정이 깊은 작은 따님이 벌써 아버지를 믿지 못하게 되고 말았어. 그렇겠지, 틀림없이?"

"그런 뜻은 아니에요."

"아닌지도 모르지. 그러나 그렇게 되겠지. 그 귀여운 머릿속에서는 많은 의문들이 들끓고 있어. 그리고 불안, 의혹, 불신도. 그래, 믿음을 잃었다고 생각하면 난 그걸 빨리 단념

해 버리는 게 좋겠구먼. 그렇지."

"그런 말씀을 하시면 안 돼요."

"그러나 아마도 그것이 당연한 것인지도 모르지. 제3자를 끼우지 말고 확실히 얘기를 나누는 것이 이 사건을 제대로 진행시키는 데 필요한 심리적 쇼크를 만들어낼 수 있을는지도 모르니까."

"선생님이 말씀하시는 뜻을 정말 전혀 모르겠어요."

"그런 중에도 알게 될 게요. 당신은 머리가 좋으니까. 게다가 가령 당신에 대해서는 일의 진행이 다소 너무 빨랐다고 하더라도, 독방에서 죄수용의 조그마한 침대에서 혼자 길게 누워 침묵 속에서 조용히 이 사건을 다시 한 번 머릿속에서 더듬어보는 게 좋을 게요. 당신의 추리력, 당신의 본능, 당신의 지성이 틀림없이 또 협력해 줄 테니까."

"앤턴 콜프, 당신, 머리가 돌기라도 했나요?"

"농담하지 말아요, 왜 그러지?"

"꼭 미친 것 같아요. 선생님이 하는 말을 듣고 있으면 무엇 하나 알 수가 없어요. 무얼 말씀하시려는 거죠?"

"나? 별로, 아무것도. 난 성공했지. 승부에서 이겼어. 그것뿐이야."

"이겼다니, 무슨 뜻이에요?"

"좋아. 나는 방금 전에 아주 중대한 질문을 했소. 그러나 당신은 그것을 알아차리지 못했지. 그래, 또 한 번 질문합시다. 왜 당신은 나를 믿었지? 그런 것보다 정확히 말한다면, 왜 처음부터 나를 믿었소?"

힐데가르데의 얼굴 색깔은 밀랍처럼 되었다. 그녀는 넘어지지 않도록 테이블에 달라붙었다. 자기 손가락의 관절이 창백하게 변하는 것을 깨달았다.

"다른 점에서는 완전히 정상적으로 성장한 듯이 보이는 사람들이 의외로 아주 속기 쉽다는 것은 참 이상한 일이더군요. 그러나 이미 당신은 어린애가 아니야. 만일 내가 어떤 호텔에서 두 시간 정도 시간을 내자고 했다 합시다. 그리고 당신이 그것을 허락해 놓고서도 여차할 때에 나를 쫓아내면 그것으로 끝이야. 그것은 아주 보잘것없는 애교로서 당신의 평범한 상상력에 적합해요. 그러나 나는 보지도 듣지도 못한 당신에게 세계에서 최대의 재산 중 하나를 접시에 올려 드리겠다고 제의했소. 그런데 소시민인 당신은 별로 눈도 깜박이지도 않고 잘 생각해 보기도 전에 만면에 미소를 띠고서 커다란 과자에 뛰어들었소. 그 밑에는 쥐덫이 장치되어 있는데. 그건 어떤 것일까?"

"전 꿈을 꾸고 있는 거지요? 예, 말해 주세요, 꿈이라고 말예요."

"틀리지. 꿈을 꾼 것은 그때뿐이었소. 재산을 신문광고나 동화 같은 얘기나 복권으로 손에 넣을 수 있다고 생각했으니까. 재산을 만드는 데는 세월이 필요하지요. 노력과 머리와 계획과 이마의 주름과 치욕과 잠 못 자는 밤이 몇 년이나 계속되는 게요. 당신이 재산을 만드는 것은 무리야. 인종이 달라요."

"그렇지만 저를 고용했을 때는——"

"아무리 쥐라도 덫에 걸리게 하려면 치즈를 주지 않으면 안 되지. 당신의 신용을 얻어서 언제라도 내 생각대로 해놓기 위해서는 좋은 이야기 하나쯤은 해주지 않으면 안 되었단 말이오. 당신은 몇 년간에 걸쳐서 만든 멋진 계획을 실현시키는 데 필요한 아주 작은 도구에 지나지 않았어. 백만장자의 재산을 자기 것으로 만들기 위해서는 그 인물과 혈연관계가 없는 한 아주 힘들지. 이의가 제기되는 것을 피하고 뜻하지 않게 발생하는 일에 대처하기 위해서는 대단한 상상력이 필요하다오. 모든 것이 톱니바퀴의 이빨처럼 완전한 조화 속에서 물려나가지 않으면 안 돼……"

"당신은 악마야."

"그것이 어쨌다는 거지?"

"그러나 어째서 나를?"

"사람이란 누구나 운명에서 벗어날 가능성이 있는 사람은 하나도 없는 게요."

"그런 끔찍한 일에 일부러 나를 끌어들여서 잘 될 것 같아요?"

"그러나 지금은 잘 되었어."

"그러나 나는 당신에게 아무런 나쁜 짓을 한 적이 없어요."

"내가 복수를 하기 위해서 이런 짓을 하고 있다고 생각하는 건가? 개인으로서의 당신에게는 아무런 흥미도 없소. 당신의 위험은 그 광고에 응답했을 때부터 시작된 거야. 그러나 배 위에서는 당신은 과거의 형편없었던 생활과 비교해서 마치 꿈과 같이 기막힌 시간을 보냈지. 불평할 수는 없잖을까?"

"그러나 난 사형을 선고받는단 말예요. 사형당하는 거예요."

"그게 어때서? 언제까지나 죽지 않은 채로 있을 수 있다고 생각했소? 아마 자동차 사고나 암으로 죽는 것보다는 훨씬 편할 게요."

"내가 이대로 당하고만 있을 거라고 생각하세요? 저 사람들에게 모든 걸 말할 거예요. 그러면 사형선고 받는 것은 당신이야, 내가 아니지."

"그런 논리는 바보스럽군. 오늘 내가 이 얘기를 밝힌 것은 이미 내 카드가 올라갔기 때문이오. 이 이상은 바뀔 수 없어."

"당신을 죽이겠어!"

"어떻게?"

"누군가가 나를 믿어줄 거야. 모든 걸 말해 줄 거야!"

"당신이 그렇게 하리라는 것도 내 계획 안에 들어 있었지. 당신은 또다시 진술을 바꾸게 되겠지. 더구나 그 동안 엉터리 말만 계속 늘어놓는 바람에 여론은 당신에게 불리하게 되어버렸어. 그 노인과 결혼한 것부터가 애당초 잘못된 거야."

"저 사람들에게 얘기하겠어. 당신을 안 것은 신문광고를 통해서이며, 이번 음모를 얘기해 준 것도 당신이고, 날 양녀로 삼은 것도 당신이라고."

"양녀? 누가 당신을 양녀로 했다고?"

"그것까지 부정할 생각이에요?"

"무슨 얘기를 하는 거야? 너무 고통스러워서 머리가 어떻게 된 게로군. 나는 당신의 아버지야. 서류가 증명하고 있어. 완전한 정식 아버지야."

"그건 무슨 뜻이지?"

"왜 내가 함부르크 여자를 찾은 줄 알아. 난 감상적이기 때문이야. 불쌍한 사람. 그것은 내가 함부르크 출신이고, 그 도시는 파괴되어 호적보관소도 없어졌기에 잘만 하면 내가 원하는 서류를 공식적으로 만들 수 있었기 때문이지. 그래서 싫든 좋든 당신은 내 친자식인 거야. 죄를 범해서 얼마 안 가 처형될 내 딸이지. 그리고 그 유산은 내가 상속받게 돼. 아버지로서 말이야. 그것만이 리치몬드에게 남겨진 단 하나의 연고이니까. 이젠 알았지, 바보 아가씨?"

"아니, 모르겠어요. 난 당신의 연극을 돕는 걸 이제부터 끊겠어요. 난 아직 죽지 않았어. 당신은 자신의 본심을 너무 빨리 보여 주었어. 모든 걸 다 얘기해 주겠어. 그 신문광고 다음에 당신에게서 받은 편지도 보여줄 거야. 나는 그것을 ……"

"틀렸어. 그 편지는 옛날에 돌려받아 가지고 처리해 버렸지. 광고를 찾는 게 쉬울 거야. 그러나 저것은 무기명이니까 나에게 죄를 뒤집어씌울 만한 힘은 없지. 더구나 함부르크에서 신청한 거야. 그런데 난 벌써 몇 년 전부터 함부르크에는 돌아간 적이 없지."

"그래도 광고에 편지를 보낸 다른 여자들이 증인이 되어 주겠지."

"그럴까? 내 선택은 신중했어. 칸에 온 것은 당신 한 사람뿐이지. 다른 사람이 있다고 한 것은 그저 상상 속의 사람들이었지. 당신에게 경쟁심을 심어주기 위한 것에 지나지 않았어. 확실히 편지는 많이 왔지. 그것은 찾으면 나올는지도 몰라. 그러나 내가 한 번도 가보지 못한 도시의 사서함으로 온 편지 같은 것이 소용되겠어? 당신의 편지도 그 산더미 같은 편지 중 한 통에 지나지 않아. 그저 다른 것보다 좋았고 내가 찾고 있는 것에 적합했을 뿐이지. 그래서 당신에 대해서 잠시 조사해 보고 고른 거야. 그것 말고도 협박할 게 남아 있나?"

"있고말고, 앤턴 콜프. 혈액형을 조사하면 되지. 우리들은 혈액형이 틀리다는 것을 금방 알 수 있겠지."

"그것을 모를 정도로 내가 멍청하다고 생각했나? 내 혈액형은 공통되는 혈액형이야. 딸의 혈액형이 무엇이든 그것으로 혈연관계가 부정될 수는 없어. 어때?"

"그럴 리가 없어. 어딘가에 반드시 구멍이 있을 거야. 반드시 꼭."

"그럼 찾으시지, 그 구멍을. 나는 이 멋진 일에 착수하기 전에 몇 년이나 걸렸어. 내가 어느 것 하나라도 우연에 맡긴 것이 있겠나? 지금 나는 그저 부자에 지나지 않지. 그러나 내일이면 실력자가 되는 거야. 내가 이런 것을 꾸민 것은 바로 그것 때문이지. 무명의 신분에서 빠져나와 권력을 잡기 위한 것이었지. 그것을 즐길 수 있는 시간도 이젠 얼마 없어. 그러나 전혀 없는 건 아니지. 나에게 남겨진 몇 년 동안은 충분히 그걸 즐길 생각이니까."

"나는 그것을 위한 희생자가 될 생각은 없어요. 확실해요, 이것은. 내가 벌을 받게 되는지는 몰라요. 하지만 그때는 당신과 동반자가 되겠어요. 언제까지나 당신의 인형 노릇만 하고 있을 것 같아요?"

"늦었어, 이미. 다른 데도 시한폭탄이 장치되어 있지. 그것이 당신을 좀더 쫓아가서 조이게 될 거야."

"정말로 파렴치한 인간이군."

"당신과 비슷할 뿐이지."

"성공하도록 놔두지 않겠어."

"당신의 정신은 별 볼일 없는 소설수준이야. 그래서 나쁜 인간은 항상 벌받는 것으로 생각하고 있지. 그러나 그것이 필연적인 것은 아니야. 나쁜 사람은 무언가에 열중한다든가 바보이든가 하지 않는 한은 언제나 성공하지. 자, 그 증거를 보여주겠어."

"그럼, 내가 당신 때문에 죽고 나서 재산을 손에 넣으면 그것을 천연덕스럽게 쓸 수 있다고 생각하는 건가요?"

"아니, 저런, 내가 후회할 거라고 얘기하는 거요? 당신의 수준이 그처럼 유치했나?"

"무엇이든지 다 당신에게 드리겠어요. 그저 나를 죽이지만 말아 주세요. 리치몬드를 죽인 것은 하인 누구겠지요. 우리들과는 관계가 없어요. 재산은 모두 가지시고, 대신 나를 자유롭게만 해주세요. 남편은 자기가 저지른 죄의 복수를 받은 것뿐이니까."

"정말로 애들 같군, 당신은. 그 바보 하인들이 살인범과 같은 감정을 갖고 있다고 생각해? 천만에. 처음부터 공부를 다시 해야지. 하인들은 역시 하인일 뿐이야. 그런 무의미한 것이 오히려 그런 또래들의 득이 되는 것이긴 하겠지만."

"그럼 칼을 죽인 것이 자메이카 인이 아니었다면 도대체 누구지요?"

"누굴까? 모르겠어?"

"설마, 당신은……"

"나라고까지 얘기할 순 없다고 하는 거겠지? 그럼 달리 누가 있어? 그의 갑작스런 죽음을 기초로 해서 이 연극을 꾸미려 한 내가 5년이나 10년, 아니면 15년이나 기다리고 있겠어? 그 반대지. 그를 죽이려 생각했기 때문에 또 한 사람 희생자가 필요하게 된 거야."

"그럼, 나를 고용한 것은 그저 그런 이유에서였나요?"

"그밖에 어떤 이유로 수두에 걸릴 것 같은 당신 같은 사람에게 흥미를 갖겠나? 당신은 34살이야. 지위도 없고 미래도 없었어. 말해 볼까? 그 나이에 아무것도 못했기 때문에 언제까지 가도 건설적인 일은 할 수 없는 인간이었던 거야. 내가 없으면 당신은 그저 불쌍한 생활이나 계속하면서 나이를 먹어갔을 테지. 그러면서도 당신 나이 또래의 여자들은 그에 적합한 꿈을 꾸겠지."

"그밖에 내가 무엇을 할 수 있겠어요?"

"그러나 그것을 실현하는 방법은 그 밖에도 얼마든지 있어. 물론 당신이 고른 이 방법을 제외하고 말이야. 전쟁에서 다시 일어서려고 바둥거리는 국가를 위해 바친다는 것은 바보 같은 일이야. 인생은 짧은 거지."

"그렇기 때문에 당신의 광고에 편지를 보내고 거기서 빠져나오려고 한 거잖아요."

"그것은 너무나도 어린애 같은 로맨티시즘이었어. 백만장자가 신문광고에서 아내를 찾는다는 게 도무지 있을 법한 일이야? 아무리 명문 집안 딸이라 할지라도 영화배우나

프로 사이클 선수나 유명한 살인범에 열중하는 세상인데."

"난 도대체 어떻게 되는 거죠?"

"어떻게도 되지 않지. 당신 같은 건 어떻게 될 수도 없어. 당신에겐 과거도 미래도 없어. 당신은 그저 머릿수로서만 살아가고 있을 뿐이야. 그 이상의 아무것도 없지."

"난 당신을 증오하겠어요."

"그게 어쨌다는 거야?"

"당신은 정신병자예요. 그런 것을 모두 나한테 말해 주려고 오다니 정말 이상하군요. 완벽한 살인범은 그런 짓은 안 하지요."

"당신은 내가 승리의 쾌감을 맛보기 위해서나 온 것으로 생각하나? 천만에. 난 악당일지도 모르지. 그러나 새디스트는 아니야. 이것도 모두 내 계획의 일부인 거야. 이런 것 저런 것 죄다 말해 주는 것은, 그것으로 인해 당신이 이젠 너무 늦었다는 반응을 나타내서 더욱더욱 의심이 깊어지게 하고, 나는 지독한 시련에 고통받고 있는 아버지 역할을 다하기 위한 것에 지나지 않아. 나는 이제 와서 부성애를 당신에게 쏟는다든가 하는 손쉬운 방법은 쓰지 않지. 그런 부성애를 과시해 보인들 별로 내 일에 방해는 안 되겠지만, 또한 아무것도 되지 않겠지 그런 정도의 것은 알고 있지. 나는 그저 의무와 양심에서 당신을 변호할 거야. 그것이 도리어 세상의 칭찬을 얻는 길이지. 당신이 죽으면 나는 외국으로 떠나겠어. 나는 고독하고 처량하고, 좋지 않은 기억을 잊으려고 노력하는 신사가 되는 거지. 그것은 몇 개월 가량 계속되겠지. 그러나 사람들의 소문은 그리 오래 가지는 않지. 그리고 그 뒤에 내 소문이 꺼지기 시작할 무렵, 그래, 바로 그때 비로소 한 순간 한 순간 승리의 쾌감을 맛보게 되는 거야."

"그때는 나는 죽은 뒤겠군요. 억울한 죄를 쓰고서 처형되어 있을 테지."

"그래서 어쨌다는 거지? 당신만이 그렇게 된다고 생각하나? 사회적인 부정이나 재판의 잘못은 감춰지겠지만, 매년 일어나고 있는 현상이야. 당신의 경우만이 다른 사람들의 경우보다 중요하다고 할 수는 없지."

"다른 사람들은 문제가 아녜요. 난 아직 살아 있어요. 그리고 살아남으려는 거예요."

"아주 좋아. 우리 서로 승부를 해볼까? 그러나 내가 아무래도 형세가 좋은 것 같단 말야."

"난 꿈을 꾸고 있는 거죠? 아니, 이건 단지 악몽이에요. 정의라는 게 있을 테죠. 난 어떤 것 하나 나쁜 짓은 하지 않았는걸요."

"그것을 증명하면 되지."

"가만히 있어요. 당신 같은 건 조금도 겁나지 않아. 이젠 당신 정체를 알았으니까. 정말로 위험한 건 모르는 상대와 싸우는 거지. 어디가 위험한지를 확실히 알게 되면 그것을 타고넘는 것은 얼마든지 가능한 거야."

"그것은 그냥 말뿐이지. 그리고 말이란 것은 행위 앞에서는 그저 약한 것을 감추는 수단밖에 안 되고. 그런 것도 생각해 봐야지."

"나는 아직 판결을 받은 건 아니잖아요."

"그렇고말고. 또한 아직 죽은 것도 아니지. 그러나 그렇게 큰 차이가 있을까?"

"당신은 이미 내가 덫에 걸렸다고 생각하고 있어요. 그러나 그것은 잘못이에요. 난 목숨을 걸고 싸우겠어요. 알겠어요? 유산 같은 건 문제가 아냐. 내가 필요한 건 내 자유하고 당신의 처형이지. 왜 웃죠?"

"당신이 너무나도 평범하고 귀여운 사람이라서. 그 반응이 너무나도 평범해. 당신하고는 승부가 되질 않아. 정의를 믿고 그것을 밧줄처럼 의지한다고 해서 무엇이 손에 들어올까?"

"저 사람들에게 당신 얘기를 하면, 모든 것을 말해 주면 당신도 요주의인물이 될 거예요. 당신의 행동을 살펴보고 감시하겠지. 심문도 하고. 그렇게 되면 어쩔 작정이죠?"

"내 입장은 공격당하질 않아. 나에겐 돈이 있어. 많은 돈이 있어. 고마우신 주인을 가진 덕분이지. 그래서 그 주인님을 잃은 것은 내 재산의 원천을 잃는 것과 같아. 유산은 거의 내 손에는 들어오지 않게 되어 있었지. 따라서 그를 죽일 이유는 거의 없어. 그렇겠지? 치정도 증오도 복수도 욕심도 이유가 안 된다고 하면 무엇이 남지? 아, 욕심은 남았다고 치지. 그러나 나는 아직 실제적인 이익은 어느 것 하나 받지 못했어. 그리고 그것을 증명할 수도 있지. 그렇게 되면 뒤에는 무엇이 남지?"

"당신이 나에게 열중했다고 말해 주지."

"자기 딸에게? 그건 그만두는 게 좋아. 당신은 도덕추진위원회 같은 곳으로부터 한꺼번에 공격받게 되겠지. 정신분석이라도 당해서 무언가 어렸을 적에 무서운 콤플렉스를 받았다는 말을 듣게 되는 것이 고작일 테니까. 그래도 역시 나쁜 배역을 맡게 되는 것은 당신이야."

"그럼, 왜 내가 그 사람을 죽인 거죠?"

"욕심 때문이지. 그렇지 않아? 그 나이의 남자는 변덕이 심하지. 언제 결심을 바꿀는지 몰라. 뒤에서 쫓아다니는 것보다는 잡을 수 있을 때 확실하게 잡아두는 것이 최고지. 언제나 제일 마지막 유서가 유효하니까."

"그럼 어째서 그렇게 급히 죽일 필요가 있었나요? 거기서 당신의 꼬리를 잡을 수 있어요. 나에겐 시간을 두고 유서 문제가 확실히 될 때까지 기다리는 쪽이 훨씬 이득이 되었을 텐데. 그런 것을 그렇게 빨리 해치운 것 자체가 이상하다고 생각되지 않겠어요?"

"그런가? 그러면 좋아. 당신은 언제나 손 안에 든 것을 보고 승부하는 모양이지만, 그러나 난 달라. 으뜸패는 항상 소매 안에 감춰두는 편이지."

"왜 그런 얘길 하지요?"

"당신은 이러한 모험에는 적합하지 않아, 힐데가르데. 어린애라도 낳아 기르는 편이 좋았을 뻔했지. 길을 잘못 든 셔야."

"그럴는지도 모르지요. 그러나 그 소시민적인 인품이 도리어 날 구해 줄지도 몰라요. 당신이 얘기하는 것처럼 난 이런 모험에는 적합하지 않아. 그것을 경찰들도 틀림없이 알아주겠죠. 판사나, 그리고 경우에 따라서는 정신분석의사들이라도."

"그런데 불행하게도 당신은 젊고 아름다운 여자야. 그리고 결혼을 수단으로 삼아 스스로 구제불능이고 더러운 늙인이에게 몸을 팔았어. 상대가 부자라는 이유만으로. 이것은 굉장한 편견인데, 각각 정도는 다르다 해도 배의 승무원들이 모두 증언하게 될 거야."

"그렇게 한 것은 나뿐만이 아니잖아요."

"그러나 이런 특수한 사건에 말려든 것은 당신뿐이지. 당신의 태도는 변호에 도움이 되지 못해."

"어느쪽이라도 상관 없어요. 당신의 태도를 밝혀 주어서 고마워요. 덕분에 지금부터 어떻게 해야 하는지 알았으니까."

"난 처음부터 당신을 믿고 있었어. 처음부터 당신의 가치를 정당하게 평가하고 있었지. 당신은 날 실망시키지 않을 거야. 난 알고 있어……사람은 각각 자신에게 알맞는 궤도에 올라타고서 살아나가고 있는 거지. 아무리 노력해도 거기서 빠져나올 수는 없어. 나는 당신의 궤도를 알고 있어. 당신이 어디까지 할 수 있는지도 알고 있어. 사실 나와 비교하면 놀랄 만큼 깨지기 쉬운 흙으로 만든 화병에 지나지 않아. 나는 생긴 것부터가 달라."

"당신은 지나치게 자신에 차 있군요."

"그런 건 없어. 당신이 생각하기 편하다고 해서 나에게 특별한 콤플렉스가 있다고는 생각지 말라는 거야. 나는 강해. 그것뿐이지. 그리고 나는 그걸 알고 있어. 당신은 어떻게 할 수도 없어. 아무리 용기가 있다 해도 쥐는 고양이에게 이길 수 없어. 내 손 안에서는 당신은 다만 지푸라기 인형에 지나지 않아."

이때 노크 소리가 들렸다.

힐데가르데는 깜짝 놀라서 일어섰다. 앤턴 콜프는 몸도 움직이지 않고 가벼운 미소를 띤 채 일어서서 힘이 다 빠진 젊은 여자에게 말했다.

"나는 여왕의 말을 전부 가지고 있어. 당신에게는 졸이 하나 있을 뿐이지. 그것으로 어떻게 하겠다는 거지?"

문이 열렸다.

간수가 나타났다.

"면회가 끝났습니다."

"걱정하지 말거라. 수단을 다해서 되도록이면 빨리 결말을 내도록 할께."

기진한 힐데는 대답하지 않았다.

그러자 간수는 몸을 비켜서 이 시련에 싸인 아버지를 통과시켰다.

8

그녀는 독방으로 갔다. 아무런 일도 일어나지 않았다. 우뢰 소리도 번개도 기적도. 앤턴 콜프는 자유로이, 그리고 자신에 차서 인격자의 옷을 걸치고 거리로 나갔다. 그의 사회적인 지위는 단단했다. 20년 동안 칼 리치몬드의 비서였으며 개인적으로도 막대한 재산을 갖고 있다. 그의 단 한 가지 비극이라면 그것은 그 딸이다. 나쁜 꾀에 가득찬 그 딸은 그저 그로부터 돈을 옮겨내기 위해서 아버지의 뒤를 쫓다가 드디어 이번의 스캔들을 일으켜서 아버지의 노후의 생활에 영원히 어두운 그림자를 던져주고 만 것이다. 그러나 그는 훌륭하게 의무를 다하려 하고 있다. 어렸을 때에 돌봐주지 못했던 것을 보상해 주려고 딸을 돕고 있으며, 딸이 어떠한 말을 하더라도 딸 옆에 있어 주려고 하고 있다. 그러한 그를 보고 누가 진실을 믿어 줄까? 그녀는 처음부터 진실을 말하지 않았기 때문에 누구나 그녀를 범인으로 생각해 버리고는 그 이상은 다시 생각해 보려고도 하지 않았다. 배심원들 앞에 나가기도 전에 그녀의 사건은 결론이 나고 말 것이다.

공포에 미쳐서 독방 안을 왔다갔다 하며 힐데가르데는 그러한 것을 모두 생각했다. 스털링 케인에게 면담을 요구해서 앞서의 진술을 취소하고 이번에는 앤턴 콜프를 용서하지 않고 모든 것을 그대로 말해 버리려고 생각했다. 그러나 콜프가 시한폭탄이라는 말을 한 것 때문에 걱정이 되었다. 그저 위협이었을까? 그러나 그녀에게는 도저히 그렇게만은 생각되지 않았다. 첫째로, 만일 성공할 자신이 없었다면 그녀에게 모든 것을 얘기할 필요가 없었다. 물론 그는 거짓 유서에 대해서는 설명하지 않았다. 그러나 그녀에게 얘기한 것은 다른 이유가 반드시 있을 것이다. 찾아내지 않으면 안 되는 것은 바로 그것이다. 어쨌든 그녀의 입장은 이 이상 더 나빠질 수는 없다. 시체를 나른 것은 그녀 한 사람이었기에 변호사가 어떻게 변호하든간에 배심원들의 눈을 감게 할 수는 없는 것이다.

아무리 생각해도 쓸모없었다. 진실만이 도망갈 길을 열어 줄 것같이 생각되었다. 적어도 그녀가 얘기하는 것을 조사해 볼 수는 있겠지. 그것이 앤턴 콜프의 얘기에 대한 대답이 될 것이다. 그리고 그가 같은 구멍에 살고 있는 오소리라고 하면 경찰은 그를 죄어들어서 틀림없이 그 얘기 가운데서 실마리를 찾아낼 것이다.

생각하면 할수록 그녀는 설사 어떠한 위험을 무릅쓰더라도 그렇게 해야 한다고 믿을 수밖에는 없었다. 지금은 그녀의 목숨이 걸려 있었다. 그저 욕심이 많고 경솔했다는 것만 가지고 사형되어서는 안 된다.

그녀는 여자 간수를 통해서 스털링 케인에게 만나달라고 부탁했다. 당장이라도 사무실로 데려다 줄 것으로 생각했는데 케인은 일이 있어서 자기가 부르러 오겠다는 대답이 왔다.

바람의 방향은 완전히 바뀌어 있었다. 그녀는 이미 돈많은 미망인이 아니라 남편을 죽인 책임을 져야만 하는 불쌍한 음모자가 되어 있었다. 그녀는 심한 피로에 지쳐 있었다. 덫의 한복판에 혼자 잡혀서 거기서 빠져나갈 수 있는 올바른 말을 찾아낼 수가 없었던 것이다.

정당한 권리라고 하는 것도 조금도 그녀에게 힘을 주진 못했다. 앤턴 콜프가 말한 대로 그는 모든 여왕의 말을 독점하고 그녀에게는 단 한 개의 졸인 성의(誠意)밖에는 남겨져 있지 않았다. 그것을 누군가는 인정해 주겠지……

그녀 속에서는 마치 수액과 같이 살고 싶다고 하는 욕망이 솟아오르고 있었다. 폭이 좁은 침대에 누워서 몸도 움직이지 않고 있으면 피부 아래에서 피가 끓어오르는 것을 느낄 수 있었다. 그녀의 몸은 아직도 통통하고 튼튼했다. 병도 없었다. 이 풍성한 육체에 늙음이 오기까지에는 아직도 수

많은 세월이 흘러야만 할 것이다. 몇 년이나 몇 년이나……
그러나 만일에 이 음모가 성공해서 사형수 감옥으로 보내어진다면……

그렇게 되면 매일을, 그리고 매일 밤을 세며 보내게 된다. 공포와 고독의 몇 밤인가가 계속되다가 드디어 마지막 날이 오겠지……간수와 신문기자에게 포위되어 그녀는 사형실로 들어가게 되겠지.

생각하기만 해도 그녀의 가슴은 드럼처럼 크게 울렸다. 전신에 식은땀이 솟아나고 공포가 퍼져가고, 드디어는 자기 몸이 무서울 정도로 상처받기 쉬운 고깃덩어리로밖에는 생각되지 않았다. 그녀는 손으로 살짝 자기 얼굴을 쓸어보았다. 눈을 뜨고, 감고, 꺼칠꺼칠한 모포 밑에서 다리를 움직여 봤다. 목 언저리에 손을 대고 손가락으로 맥박을 확인했다. 아직 살아 있다는 것을 자기에게 들려주지 않을 수가 없었다.

하루가 지나갔다. 식사시간 이외에는 아무도 그녀에게는 관심을 두지 않았다. 잘 생각해서 계획을 세우고 방어태세를 갖춰둬야만 한다. 그러나 음울한 무기력이 그녀를 넘어뜨려 놓았다. 모든 것이 너무나도 급했다. 칼이 죽고서 겨우 며칠밖에 지나지 않았다. 그리고 지금은 앤턴 콜프가 그 목적을 밝혀서 그녀를 강타했고, 이미 카운트 다운이 세어지기 시작했다.

의지의 힘으로 자기를 회복시켜 나가야 한다. 그러나 그 비서는 알고 있으면서도 이 타격을 준 것이다. 지금은 그녀가 고함지르는 것보다는 포기상태가 되어 있는 것이 좋을 것이다.

 온다던 변호사도 좀체로 나타나지 않았다. 사실 정말로 도와주려고 하는지조차도 모를 일이다. 그 밖에 어떠한 덫이 또 준비되어 있을까?

 그러나 언제까지 상대를 악마로 취급하고 있다 할지라도 그것으로 구원의 길이 열릴 리가 없었다. 그것보다는 반격으로 나가지 않으면 안 된다. 이제 남편의 재산은 문제가 아니다. 그녀는 그저 사는 것과 자기 대신에 양아버지가 처형당하는 것밖에는 바라지 않았다. 지금의 자기의 고통을 그에게도 맛보게 하고, 책임을 지우고, 죄의 대가를 치르게 하지 않으면 안 된다. 그리고 그때에는 그녀는 제일 앞자리에서 그의 패배를 즐기는 것이다.

 그러나 그것도 꿈속 이야기의 테두리에 지나지 않았다. 아무튼 지금, 진흙탕의 늪에서 흐느적거리고 있는 것은 그녀 쪽이지 그는 아니었다. 그리고 상대가 기운 좋게 행동하고 폭약을 장치할 갱도를 계속해서 파나가고 있는데, 그녀는 멍청하게 그럴 리가 없다고 주저앉아서 그저 하늘이, 행운만이라도 정의의 깃발을 내걸어 주리라고 기다리고 있는 것이다.

 둘로 나누어지고 만 그녀의 마음은 좀처럼 하나로 묶여지지 않았다. 감성의 흥분이 너무나 강해서, 이성이 그것을 지배하지 못하게 되었던 것이다.

 그녀는 끊임없이 의미를 알 수 없는 말들을 중얼거리고 있었다. 그것은 그녀의 혼란의 배출구였다. 악몽은 이미 그저 바닥에만 흐르던 안개가 아니라, 이제는 그녀 생활의 본질 그 자체가 되어버렸다. 그렇게 믿을 수 없으면서도 자기는 지금 잠자고있는 것이라고 생각하려고 가끔 혼자서 꼬집어 보곤 하였다. 한없는 중압감이 덮어씌워져서 잠시 동안 숨을 쉴 수가 없어서 갑자기 질식될 뻔까지도 했다.

"난 혼자야. 정말 혼자야."

그것을 깨닫는 슬픔이 자기를 희생자로 만들어버린 모함과 비슷한 정도로 그녀를 몰아붙였다.

그날 늦게 그녀는 다시금 스털링 케인에게 만나달라고 부탁했다. 결코 잊지는 않을 테니까 안심하라는 대답이 돌아왔지만 그 날카로운 비꼼이 그녀의 몸을 떨리게 만들었다.

그러나 케인은 그녀를 부르지 않았다. 그리고 밤과 낮이 계속되었다. 고뇌와 공포와 절망에 알맞은 밤. 그러나 아침이 되자 얼굴은 창백하고 모습은 아주 흐트러져 있었으나, 그녀는 마지막까지 싸울 결의에 차 있었다. 그녀는 자기 얘기를 들어달라고 몇 번이나 부탁을 되풀이했다.

오전이 끝나갈 무렵이 되어서야 소원이 이루어졌다. 그녀는 또다시 사무실로 끌려갔다.

모두 그녀를 쳐다보았으나 누구 하나 인사하려 하지도 않았다. 동정의 기미조차도 보이지 않았다. 그녀는 의자에 쓰러지듯이 앉았다.

"나와 만나고 싶다고요?" 스털링 케인이 말했다.

그녀는 끄덕였다. 불쌍한 미소가 떠오를 듯 말 듯했다.

"뭐 새로운 진술이라도 하려는 건가요?"

"진실한 얘기를."

"또요?"

"아네요. 이번에야말로 모든 걸 다. 이젠 어떻게 되든지 할수없어요. 억울한 누명으로 사형판결을 받을 수는 없으니까요."

상대방은 서기에게 준비토록 신호하고 담배에 불을 붙였다. 그러나 이번에는 그녀에게는 주지 않았다. 이러한 사소한 것이 그녀에게는 나쁜 징조라고 생각되었다.

"나는 속은 거예요. 모두 다 처음부터 계략이었던 거예요."

"누구에게?"

"앤턴 콜프에게요."

"아버지에게 말이오?"

"그 사람은 아버지가 아니에요."

"호, 그건 또 이상한 일이군. 그럼 누굽니까?"

"날 양녀로 삼았어요. 내가 그 사람을 안 것은 함부르크의 신문에 난 광고를 통해서였어요. 그 사람은 나에게 멋진 결혼과 호화로운 생활을 약속했습니다. 그래서 나도 받아들였던 거죠."

"아무려면 이틀 동안에 당신이 미쳤다고는 생각할 수 없죠. 그렇다면 그 얘기는 도대체 어떻게 연결됩니까?"

"믿어 주셔야 해요. 이번에야말로 진실입니다. 모든 걸 다 말씀드리죠. 유산을 손에 넣기 위해서 그 사람이 모든 것을 꾸민 거예요. 그리고 그것을 위해서 남편을 죽였어요. 나에게 시체를 나르게 한 것은 그 사람입니다. 그리고 모든 것을 나에게 뒤집어씌울 생각이었지요. 그것을 겨우 알게 되었습니다. 그러나 나는 싫어요. 돈은 내 손에 들어오지 않겠죠. 그러나 그 사람에게도 주지 않겠어요. 감옥에 가야 할 사람은 바로 그예요. 그 사람이 죽인 거예요."

"아, 리치몬드 부인. 소리지른다고 해도 아무 도움도 되지 않아요. 나는 당신 눈앞에 있소. 또, 벙어리도 아니고. 당신 얘기를 듣는 것은 내 의무요. 가령 그것이 아무리 사리에 맞지 않는 얘기라도 말이오. 그래, 결국 무슨 얘기를 하고 싶은 겁니까?"

"앤턴 콜프가 범인이에요. 그 사람을 체포하세요. 소원입니다. 그 사람 대신에 나를 벌한다는 건 말도 안 돼요. 나는 아무 짓도 하지 않았어요. 적어도 커다란 일은 하지 않았어요. 돈을 바라고 결혼하는 여자는 나 말고도 많이 있어요."

"되도록이면 한번에 여러 가지를 얘기하지 마시지요. 그러면 조금 더 내용을 이해할 수 있을는지도 모르죠."

"그 사람은 책임을 모두 나에게 뒤집어씌우기 위해서 양녀로 만든 거예요. 처음에는 조금도 몰랐죠. 그런데 그 사람이 그렇게 내게 얘기했어요. 자백했어요. 그 사람이 모든 것을 만들어낸 거예요."

"정확하게 그분이 뭐라고 얘기했습니까?"

"날 양녀로 삼아서 주인이 죽은 다음에 나에게서 유산을 물려받기 위해서 그랬다고 했어요."

"그럼 양녀로 삼은 것은 언젠가요?"

"우리가 만나자마자 칸에서예요."

"그 이전에는 한 번도 만난 적은 없었나요?"

"예, 한 번도요. 나는 그저 신문의 구혼광고에 편지를 냈을 뿐이에요."

"거기엔 멋진 결혼 얘기가 나오죠, 그렇죠?"
"예."
"그럼, 왜 그와 결혼하지 않았습니까?"
"그러나 그 사람은 자기가 결혼하려고 한 것은 아니었어요. 칼 리치몬드와 결혼시킬 생각이었지요."
"그럼, 리치몬드 씨는 그것을 알고 있었나요?"
"물론 모르고 있었죠. 그랬다면 결혼했을 리가 없잖아요."
"그러면 그분은 자기 주인에게 여자를 찾아주기 위해서 신문광고를 냈는데, 주인은 전혀 그것을 눈치채지 못했다는 거로군요? 그러나 리치몬드 씨의 성격은 어떤 증인에 의해서도 모두 사람을 싫어할 뿐만 아니라 지독히 여자를 싫어했다던데요?"
"그러나 그 사람은 주인을 조종하기 위한 방법을 잘 알고 있었어요. 나에게도 얘기했어요. 자기 없이는 나는 아무것도 할 수 없다, 그리고 또한 자기의 재산은 내 재산에 달려 있다고요."
"그래서 그때 당신은 양녀가 됐다고요?"
"예, 그대로예요."
"그 양녀 관계의 말을 꺼냈을 때 당신은 그를 몇 번쯤 만나보았나요?"
"두 번이에요."
"양녀가 되기에는 좀 너무 빠른 것 아닐까요?"
"그러나 그 사람의 계획은 그것이 전제였거든요."
"그럼, 처음 만나자마자 그는 당신을 믿었나요? 신문광고에서 찾아낸 당신에게 나쁜 음모를 모두 다 말해 주었나요?……당신에게 자기 주인과 결혼시키는 대가로 나중에 주인을 죽이고서 죄를 당신에게 뒤집어씌운다니, 도대체 무슨 얘깁니까, 리치몬드 부인?"

"나는 알고 있어요, 황당무계하게 생각된다는 것을. 그러나 그것은 내 얘기가 서툴기 때문에 그런 거예요. 하여튼 그것은 사실이에요. 그게 나에게 일어난 일이니까요. 나를 믿어주세요. 남편은 죽었어요. 나는 감옥에 들어왔고요. 게다가 살인까지 했다는 거예요. 누구라도 정신차릴 수가 없게 되잖겠어요?"

"그래, 이제 겨우 얘기를 알 수 있겠군요."

"나에게는 주인을 죽일 이유가 하나도 없어요. 그 사람은 돈이 많아요. 나는 그것 때문에 결혼했는걸요."

"그건 나중에 얘기하십시다. 앤턴 콜프의 얘기로 돌아가시지요. 부인은 양녀라는 것을 끝까지 주장하는 겁니까?"

"지금 말씀드린 대로예요."

"그럼, 그걸 증명하실 수 있나요?"

"그것은 모르겠어요. 서류를 취급한 것은 그 사람이니까요. 또 우리들 결혼관계의 서류도요."

"그러면 진짜 아버지가 누군지는 증명할 수 있겠지요?"

"제 부모님은 폭격으로 돌아가셨어요."

"그러나 어디엔가 자리는 있을 텐데. 무덤이라든지."

"아뇨, 방금 얘기한 것처럼 폭격으로 돌아가셨다니까요. 끝끝내 시체도 못 찾았어요. 아마도 폐허에 깔려 버렸을 거예요."

"그러나 돌아가셨을 때의 증인은 있겠지요?"

"예, 그때 거기에 있었던 사람들요. 그러나 구급품이 왔을 때 모두 흩어져 버리고 말았는걸요."

"그럼, 부인 부모님의 사망이 어느 도시의 관청에라도 제출되진 않았나요?"

"아뇨. 그런 것을 할 여유도 없었어요."

"그럼, 부인의 출생에 관한 서류가 아주 완전하게 앤턴 콜프의 딸로서 정식으로 인정되어 있다는 것은 어떻게 설명하시겠습니까?"

"그러니까 그 사람이 속인 거죠. 나에게는 그냥 양녀라는 말밖엔 하지 않았어요."

"그러면 이것은 함부르크에서 온 서류인데, 그쪽의 호적등본 사본인데요?"

"아마 누군가를 매수해서 손에 넣었겠죠."

"그러나 콜프는 1934년 이후에는 독일에는 가지 않았습니다."

"누군가 공범에게 의뢰했는지도 모르잖겠어요?"

"누구에게?"

"그건 모르겠어요."

"모른다는 것은 곤란합니다. 당신이 다른 사람에게 죄의 책임을 떠넘기려 하는 것은 알겠습니다. 그러나 그렇다고 해서 그 얘기가 이치에 맞지 않는다면 안 되겠죠."

"그래서 설명하고 있는 거예요. 그래도 나는 단 혼자뿐인데 당신네들은 몹시도 나를 못살게 굴잖아요. 제대로 설명한다는 것이 아주 힘들어요. 그래도 나는 말하려 하는데 당신은 처음부터 믿어주지도 않아요. 당신은 내가 표면적으로는 잘못되어 있기 때문에 범인이라고 지목하고 있는 거예요. 그래도 그렇지 않아요. 나에겐 불리한 것은 밖으로 나타난 것뿐이지요."

"왜 남편의 시체를 옮겼습니까?"

"벌써 말씀드렸잖아요. 유서를 등록하기 위해서였다고요."

"하지만 그런 유서는 존재하지도 않았다니까요."

"나는 그런 줄은 몰랐어요. 그렇게 하도록 권한 것은 앤턴 콜프예요."

"한 번도 어떤 경우에라도 그에게 입막을 돈을 줄 생각은 없었나요?"

"물론 없었죠. 그 사람이 모든 것의 원천인걸요."

"그것이 틀림없나요?"

"내가 진실만을 말한다는 것을 몇 번 얘기해야만 알아주실 수 있겠어요?"

"그럼, 당신의 생각으로는 아버님이 당신 남편을 죽인 건가요?"

"그 사람은 아버지가 아니에요."

"내 설명에 대답하시죠……"

"그렇고말고요, 죽인 것은 그 사람이에요. 그리고 나를 대신케 하려고 모략한 거예요. 만일에 내가 처형당하면 당연히 그 사람이 유산을 상속받게 되니까요."

"만일에 양아버지라면 안 되지."

"아니, 방금 내가 말했잖아요. 마치 진짜 아버지처럼 만들어 놓았다고요."

"그러면 그렇다고 해둡시다. 그럼, 그는 당신에게 죄를 뒤집어씌우고 당신의 유산을 상속받을 목적으로 당신을 고용했다는 말이로군요."

"완전하게 그런 겁니다. 알게 되셨군요. 내가 얘기하고 싶었던 것이 바로 그것이었어요. 이제는 모든 걸 죄다 말씀드렸어요."

"그러나 만일에 당신이 사형을 선고당하지 않게 되면 어떻게 되나요?"

"뭐라고요?"

"당신은 젊고 아름답습니다. 변호사를 잘만 쓰고 좋은 영향을 주면 배심원들은 당신을 가엾게 생각해서 무기징역으로 봐줄는지도 모르지요. 그리고 항소심에선 더 감형될는지도 모르고."

"그렇게 되면 어떻다는 건가요?"

"그렇게 되면 말이지요, 바로 내가 물어보려는 게 그겁니다. 도대체 그는 무엇 때문에 죽인 게 되지요?"

"그러나 그 사람은 내가 사형된다고 확신하고 있는걸."

"욕심에 얽힌 범죄를 개연성에 의지해서 범하는 사람은 없지요."

"그래도 그 사람이 그렇게 얘기했어요. 아주 세밀한 데끼지 모든 조작을 죄다 얘기해 주었어요."

"그것이 대체 언제 일입니까?"

"어제 면회 왔을 때죠."

"부인은 혐의도 걸려 있지 않는 살인범이 시기도 고르지 않고 그런 위험스런 고백을 하리라고 생각합니까?"

"나에게 모든 걸 다 알려주려고 그런 거죠. 그 사람은 악마예요……날 비웃으려고 온 거예요. 내가 아주 싫은 거죠."

"왜?"

"모르겠어요. 나로서는 이렇게 된 것도 죄다 모르겠어요. 난 무서워요. 죽고 싶지 않아요. 내가 알고 있는 것은 이것뿐이에요."

"그렇다면 충고로 말씀드리겠는데요, 유죄를 인정하는 겁니다. 부인은 욕심이 많아요. 그러나 욕심이 많은 것은 부인뿐만이 아닙니다. 부인에겐 용서받을 점도 있어요. 부인은 생활이 편치 못한 곳에서 살다가 왔어요. 그리고 마음의 갈피를 잡지 못하던 중에 그만……"

"그러나 죽인 건 내가 아니에요. 그 사람이 한 짓이에요."

스털링 케인은 일어나서 양손을 책상에다 짚고서 힐데가르데 쪽으로 몸을 기울였다.

"인생이란 것은 참으로 기묘한 것이군요. 부인의 아버지는 부인을 어린애였을 때 버렸어요. 그건 꽤 지독한 짓이니 부인이 원망하는 것도 무리는 아니지요. 그러나 부인을 찾은 다음부터는 지나간 세월을 되돌렸어요. 그리고 이번의 사건에서도 아버님만큼 도움을 준 사람은 아무도 없습니다. 그 증거가 필요하나요?"

깜짝 놀라서 그녀는 케인을 올려다보았다.

"테이프 레코더를 갖고 와."

그는 심문에 가담하고서도 계속 침묵을 지키고 있는 형사에게 지시했다.

아무것도 모르는 힐데가르데는 이성을 잃어가기 시작했다. 정말로 콜프가 면회를 하러 왔었던가? 그 얘기를 들은 것이 확실했던가? 그렇지 않으면 꿈이었던가?

형사는 테이프 레코더 두 대를 들고 곧 돌아와서 그것을 책상 위에다 놓았다. 스털링 케인은 그 중 하나를 손바닥으로 두드리며 얘기했다.

"이것은 배 위에 있었던 거지요. 어떻게 해서 우리들이 입수했는지 아시나요?"

그녀는 어처구니없다는 표정으로 대답을 대신했다.

"아버님을 미행한 결과입니다. 아버님은 당신을 구하기 위해서는 배에 가지 않으면 안 되겠다고 생각한 거지요. 그래서 밤에 형사의 눈을 피해 자동차를 부두 반대쪽에 갖다댔죠. 그러나 우리들은 트랩에서 내려오는 곳에서 손에 넣었죠. 아버님은 기계째로 바다에 집어넣으려고 했답니다."

"무엇인지 모르겠는데요."

"일에는 순서가 있소. 우선 이 기계부터 시작하지. 그리고 나중에 다른 것으로 옮깁시다……이걸 돌리게."

그는 기계를 날라온 남자에게 그렇게 지시하고 자기의 팔걸이 의자에 앉아서 담배에 불을 붙였다.

형사는 뚜껑을 열고 콘센트를 찾아서 줄을 꽂고 판 위의 버튼을 조작했다. 테이프가 돌아가면서 중국인 두 사람이 지독한 속도로 서로 싸우는 듯한 소리가 들렸다.

"지금부터 아버님의 심문부터 들어보시지요. 그리고 당신들 두 사람의 감정이 어떻게 다른가를 잘 음미하도록 하십시오. 이런 짓을 하는 것도 내가 개인적인 반감 같은 것에 지배되어 있지 않다는 것을 알려주기 위한 겁니다. 당신들 두 사람에게는 각각 변명할 기회를 드리고 있습니다. 이

양쪽을 다 들으신 다음에 어느 쪽의 말이 납득하기 쉬울는지 한번 당신 자신에게 말하지 않으시겠습니까?"

그리고 그는 기계를 돌리기 시작하라고 신호했다.

처음에는 힐데가르데는 두 남자의 목소리가 누구의 것인지, 그 말하고 있는 내용도 알 수가 없었다. 그저 책상 위에 놓여진 두 개의 기계가 지옥의 고문용 기구처럼 생각되어, 그것이 자기의 파멸을 더욱 확실히 할 것이 틀림없다고 느꼈을 뿐이었다. 그녀는 고통스럽게 두 개의 릴이 리본을 돌려감으면서 풀려나가는 것을 바라보고 있었다. 스피커에서는 아주 뚜렷이 들려왔다. 눈을 감으면 틀림없이 이 대화가 지금 이 사무실에서 이루어지고 있어서, 그녀는 이 자리에서 대하는 것처럼 느꼈을 것이다.

앤턴 콜프의 말소리가 들렸다.

"난 아무것도 모릅니다. 딸은 틀림없이 마법에 걸렸다고나 할까요? 그애가 날 믿지 않는 것도 무리는 아니지요. 어릴 때의 일을 생각만 해도 알지요. 난 알면서도 놔두었던 겁니다. 이제 와서 어떻게 해서 아버지에 대한 그애의 편견을 고칠 수 있을까요? 근본은 내 잘못인데."

다음에 스털링 케인의 목소리였다.

"콜프 씨, 이 심문은 특수한 겁니다. 당신은 오늘 오랫동안 우리 질문에 대답해 주셨습니다. 나머지는 극히 세세한 점에 불과합니다만, 그래도 그것이 따님에게 중대한 결과를 가져오리라고 생각하는데요.

당신은 배가 뉴욕에 도착하자마자 플로리다로 갔다고 했죠? 그 이유도 말씀하셨고. 그러나 사태가 아주 특수했기 때문에 우리들은 당신의 집으로 갔습니다. 그곳 우편물 속에서 요트 항구에서 보낸 편지 한 통을 발견했습니다. 우린 봉투를 뜯었지요. 이것이 그 편지입니다.

'아버님, 여기에 20만 달러의 횡선 수표를 동봉합니다. 처음이자 마지막 수표이오니, 이것으로 모두 청산되는 걸로 알겠습니다. 이것을 드리는 것은 제 남편이 죽었기 때문입니다. 이것으로서 모든 것을 다 눈감아 주시기 바랍니다. 이 사건도 잠시 시간이 지나면 잊혀지게 되겠지요. 그리고 이 수표로 인해 이것이 아버님에 대해서 좋은 추억이 될 것을 기원하겠습니다. 아버님의 사랑하는 딸 힐데가르데 콜프 리치몬드.'

그리고 당신 앞으로 된 금요일 날짜의 횡선 수표가 동봉되어 있더군요. 이 점에 대해서 설명해 주시겠습니까, 콜프 씨?"

아주 긴 침묵이 계속됐다. 힐데가르데는 너무나 뜻밖이어서 정신이 아득해진 채 테이프 레코더에서 눈을 뗄 수가 없었다.

"내가 생각하건대……" 콜프의 목소리가 얘기하기 시작했다. 그러나 스털링 케이은 갑자기 기계를 멈췄다. 그리고는 윗몸을 약간 젊은 여자 쪽으로 기울이고서 조용한 소리로 말했다.

"내가 조금 전에 한 번이라도 아버님한테 입막을 돈을 주지 않았는지 물어봤지요? 기억하고 있습니까? 나는 두 번이나 그 질문을 되풀이했습니다. 이것이 세 번째입니다. 대답을 들어봅시다."

힐데가르데는 입을 벌린 채로 시선을 테이프 레코더에서 총경으로 옮겼다. 그녀는 이 질문의 의미를 아직 잘 모르는 것 같았다.

"아직도 계속 부인할 생각인가요? 부인은 남편을 죽이고 20만 달러로 아버님의 침묵을 사려고 한 겁니다."

그러자 그녀는 반은 더듬고 반은 울음 소리로 얘기하기 시작했다.

"그 사람이 나를 고용했을 때 거기에 서명케 한 거예요. 내 성의에 대한 보증이기 때문에 내가 유산을 물려받은 뒤 그 사람에게 그 돈을 주지 않을 때만 쓰겠다고 하면서 말예요."

"아니, 아깐 당신에게서 전재산을 넘겨받을 생각이었다면서요?"

"물론이지요. 지금은 그렇게 되었어요. 그러나 처음에는 그렇게는 얘기하지 않았어요. 그저 내 남편으로부터 받게 되는 유산을 2만 달러에서 20만 달러로 하기 위한 것이라고만 했어요."

"그럼, 당신 얘기는 이 편지가 당신이 그와 만났을 때 썼다는 겁니까?"

"예."

"프랑스에서?"

"예."

"그럼, 대체 어떻게 해서 아버님의 뉴욕 주소를 알고 있었나요?"

"그 사람이 받아쓰게 했어요."

"그럼, 단지 두 번밖에 안 만난, 진짜 철저한 남에게 당신은 그런 위험한 편지를 써주고, 더군다나 상대방의 이름을 자기 이름으로 하고, 또한 아직 만나지도 않은 남편의 이름을 함께 붙여서 서명해 줬다 이런 말인가요?"

"그러나 그 편지는 문제가 아니었어요. 그저 보증일 뿐이었으니까요."

"그럼 왜 수표가 들어 있었나요?"

힐데가르데는 상대를 쳐다보며 양손을 움켜잡았다.

"그것도 그 사람이 뉴욕에 도착하기 바로 전에 쓰게 했어요. 나한테 협박할 생각이었겠죠."

"남편 살해를 미끼로 해서?"

"예, 나를 범인으로 누명을 씌워서 말예요."

"그러나 수표는 금요일 날짜이고, 남편이 죽은 것은 토요일 아침입니다. 어떻게 당신을 협박하지요? 아직 범죄는 일어나지 않았는데."

"모르겠어요. 그 사람은 이젠 캘리포니아에서가 아니면 만날 수 없으니까, 만일 비행기 사고라도 나서 우리 두 사람이 죽어버리면 2만 달러밖에 손에 들어오지 않는다면서 그 돈은 생명보험과 같은 것이라고 하더군요."

"그러나 부인이 말하는 것처럼 그가 남편을 죽였다면 그럴 필요는 없었을 것 아니겠소?"

"그래도 그때엔 아직 칼이 살아 있었거든요. 그렇게 되리라고는 나도 몰랐었지요."

"그리고 부인은 이런 큰 돈의 수표를 눈썹 하나 까딱하지 않고 서명했다고요? 남편에게는 어떻게 설명할 생각이었나요? 아무리 당신네들 재산이 막대하다 하더라도 20만 달러라면 엄청난 금액인데."

"칼에게는 알리지 않도록 되어 있었어요."

"왜지요? 이미 당신은 그를 죽일 생각이었나요?"

"아니에요, 그게 아니에요. 아니라니까!" 힐데는 계속해서 부르짖기 시작했다.

"아, 조용히, 조용히, 리치몬드 부인. 나는 다만 질문만 할 뿐이지, 굳이 대답을 입으로 옮기라고는 하지 않습니다."

그렇게 말하고 그는 테이프 레코더의 스위치를 넣었다. 또다시 중국어와 같은 소리를 내면서 테이프가 멎자, 다시 보통 속도로 돌아가며 목소리가 나오기 시작했다.

"……밝혀 주시겠습니까, 콜프 씨?"

그리고 다시 무거운 침묵이 계속되고, 잠시 뒤 비서의 곤혹과 슬픔에 찬 목소리가 나왔다.

"내 생각엔 이것은 무서운 오해입니다. 우리들은 주인이 죽었을 때 손에 들어올 동화와도 같은 유산 얘기를 가끔 했지요. 그건 당연하잖겠습니까. 딸애는 젊고 예쁘고, 더욱이 지금까지 그리 행복하지 못했지요. 그래서 그애는 여러 가지 계획에 열중했습니다. 아무튼 굉장한 재산이거든요. 그리고 주인은 노인이니 언젠가는 죽겠지요. 사건이 일어나기 며칠 전에도 그 얘기를 했습니다. 그때 그리 심하진 않았지만 내가 두세 마디 지나친 말을 했지요. '힐데가르데야, 넌 행운아다. 대수로운 노력도 없이 내가 일생 벌어서 얻은 백 배나 되는 재산을 갖게 되었으니.' 이렇게 말했지요. 내가 생각에도 없는 얘기를 한 것이지요. 그건 인정합니다. 그애가 좋아하는 것을 보면 화도 나고 부럽기도 했습니다. 그러나 그 얘기는 하지 않았지요. 하지만 그래봬도 그애는 인색하진 않지요. 그 편지와 수표를 보내온 것은 그때의 일을 생각했던 게 틀림없습니다. 그밖에는 달리 설명할 방법이 없군요."

그리고 그녀가 설명하려 하기 전에 또다시 테이프를 돌렸다. 대화가 계속됐다.

"······없습니다. 그밖에는 설명할 방법이 없군요."

"그보다도, 콜프 씨, 따님이 남편을 죽인 다음에 당신의 침묵을 사려 생각한 것은 아닐까요?"

"그렇게 무서운 얘기는 가령 가정이라 해도 듣고 싶지 않군요."

"그러나 누군가가 독을 집어넣었습니다. 리치몬드 씨가 마지막으로 마신 잔에서는 본인의 지문과 동시에 부인의 지문도 검출되었습니다."

"그것은 아무런 증명도 안 됩니다. 자메이카 인이 장갑을 낀 채로 심부름을 할 수도 있으니까요."

"그건 그렇지요. 그러나 지문은 따님과 주인의 것이지요. 그것은 그 잔을 마지막으로 사용한 것이 그 두 사람이었기 때문입니다."

"그런 어처구니없는 얘기는 하지 말아요. 만일 딸이 범인이라면 제일 처음에 지문부터 지우겠죠. 그런 것은 얘기해 봐도 소용없어요."

"아니, 해야 합니다, 콜프 씨. 문제가 살인이니까요. 당신의 마음은 알겠습니다. 그러나 나에 대해서나 당신에 대해서나 중요한 것은 진실이지요. 그럼, 도대체 따님의 핸드백 중 하나에 독의 흔적이 남아 있었던 것은 어떻게 설명하시겠습니까? 그 흔적을 분석한 결과, 독화살에 사용되는 강한 성분의 독약이라고 판명됐습니다. 그리고 시체를 해부한 결과 리치몬드 씨 몸에서 검출된 것도 그와 똑같은 독이었지요."

"예상은 증명이 안 됩니다."

"그것뿐 아니라 그 독은 열대지방에밖에 없는 '식물'에서 채취되는데, 이 꽃은 버뮤다 섬에는 도처에 있지요. 리치몬드 부인 이외에 누가 산 크리스토발에 상륙했었나요?"

"승무원들은 물론 내렸겠죠."

"자메이카 인들도 내렸습니까?"

"그들은 결코 내리지 않았습니다. 연봉을 받기 때문에 배 위에서밖에는 일을 시키지 않습니다. 일이 없는 시기가 몇 개월이나 있지만 휴가는 주지 않습니다."

"그들을 제외하면 선실에 있게 되는 것은 누구입니까?"

"아무도 못 들어갑니다. 원칙이지요."

"내가 알고 싶은 것은 그것뿐입니다, 콜프 씨."

기계에서 이상한 소리가 들렸다. 옆에 있는 물건이 움직이는 듯했다. 그리고 앤턴 콜프가, "아니, 이거요——" 하고 중얼거리고 긴 한숨을 내쉬는 소리가 들렸다. 담배를 서로 교환하는 것 같았다. 두 사람은 잠시 동안 잠자코 담배를 피우는 듯했다. 그리고는 다시 스털링 케인의 목소리가 물었다.

"콜프 씨, 당신은 배에 숨어타려 하다가 우리들에게 잡혔을 때의 이상한 행동에 대해서는 지금까지 일체 입을 다물고 있으신데, 다행히도 당신이 찾으려 한 테이프 레코더는 당신이 처분하기 전에 우리 손에 들어왔지요. 말할 것도 없이 우리는 그 테이프를 몇 번이나 들었습니다. 그 덕분에 우리는 벌써 비밀에 한 발자국 발을 내딛고 말았지요. 그러니까 차라리 이 정도에서 전부 털어놓지 않으시겠습니까?"

"그건 거절합니다. 법정에서는 녹음된 증언은 무효로 되어 있지요."

"그러나 여기는 법정이 아닙니다. 내 사무실이죠. 그리고 서로 간에 도와줄 수 있을는지도 모르잖습니까?"

여기서 또다시 스털링 케인은 기계를 멈췄다.

"반드시 그 다음 얘기도 듣고 싶으시겠죠. 그러나 주인의 소리를 또 한 번 들으시고 너무 깜짝 놀라지 않도록 하십시오." 하고 계속 돌리라고 신호했다.

힐데가르데는 입술이 마르고 가슴을 억누르고, 더구나 돌과 같이 된 채, 자기가 떨어진 구멍의 입구가 막혀져 가는 것을 느끼고 있었다. 정말로 콜프가 말하는 대로였다. 그녀에게는 그곳에서 빠져나갈 기회는 전혀 남아 있지 않았다. 계략은 처음부터 끝까지 정밀하게 조립되어 있었고, 단 하나의 실언이나 실수도 없었다. 모든 것이 마치 시계처럼 움직이고 있었다. 그가 말한 대로 그녀는 아직 죽진 않았지만, 그것과 별다른 차이가 없었다.

남편의 목소리가 느닷없이 방안 가득히 울려나왔다.

"알았지, 콜프? 뉴욕에서 곧바로 그 녀석들과 만나서 되도록 빨리 서류를 만들어 버려야 해."

충실한 비서가 대답했다.

"예, 말씀대로 하겠습니다. 그러나 그리 조급해 하실 것은 없으리라 생각됩니다만. 전보다도 더욱 건강하시니까요. 결혼하신 뒤에 무척 젊어지신 것 같습니다."

힐데가르데는 남편의 낮은 웃음소리를 듣고 오싹했다.

"요즘의 젊은 여자는 정말로 다르더구먼. 하여튼 나로서는 여자란 것은 이해할 수 없어. 젊었을 때 상대했던 여자들도 그랬었지만. 그러나, 콜프, 특히 저 여자는 수수께끼야. 내 나이 탓인가? 언제나 생각하는 것이지만 성녀(聖女)인지 매춘분지 도무지 모르겠단 말이야. 내 시체에서 피를 빨아먹을 때를 기다리고 있는 악마인지도 모르겠어."

"누구나가 다 그렇게 해서 같은 모양으로 살아가고 있는 것으로 여겨집니다만, 각기 목적이 다른 것 같습니다. 그러나 세계 절반의 인간은 나머지 절반의 사람들을 쫓아가고 있는 셈이지요. 회장님의 역할은 그다지 나쁜 것으로는 생각되지 않는데요."

또다시 리치몬드는 그 무서운 웃음소리를 냈다. 살아 있는 동안에는 그것은 언제나 그녀를 떨리게 만든 것이었다.

"기계는 틀어놨나? 나중에 가서 자잘한 것을 구질구질 듣게 되는 것은 도무지 싫으니까 말이야."

"아까부터 벌써 틀어놨습니다."

"그래, 그러면……"

여기서 마이크 가까이에 있는 식기 소리가 힐데를 움찔하게 만들었다.

"앞의 형식은 전부 그대로가 좋아. 그저 항목을 두 개만 바꾸고 싶구먼. 하나는 우리의 귀여운 마누라에 관한 거야. 그녀에게는 내 돈 전부를 자유롭게 쓰게 해줄 순 없어. 너무나 많은 데다가 그녀는 아직 너무 젊어. 게다가 해수욕장 같은 곳에서 만나는 놈팽이들과 어울려서 목욕물처럼 써버리는 건 참을 수 없지. 돈이 너무 많아지면 인품이 달라져버려. 그러나 또한 전혀 없어도 안 돼. 내 추억이 좀 남아서 때때로 떠오를 정도는 돼야지. 그녀도 그런대로 괜찮은 여자니까 말이야. 그렇지, 콜프, 조금 생각 좀 해야겠어. 집하고 보석 이외에 한 200만 달러 정도로 할까? 그 정도면 되겠지?"

"아주 관대하시다고 생각합니다."

또 작은 웃음소리가 들렸다. 그리고 방안에서 무엇인가가 움직거리는 소리가 난 다음에 노인은 계속했다.

"좋아, 그렇게 하지. 100만 달러야."

"방금 200만 달러라고 말씀하셨는데요?"

"그랬나? 생각 안 나. 하여튼 100만 달러로 하세. 100만이야. 한 남편, 한 어린애, 하나의 유산이라고 하듯이, 100만이야. 이건 행운의 숫자야……도대체 저 바보들은 내 안경을 어디 놔뒀나?"

"부를까요?"

"나중에, 괜찮아. 자네, 그것을 등록해 주게나. 서명은 캘리포니아로 떠나기 전에 하지."

"알겠습니다."

"그래, 이제는 자네 차례야. 자네는 어떡하지?"

비서는 대답하지 않았다.

"자네는 야심이 너무 적어. 그러나 정직해. 언제나 안심하고 일을 맡겨놓을 수 있지. 자네는 그다지 똑똑하지는 않아. 생각이 빨리 돌지 못해. 게다가 조금 쩨쩨하지. 그러나 자네도 이젠 나이가 들었어. 앞일도 생각해야지. 그래서 얼마나 필요해?"

"그건 제가 말씀드리기가……"

"무슨 얘길 하는 게야. 내가 듣고 있는 게야."

"그전의 유서에서는 2만 달러를 주시기로 되어 있었습니다."

"그것으로 족한가?"

"그렇게 말씀하신다면 역시 모자란다고 말씀드릴 수밖에는 없습니다."

"그럼 얼마 필요해?"

콜프가 조심스럽게 말하는 것이 들렸다.

"10 정도."

"10 얼마야? 10달러란 말이야?"

노인은 자기의 이 농담에 흡족해 하면서 쿠쿡 웃었다.

"그래, 대답을 해봐. 10달러야? 그렇지 않으면 10만 달러야?"

"10만 달럽니다."

"좋아, 좋아. 단 한 번 자네는 능동적인 자세를 취했기 때문에 조금 더 용기가 나게 해주지. 30만 달러 주겠네!"

"아, 정말……"

"인사 같은 건 하지 마. 내 맘이 바뀌면 안 돼. 나라면 저 텍사스 석유사업 때에 자네가 한 것과 같은 역할을 내 옆에서 해낸다는 게 끔찍했을 테니까 말이야. 그러니 이것은 그다지 하나님의 혜택이라고 할 수도 없을 테지."

이때 문에서 노크 소리가 들렸다.

"뭐야?" 하고 노인이 말했다.

"차겠죠, 아마."

"기계를 멈출까요?"

"응, 그리고 잊지 말고 뉴욕에 도착하자마자……"

소리가 꺼졌다. 비서가 끈 스위치로 노인의 말은 거기서 끊어졌다.

조용하게 침묵이 사무실에 퍼져갔다. 사태에 완전히 압도된 힐데가르데는 그 녹음된 내용의 의미를 어떻게 생각해야 할지도 모르고 있었다.

스털링 케인은 아무것도 묻지 않고 또 하나의 기계의 스위치를 집어넣었다.

그는 힐데를 보았다. 그러나 그의 눈에는 어떤 색깔도 떠오르지 않았다. 그저 시선을 던질 뿐이었다. 그녀의 반응이 아무리 작은 것이라도 사진과 같이 찍어내고 소화시키고 정리하겠다는 눈의 표정이었다.

처음의 테이프 소리는 또다시 계속됐다.

"……하는 겁니다. 서로 도와줄 수도 있을는지 몰라요. 당신은 이 새로운 유서에 대한 것을 따님에게 말했나요?"

"물론입니다."

"그 반응은 어땠습니까?"

"그렇군요……뭐라 말하면 될까? 사실은 실망한 듯했습니다. 처음의 유산과 같이 전재산을 상속받을 생각이었나

봅니다."

"반대로 당신은 새 유언 쪽이 이익이었군요."

"그대로입니다."

"그럼, 왜 공증인한테 가지 않았지요?"

"시간이 없었지요."

"아니, 아니, 콜프 씨, 그것은 이유가 아니지요. 그보다는 따님으로부터 조금 기다려 달라는 부탁을 받았겠지요. 그녀를 도와주기 위해서 새 유서에 대해서는 아무것도 말하지 않을 생각이었겠죠. 따님은 낡은 유서의 효력이 있을 동안에 남편을 죽인 것이 틀림없었기 때문이지요. 그 사람의 시체를 감춘 것도 내가 말한 것처럼 새로운 유서가 유효하게 되는 것을 기다린 것이 아니라, 반대로 그것을 완전히 없애 버릴 수 있는 시간이 필요했던 겁니다. 20만 달러의 수표는 당신의 그 도움에 대한 감사를 충분히 증명하고 있습니다."

"절대로 아닙니다."

"그럼, 왜 이 테이프를 찾으려고, 그것도 밤중에 몰래 마치 도둑처럼 가야만 했을까요? 그리고 우리가 쫓아오는 것을 알고 얼른 바다에 던지려 한 거죠? 왜 30만 달러를 받으려고 하지 않은 겁니까? 죄를 범한 따님을 감싸주기 위해서 모든 의혹을 멀리하기 위한 것이 아니었나요?"

"딸에게는 그분을 죽일 이유가 전혀 없었습니다. 100만 달러의 유산이 있잖습니까."

"그건 그렇겠죠. 그러나 전재산에 비교한다면 그것은 상당히 매력이 감소되는 거죠."

"힐데가르데에게는 그렇지 않아요. 그애는 가난했지요.

100만 달러라고 하면 그애에게는 동화에나 나옴직한 얘기나 마찬가지입니다."

"그러나 두 번째 유서에 대해서 당신이 침묵한 대가로 수표를 보냈잖습니까."

"그것과 이것과는 아무 관계가 없어요."

"콜프 씨, 이쯤에서 명백한 사실에 항복하시는 게 어떻겠습니까? 당신은 따님을 위해서 할 수 있는 것은 다했어요. 따님의 교육에 관한 책임은 있어도 도덕에 관한 책임은 당신에겐 없는 겁니다."

"모든 것이 터무니없는 오해입니다."

"그렇겠지요. 그렇고말고. 그러나 자세한 사실들이 너무나 똑똑하게 부합되지 않나요?"

스털링 케인은 기계를 멈췄다.

"나머진 대수로운 것은 없습니다. 고소장을 작성하는 데 필요한 것뿐이지요. 어때요, 리치몬드 부인?"

"부인합니다. 끝까지 부인합니다. 나는 꼭두각시처럼 희생이 된 겁니다. 범인은 내가 아니에요."

"그러나 명백한 것을 부인하는 것이 오히려 부인에게 불리하게 된다는 것을 모르시나요?"

"나는 그런 유서가 있다는 것을 몰랐어요. 남편이나 앤턴 콜프도 나에겐 말하지 않았어요."

"그건 믿을 수 없는걸요."

"틀림없이 이 녹음은 가짜예요. 남편 목소리가 아녜요."

"그럼 누구죠?"

"그건 모르겠어요. 남편이 아닌 건 틀림없어요."

"당신은 다음주에 법정에 출두합니다. 그러나 법정에 비교하면 여기에서 하는 질문은 문제도 안 돼요. 법정에선 지금까지 해온 것처럼 형편없는 동화 얘기를 하거나 질문에 대답하지 않던가 할 수가 없지요. 변호할 태세를 제대로 갖춰놔야 합니다. 이런 얘기를 하는 것도 모두 당신을 위한 겁니다."

"왜 내가 얘기하는 걸 믿어주지 않으세요? 왜 모든 걸 기계적으로 반대하시는 거예요?"

"내 직업은 진실을 찾아내는 것이고, 진실은 말보다도 진실에서부터 발견되는 수가 많기 때문이지요.."

"그래도 만일에 당신이 믿어주시지 않는다면 배심원들은 누가 믿어주겠어요?"

"그러니까 유죄를 인정하라고 얘기하는 것 아닙니까? 그러면 혹시 사형만은 면하게 될 기회를 얻을 수도 있을는지 모르니까요."

힐데는 반응을 나타내지 않았다.

눈을 허공으로 향한 채 도끼의 일격을 받은 뒤의 소와 같이 되어버렸다. 귀가 울리고 있었다. 책상 위에 놓여진 두 대의 테이프 레코더는 점화되긴 했지만 아직 폭발하지 않는 폭탄처럼 거만하게 보였다.

그녀 내부에 있는 조그마한 용수철이 떨어져 나가고 말았다. 그것은 작았지만 몹시 중요한 것 같았다. 그것이 빠져 나갔기 때문에 그녀 몸속의 복잡한 기구가 전부 멎어버리고 말았다. 그녀는 이미 공포도 추위도 굶주림도 욕망도 불안도 느끼지 않았다. 자기가 존재하고 있다는 것은 알고 있었다. 귀에는 주위 사람들의 말소리가 들리고 있었다. 눈도 주위 사람들을 보고 있었다. 그러나 그것도 커다란 상아탑의 창문으로부터였다. 그녀는 그 탑 속에 틀어박혀 있어서 그들을 보긴 하지만 말을 해도 알 수 없었고, 자기 쪽에서 말을 할 수도 없었다. 그들은 탑 밖에 있었다. 그들도, 그리고 다른 이들도, 그녀가 한 번도 얘기한 적도 없고 이 나라에서나 그녀의 나라에서도 산 적이 없었고, 어딘가 먼, 그녀가 한 번도 가보지 못했던 나라에 살고 있는 사람들까지도 모두가 탑 밖에 있었다. 관 속에 들어 있는, 이름도 없는 죽은 사람과 같이 고독하고 가난하고 아무것도 가진 것 없이, 그리고 감각도 없이 조용하고, 그러나 아직 완전히 죽어버리지도 않은 상태에 있는 것이 지금의 그녀였다.

그리고 이 조그맣고 보잘것없는 사건을 해결해 주는 것은 단지 시간뿐일 테지.

그녀는 독방으로 끌려 들어가서 옆으로 눕자마자 잠에 빠져들었다. 여간수가 윗사람에게 이 여자는 범인이 틀림없다, 여기서 잘 잘 수 있는 것은 아이들과 범인뿐이라고 얘기했다.

하루가 또 지났다. 그것은 전날보다 답답하거나 지루하지도 않았다. 시간은 마치 불 때는 장작이 하나씩 하나씩 올려지는 것같이 정확하게 지나갔다.

힐데가르데는 이미 기진맥진해 있었다. 그녀를 구하는 것은 기적 이외에는 없었다.

재판이라는 희극이 그녀를 위해서 제사 행렬을 열어주려 하고 있었다. 배우들은 모두 등장할 때를 기다리고 있었다.

판사, 변호사, 증인, 신문기자, 그리고 주인공은 아니지만 전체 연극에서 큰 배역을 맡은 앤턴 콜프.

사람들은 그녀에게 질문을 퍼부을 것이다. 그리고 그녀는 있는 그대로 대답할 것이다. 그러나 아무도 그것을 믿지 않을 것이다. 그것을 각오하지 않으면 안 된다. 아름다운 힐데가르데도 이미 길지는 않은 것이다.

그녀의 머릿속은 고장난 꼭두각시 인형과 비슷했다. 그녀는 그 조그마한 나사를 고칠 수가 없었다. 그날 이후로 위 속에 들어간 부분에 언제나 구토가 자리를 차지해서, 아주 사소한 얘기를 들어도 그것은 폭풍과 같이 밀고 올라와서 그녀를 뒹굴며 돌아가게 만들었다.

그녀는 혼자서 아무것도 주어지지 않은 채 하루 종일 내버려져 있었다. 그녀도 얌전하게, 고분고분하게, 원망도, 후회도, 반항도 없이 기다리고 있었다. 침대에 앉아서 잘 교육받은 사형수처럼 기다리고 있었다.

고통을 받는다 하더라도 그 피해를 되도록 적게 하도록 노력하지 않으면 안 된다. 그녀는 근근히 남아 있던 힘을 그것을 위해 사용했다. 틀림없이 이럴 경우 기도하는 것은 효과가 있을 것이다. 그러나 불행하게도 그녀는 신앙을 잃어버렸다. 그녀는 이미 모든 것을 잃어버렸다. 남아 있는 것은 얼마 남지 않은 시간뿐이었다.

저녁에 호출되어서 면회실로 끌려갔다.

거기에는 앤턴 콜프가 기다리고 있었다. 그러나 그와 만나도 이미 아무것도 느껴지지 않았다. 미움이나 공포나 노여움은 이미 그녀의 것이 아니었다.

그녀는 콜프의 정면에 앉아 두 손을 테이블에 얹고서 상대의 얘기를 기다렸다. 그가 온 것은 자기가 세운 성에 무엇인가 새로운 돌을 추가하기 위한 것에 불과할 뿐이었다.

그가 말했다.

"지금 스털링 케인과 만나고 왔소. 당신이 매우 바보스럽게 해주었기 때문에 고맙게 생각하고 있어요. 역시 우리의 이익은 일치하고 있더군. 그 이상 잘해 달라고 부탁해도 무리일 테니까."

힐데는 대답하지 않았다. 말이 귀에는 들어왔으나 머리에는 도달하지 않았다.

"오늘은 마지막 작별인사를 하러 온 거요. 당신은 법정으로 끌려가 범인으로 결정되는 것을 피할 수 없기 때문에, 앞으로는 감시 없이는 더 만날 수 없지. 그리고 그렇게 되면 우리의 대화는 아주 형편없이 되는 거지."

"어떻게 된 건가요, 그 테이프에 녹음된 유서 이야기는?"

앤턴 콜프는 웃기 시작했다.

"분명히 놀랄 거라고 생각했지. 살인 동기를 만들기 위해서 약간 고안해낸 것인데, 그것을 녹음한 것은 훨씬 이전이었소. 내 모방의 재능이 어때요?"

"칼이 말한 것이 아니란 것은 알았지요."

"그건 그렇겠지. 애정이란 건 안테나를 갖고 있는 것이니까."

"그 사람이 아니란 것을 알았어요."

"그러나 멋지게 흉내냈지? 아니, 그것보다도 내가 음모를 꾸미듯이 그 기계를 찾으러 갔을 때가 걸작이었지. 미행하고 있다는 것을 알고 있었으니까. 연극은 간단했다오. 그래도 하마터면 모든 걸 망칠 뻔했지. 그 성실한 형사 친구들이 나에게 뛰어들면서 무섭도록 직업적 양심을 작동시켰기 때문에 하마터면 기계를 바다에 빠뜨릴 뻔했소. 내가 정신을 차리고 있었기에 다행이었지. 난 목숨을 걸고 그것에 매달렸거든."

"그런 짓까지 하려면 어느 정도로 돈을 좋아해야 하는 거죠?"

"인생은 짧아. 그리고 다음에는 허무밖에 없지. 분해와 부패밖에 없어. 생명이 있는 한은 그걸 즐겨야지."

"그래도 그걸 위해서 사람을 밟아버려도 되나요?"

"당신은 전쟁이 얼마나 믿기 어려운 모순 덩어리인가를 생각해 본 적은 없나? 몇백만이란 인간이 죽음을 당하고 병신이 되고 고문당하고 감옥에 들어가. 그것이 도대체 무엇을 위한 거지?"

"그것과 이것과는 달라요."

"물론 다르겠지, 당신의 시각에선. 30년 동안 당신이 유지하고 지켜온 명예나 자유나 성실한 의무라고 하는 흔하디흔한 대의명분을 하루 아침에 버리라고 하는 것은 무리일 게요. 그러니까 세상에서 인정된 것은 올바른 것이라고 생각해도 되는 거지. 그리고 당신은 범인이 아니기 때문에 마음을 가라앉히고 조용히 죽는 게 좋아요."

"난 아직 젊어요. 죽고 싶지 않아요."

"내가 당신을 죽이고 싶어하는 줄로 생각하나? 그러나 유감스럽게도 누군가가 그렇게 되어야 한다는 것만은 확실하지."

"부탁이에요, 앤턴 콜프. 무엇이든 당신의 말대로 할께요. 날 살려 주세요."

"아니, 아니, 감상적인 울음 소리 같은 건 이제 와선 그만 둡시다."

"그럼 왜 왔죠? 새디즘?"

"아니, 아니, 그저 습관에 따른 것뿐이오. 그리고 그것은 이제부터 계속해야지. 그렇지 않으면 내게 의심이 돌아오니까. 그러나 이 다음부터는 감시가 붙게 돼요. 따라서 오늘중에 당신의 흥미를 끄는 세세한 점을 알려주지 않으면 이젠 그런 기회가 없어지게 되잖겠소?"

"그런 건 이제 흥미 없어요."

"아니, 아니, 그런 무기력은 오래 가지 못해요. 그리고 당신이 조금 기운을 회복했을 때 진실만이 진짜 구원의 길이라고 생각해 준다면 나는 그것으로 좋아요. 이렇게 말하는 것은 그 진실이 얘기하면 할수록 이치에 맞지 않게 되기 때문이오. 그런데 당신은 일단 그것에 의지하게 되고 말았소. 그래서 그 뒤에도 그것을 주장하는 수밖엔 없지."

"확실히 스털릿 케인에게는 비보 같은 그럴 했는시노 모르죠. 그러나 변호사는 당신을 해치워 줄지도 몰라요."

"나에겐 움직일 수 없는 증언이 몇 가지 있소. 무척 비싸게 먹혔지만 틀림없는 것들이지. 그런 증언 중 하나가 1946년 이후 칸의 르도 부인이 자기 집에서 하숙하고 있었다는 것을 증언하게 되어 있다오. 내가 일생 동안 도와주기로 약속했기 때문에 그 증인은 날 배반하지 않아. 그렇게 되면 함부르크의 신문광고로 날 알았다는 것은 어렵게 되지. 그 훨씬 전부터 함부르크에서는 살지 않았다는 것으로 되어버리니까."

"내가 같이 일하고 있었던 사람들은 그렇게 생각지 않을 거라고 생각하는데요."

"그 사람들이 알고 있었던 것은 마에나 양이지 콜프 양은 아니지."

"그래도 얼굴은 바뀌지 않았어요."

"물론이지. 그러나 당신이 얘기하는 것을 확인하기 위해서는 적어도 누군가가 내 얘기를 의심해 보지 않으면 안 돼. 그러나 이 얘기는 충분히 손질이 되어 있어. 이 점은 믿어 줘야 해. 그러면 그것을 의심하는 인간을 어디서 찾아낼 생각이지? 그리고 이것을 잊지 않는 것이 좋아. 즉, 시체의 운반이나 핸드백의 독약의 흔적을 당신은 결코 설명할 수가 없어. 한편, 내 역할은 그저 암시일 뿐이지 아무것도 확실하지는 않단 말이야. 그리고 여론도 당신의 적이지. 대중의 눈에서 보면 당신은 욕심쟁이이고 음모꾼이고 무정한 살인범이야. 아무리 자신이 희생자라고 떠들더라도 누구 한 사람 그것을 믿지 않을 뿐만 아니라, 전술로서도 가장 커다란 잘못을 범하는 것이 될 뿐이지."

"그럼 왜 나한테 그런 얘기를 하죠? 이제 무서울 게 아무것도 없을 텐데."

"당신의 짧은 장래 이외에 무엇을 얘기할 게 있겠소?"

"당신은 내가 사형당하리라고 믿고 있는 거죠?"

"그렇게 생각지 않는 것은 너무 낙관적이라고 생각되는

데."

"그러나 만일에 내가 사형이 되지 않으면 당신은 어떻게 되죠? 나는 무기징역으로 끝날 가능성도 있잖아요. 또, 판결 뒤에는 항소도 하지요. 그렇게 되면 어쩔 셈이죠, 앤턴 콜프? 내가 묻겠어요."

"그렇게 되면 우선 살아가면서 어떻게 하면 되는지 생각해 보면 되지. 그러나 말해 두겠지만, 그런 뜻밖의 일도 일단 예상은 해두고 있었어."

그리고는 조용하게 비웃는 미소가 그의 얼굴에 떠올랐다. 힐데가르데는 그것을 보고 몸을 떨었다. 아무런 대답도 할 수가 없었다. 구토가 그녀를 엄습했다. 침묵이 스며들듯이 퍼져서 두 사람을 감쌌다. 앤턴 콜프는 그 침묵을 천천히 음미하고 나서 일어나며 작별인사를 했다.

"우리들은 또 내일 판사 앞에서 얼굴을 마주칠 게요. 그러나 이젠 두 사람만 만날 순 없어. 그래서 승자가 패자에게 이해득실을 떠난 충고를 해줘야겠군. 당신은 지금부터 일어날 일을 너무 중대하게 생각지 말아야 해. 중요한 것은 당신이 잠깐 동안만이라도 좋은 시간을 지냈다는 것이지. 그것을 회상하는 것이 제일이야. 그것만을 회상하는 거야."

"당신처럼 파렴치한 인간은 본 적이 없어."

"그렇겠지. 세상에는 바보가 많으니까."

"당신이 날 괴롭힌 것만큼 당신을 괴롭히겠어!"

"그렇게 생각하는 것은 당연하지. 그러나 그 인사는 신년인사 정도의 의미로밖에는 안 들리는데."

"당신을 필요하다고 생각했던 것이 수치스러워."

"수치스럽게 생각하지 않아도 괜찮아. 길 모퉁이에서 암캐들이 같은 짓을 하고 있으니까."

"나가!"

"자, 그럼, 힐데가르데."

최후의 시선을 던진 다음 간수의 안내를 받기 위해서 그녀는 문을 두드렸다.

힐데가르데는 자기 독방으로 끌려갔다.

그녀는 이젠 신문을 읽지 않았다. 대중의 기호에 맞도록 완전히 빚어 만들어진 자기에 대한 얘기는 그녀를 혼란만 시켰다. 자기의 이성을 의심하게만 할 뿐이었다. 침대에 앉아서 자기 심장의 고동을 들으면서 내일 만나야 할 적의에 차 있는 온갖 얼굴들을 상상해 내려고 노력했다. 심술궂은 질문이 그녀의 발밑에 함정을 파고, 변호사도 그녀를 거기에서 끌어올릴 수 없었을는지도 모른다. 변호사와는 처음 만나는 것이지만 아무튼 그는 앤턴 콜프의 격심한 공격에 마주칠 것이 틀림없다……그리고 여론의 힘. 지금까지는 그것도 그리 격심하지 않았고 직접 그녀에게 향하는 것도 아니었다. 그러나 내일 군중 앞에 끌려나갔을 때에 그녀가 만나는 것은 전혀 반대일 것이다. 그녀는 단 혼자만으로 모든 사람을 상대로 싸워야만 한다. 그러나 무엇을 위해서 싸우는 것일까? 무엇을 위해서 진흙을 휘저야만 하는 것일까? 그녀는 모든 게 다 싫어지고 말았다. 어느 쪽이든 도망갈 길은 없다. 만일에 요행히 사형을 선고받지 않는다 하더라도 무기징역이다. 10년이나 15년을 모범수로 지낸다 하더라도 먼 뒷날, 늙어빠지기 일보 직전에서 몇 개월 동안의 자유가 얻어지는 데 불과하다. 감옥을 나갈 때는 말라비틀어져서 아무런 생활수단도 못 가진 노파가 되어 있겠지. 더구나 그것이 가장 낙관적인 미래인 것이다.

침대에 앉아서 허공을 바라보며 그녀는 끓어 올라오는 오열을 삼켜 버렸다. 손을 놓은 채로 울어버리면 최후의 용기까지 잃어버리고 만다. 그러면서 그녀는 자기에게도 뚜렷이 말하지 않으면서도 어떤 결심에 도달되고 말았다는 것을 알았다.

자기의 바보스런 실수의 희생물이 되어서 여기까지 쫓겨오게 된 것을 생각하니 울 수도 없었다. 얼마나 많은 여자들이 신문광고로 남편을 찾을 텐데. 그런데 왜 이런 예외가 있는 걸까? 왜 이런 큰 실책을 범하게 되었을까? 왜, 왜……언제까지 물어도 왜는 계속됐다. 그리고 거기에 논리적인 대답을 찾으려고 생각하는 것은 잘못이었다. 경험은 그것을 겪는 개인에 대해서만은 진실이 아니었기 때문이다.

힐데가르데는 일어서서 타는 듯한 이마를 쇠창살에 갖다 댔다. 그녀의 눈에 들어오는 것은 정면에 있는 회색의 큰 벽뿐이었다. 얼굴을 조금 오른쪽으로 돌리면 역시 회색의 문이 보였다. 그곳으로 간수기 들이갔다 나갔다 한다. 그녀의 양쪽 독방에는 아무도 없었다. 필요하다고 하면 라디오나 책이나 담배, 기타, 고독을 달랠 수 있는 것은 무엇이나 주도록 되어 있었다. 그녀는 아직 사형수 취급을 받진 않았고, 판결이 내릴 때까지 거기서 기다리게 하고 있었던 것이다. 스털링 케인도 암시한 것처럼 아직 증거는 잡히지 않았다. 그러나 강력하게 추정되어 있다. 그녀는 그날 밤까지는 아직도 자기의 요구나 희망이 받아들여질 수 있는 정상적인 인간으로 있을 수 있었던 것이다. 그 외에 그녀에게는 재산이 있었다. 유죄라고 인정되기 전까지는 그것은 그녀의 것이었다. 그리고 그녀가 그것을 빼앗기기 전까지는 언제 바람이 부는 방향이 바뀔는지 모르기 때문에 누구나가 부자에게는 아부해 두는 것이 좋을 거라고 생각할 것이다.

그러나 앤턴 콜프가 수수께끼를 하나하나 그러모을 때, 얼굴도 모르고 한 번도 얘기해 본 적 없는 변호사가 그녀의 변호를 맡았을 때, 그리고 판사가 형식적인 질문을 하고 그녀의 대답이 아무의 흥미도 끌지 않을 때, 그때 가련한 힐데가르데는 어떻게 될까? 그렇지, 그때에는 미결수로서 감옥의 규정에 따라 여자 죄수들의 무서운 무리 속에 내던져질 수밖에 없게 된다. 사귈 만한 친구들이 무척 많이 있을 것이다. 어린애를 죽인 여자, 매춘부, 도둑, 낙태시킨 여자, 부모를 죽인 여자, 매독환자. 서로에게 고백하는 것이나, 요리법을 가르쳐 주는 것도 무척 즐거울 것이다. 그렇게 되면 결코 혼자서는 있을 수 없고, 그 쓰레기통 속에 섞여서 그런 여자들과 생활을 같이 하고 규칙을 위반할 때마다 지하 감옥방에 처넣어져서 살아가야만 한다. 그녀에게도 죄수복이 입혀지고, 간수를 미워하고, 비밀리에 말 좀 전해 달라고 부탁하고, 처형의 날을 기다리며 탄식하면서 지내는 것을 배우게 될 것이다. 그리고 얼마 안 있어 판결이 떨어지고 사형수 구획으로 옮겨지면 아침부터 밤까지 문앞에서 교대로 지키는 여간수의 감시를 받으며 내세만을 생각하고서 잠자는 데도, 몸을 씻는 데도, 용변을 보는 데도 간수 눈에 폭로되고, 더구나 자기만은 올바르다고 거만스럽게 생각하는 간수는 그녀에게 영원한 생명은 개나 짐승만도 못한 살인녀에게는 줄 수 없다는 것을 알게 해주려 할 것이 틀림없다.

그렇게 되면 합법적인 살인의 날이 오기를 오히려 기다리게 될 것이다. 그 이외에도 좀더 많은 물질적인, 시시한 것들에 괴로움을 당할 것이 틀림없다. 빈대나 침대 머리 위에 놓여진 용변용 양동이의 냄새나 기타 흠 없고 정상적인 아가씨로서는 상상할 수도 없는 것이 많이 있을 것이 틀림없다.

그녀는 구토가 나오려 해서 눈을 감고 쓰러지지 않도록 쇠창살에 몸을 지탱하지 않을 수가 없었다. 구토기가 없어지자 그녀는 눈을 뜨고 눈앞의 회색의 벽을 보았다. 정신을 차리자. 아직 모든 게 완전히 끝난 건 아니다. 잠시 상대에게 선수를 빼앗긴 것뿐이다. 생각해 보면 빗장이 걸려 있고 조그마한 들창밖에 없는 이 독방도 그렇게 불편한 것은 아니다. 우선 쓸데없이 사람이 찾아오지 않아서 오히려 좋다. 접어올리는 침대도 볏짚더미보다는 좋지. 그래, 걱정할 건 없어……

힐데가르데는 왔다갔다 하기 시작했다. 길이 열두 발자국, 폭은 일곱 발자국이었다. 눈물이 눈을 흐리게 했고, 땀나는 손을 가끔 스커트에 닦아야만 했다. 말하기 좋아하는, 시끄러운 무엇인가가 그녀 속에서 고함지르며 행동할 것을 요구했다. 그것은 틀림없이 그녀의 본능이겠지. 어떠한 생활이라도 죽어버리는 것보다는 좋다고 하는 소리도 들렸다.

그러나 그런 비겁한 소리를 들어서는 안 된다. 그저 믿고, 한꺼번에 위대한 신비주의자가 되어 하나님의 손에 모든 것을 맡기고, 자기의 고통을 고백하고 나머지는 하나님께 적당히 해주십사 하는 것이다.

격심하게 긴장한 나머지 힐데가르데는 자주 호흡하는 것을 잊었다. 그리고 그 뒤에는 한 손을 벽에 대고 숨을 쉬고 토하고 쉬고 토하고 하는 것을 반복했다. 그녀의 손은 벽에 검은 흔적을 남겼다가 곧 사라졌다.

그녀는 또 걸었다. 가로로 열둘, 세로로 일곱. 어린 시절의 기억을 더듬고 있으려니 시름이 놓였다. 그러나 그것은 먼 옛날의 것이었고, 그때의 좋은 추억은 많지 않았다. 전쟁 때를 생각하면 시간을 보내는 데는 쓸모가 있을 것이다. 그러나 그것은 너무나 길었고, 게다가 폭격, 화재, 그리고 가족과 친구들의 죽음, 그녀에게는 어느 것 하나 비극 아닌 것이 없었다……아니, 단 한 가지, 폐허 속에서 만났던 병사와의 추억만이 그녀의 기억을 흔들면서 와닿았다……그녀는 자기의 두 손과 배의 움푹 패인 곳에 그 병사의 몸과 거의 동물적인 따스함을 느낄 수조차 있었다. 그러나 시간의 간격은 그 얼굴을 아무리 애써봐도 기억나게 해주지는 못했다……눈의 색깔은 어땠을까?……어떤 눈매를 하고 있었을까? 그를 또 한 번 보고 싶었다. 꿈의 파편만으로 그 모습을 만들어낼 순 없을까? 그녀의 마음이 산란해졌다. 오다가다 만난 그 연인이 남겨준 것은 다만 군복의 희미한 냄새와, 모든 것을 잊기 위해서 남자의 어깨에 코를 묻고서 사랑의 기쁨을 알았을 때에 느꼈던, 까칠까칠한 수염 난 피부를 비벼대던 가벼운 아픔뿐이었다.

그렇지, 과거도 미래도 없는 그녀에게 무엇 하나 남은 것이 있을 리가 있을까?

피로에 지쳐서 그녀는 침대에 무너지듯이 쓰러졌다. 그리고 발끝으로 구두를 벗어던지고 옆으로 누워 시트 위에서 길게 누워서 눈을 감았다. 잘 수 있을지도 몰랐다.

기계적으로 그녀는 양말을 벗었다. 그것은 그녀의 기다란 다리를 따라서 말랑말랑하게 스르르 미끄러져 내려갔다. 그녀의 발끝은 가늘었고 젖혀져 있었다. 발톱은 깨끗하게 매니큐어가 칠해져 있었다. 20년의 감옥생활 뒤에는 이 발은 어떻게 될까? 아마도 두 번 다시 이렇게 비쳐지는 양말을 신을 수는 없겠지? 그녀는 양말을 두 손 사이에 끼고 쓸어내리며 실크의 부드러움을 맛보았다. 그것만이 사치스럽던 생활과 그녀를 연결시키는 줄이었다. 인생과 그녀와의 연결, 인생과……

급히 신경질적으로 머리끝에서 발끝까지 흔들어서 그녀는 양말을 늘일 수 있을 때까지 늘려보았다. 나일론은 흐트러지긴 했으나 찢어지지는 않았다. 그녀는 실험을 되풀이했다. 탄력이 있는 가는 끈같이 양말은 어떠한 충격에도 견뎠다. 밧줄이 없을때에는 대신해서 쓸 수 있을 것 같았다. 밧줄과 목 매달기, 그것은 이미 현대사회에는 속하지 않는 광경이었지만……

이러한 작업을 잘 해내기 위해서는 그것을 머리로 생각해 내서는 안 된다. 탐욕스런 본능에 져서도 안 된다. 그저 두 손의 효과적인 운동에 의해서 두 개의 양말 끝을 꼭 조여매기만 하면 되는 것이다. 그 동작 자체에는 아무런 두려운 것이나 결정적인 것도 없다. 그저 그것이 제 역할을 하게 될 때 풀려지지 않도록 꼭 조여맬 뿐이다. 돛의 밧줄처럼 신축성이 좋은 매듭을 만들 것, 이것도 간단하다. 호화스런 생활을 보낸 짧은 기간에 그녀는 돛단배를 갖고 있지 않았던가. 그녀의 명령대로 잘 따르던 선장이 밧줄을 매는 법이나 태양의 고도측정법을 가르쳐 준 적이 있지 않았던가. 그러나 그런 거창한 것은 이젠 필요가 없지. 그냥 고리를 한 개만 만들면 된다. 만드는 방법은 생각해낼 것까지도 없고……

드디어 그 일을 시작한다는 것을 알면서도 아무런 의식도 없다는 것이 이상했다. 그러나 사실 그것은 관람물이나 서커스의 프로도 아니고, 죄수들 사이에서는 자주 일어나고 있는 동작에 지나지 않았다.

그것으로 모든 것이 해결된다. 이제 그 진흙구덩이도, 스캔들도, 치욕도, 아무것도 없어진다. 그저 허무하게 될 뿐이다.

앤턴 콜프는 틀림없이 지극히 만족해 하겠지. 그녀를 위해서 눈물을 흘려줄 사람은 하나도 없을 것이다. 아무것도 모르고 가만히 죽어가는 그녀를 작은 개 한 마리도 불쌍하다고 생각해 주지 않겠지……

물론 이런 것은 감상적으로 우는 것에 지나지 않는다. 그러나 힐데가르데는 독일인이었다. 그리고 그녀 나라의 사람들은 정해진 문구의 노래에도, 군대의 행진에도, 왜솜다리의 꽃에도 눈물을 솟는 것이다. 게다가 이것은 마지막으로 마음 약한 일이었다. 자기의 운명에 대해 울고 있는데, 자기 혼자밖에 없는 그녀를 감상적이라고 나무라는 것은 너무하잖은가. 그녀는 자기 마음속의 또 하나의 자기, 싫어하며 발버둥치며 고함지르며 무서워하며, 그리고 언제까지나 삶에 대한 희망을 잃지 않는 자기에게 이겨내지 않으면 안 되었다.

두 손 밑의 그녀의 몸은 따뜻하고 생생해서 기름지고 피로의 징조를 보이기까지에는 아직 몇십 년의 세월에도 견딜 것처럼 보였다. 게다가 그녀의 눈도 아직은 잘 보였다. 그리고 그것이 아마도 제일 힘든 일일 것이다. 이제 다시는 나무나 바다, 황금색 모래도 볼 수 없다……이런 때에 운 것을 그녀는 후회했다. 기진할 것만 같았다. 자기 자신의 흐름에 거역하고, 저항하고, 공포에 사로잡힌 산 육체에 이겨내야만 한다. 이제 망설일 수가 없다. 내일이 되면 심문의 지옥이 그녀를 들볶고, 내리누르고, 깨물어서 으깨버리고, 찢고서 짜버릴 것이다. 그전에 자기 혼자서 증인들의 무정한 눈에서 벗어나 사라져 버리는 것이 좋다.

그녀는 일어섰다. 쇠창살을 통해서 문을 흘끗 보고 아무도 오지 않는 것을 확인했다. 모든 것이 조용했다. 저녁식사 시간은 훨씬 전에 지나가 버렸다. 원칙적으로 죄수에게는 밤에는 잠자는 것밖에는 없었다.

그녀는 방안의 중앙으로 돌아왔다. 손잔등으로 시선을 흐리게 하는 눈물을 닦았다. 양말로 만든 밧줄을 잡고서 한쪽 무릎을 세면대에 대고 팔을 뻗쳐서 들창의 제일 밑 창살을 잡았다. 양팔을 한껏 뻗어올려서 그녀는 법랑 도기(陶器)로

된 작은 세면대 위에 서는 데 성공했다. 떨어지면 안 된다. 그 소리가 나게 되면 곧 간수가 뛰어와서 사태를 알아차리고는 그녀의 하나밖에 없는 무기를 몰수할 것이 틀림없다. 요령 좋게 살짝 해야 한다. 그녀는 그것을 잘 해냈다. 팔을 쇠창살을 통해서 균형을 맞춰 걸어놓고서 다음엔 작은 매듭 고리를 만들기만 하면 된다. 그것은 간단하게 되었다. 그리고 힐데가르데는 그것을 자기의 목 둘레에 걸고서 목 둘레의 머리카락을 들어올려 나일론 목걸이 위에 살짝 올려놓았다. 이제는 한 발을 들고 다른 한 발을 미끄러뜨리기만 하면 된다. 아주 잠시 동안 혼들리겠지. 그때 무엇이든 잡으려 해서는 안 된다. 기다려야지. 그것도 오래는 안 걸릴 것이다. 본능의 벌레가 잠시 꿈틀거리겠지. 그러나 어떻게 해볼 수도 없을 것이다. 그리고 그녀의 신음소리도 격심한 피의 역류에 눌려버려서 그것이 숨을 막히게 해줄 것이다.

그녀는 한 순간 주저했다. 그녀의 마지막 한 순간이었다. 그 동안만은 죽음이 멀어졌고 그녀의 불쌍한 일생을 총결산하게 해주었다. 서운한 것은 단지 혼자뿐이라는 것이었다. 마지막에 임해서 자기를 생각해 주는 사람도, 이별을 고해주는 상대도 없다는 것뿐……

천천히 그녀는 한 발을 공간으로 미끄러뜨렸다. 또 한쪽의 발은 아직 세면대 위에 있었다. 그 발이 세면대를 아프게 하고 있었다. 그녀의 균형은 이미 아주 조그마한 우연에 의해서 지지되어 있는 데 지나지 않았다. 오래 계속되진 않았다. 그녀는 몸이 혼들리는 것을 느꼈다. 동시에 튼튼한 끈에 끌려갔다. 뛰어내리면서 그녀는 눈을 감았다. 그리고는 되어가는 대로 맡기면서, "아, 하나님!" 하고 중얼거렸다. 사람은 하나님을 절망적인 때가 되어서야 부르짖는다. 그래서 이때 하나님은 대답하지 않는다. 그러나 그것은 이미 아무래도 좋았다. 그녀는 곧 힐데가르데가 아니었다. 아직 완전한 시체는 아니었고, 마지막 전쟁으로 버둥거리고 있었다. 그리고 그 동안에 피가 무서운 소리를 내면서 귀에서 넘쳐나왔고, 혀를 입에서 튀어나오게 했고, 그녀를 어둠속으로 방황케 하였다. 그리고 얼마 안 가서 그녀는 죽었다.

에필로그

재판은 열리지 않았다. 자살에 의해서 힐데가르데 리치몬드는 살인을 인정한 것으로 되었다.

신문은 그것을 제1면에 4단 크기로 보도했다. 많은 사진이 실렸다. 거기에는 이 살인범이 요트용 복장을 입고 일광욕을 즐기며 웃으면서 타륜(舵輪)을 돌리고 있는 것도 있었다. 아이들의 엉덩이를 때리며 산더미 같은 세탁물을 처리하기 위해서 살아가고 있는 수많은 주부들은 이런 결말에 흡족해 하며 역시 정의는 지켜지고 있다고 만족해 했다.

스털링 케인은 곧 국제 갱단을 소탕할 수 있을 것으로 보여지는 마약사건으로 옮겨갔다. 선거가 가까워지고 있었기 때문에 다음 지사에게 그가 경찰의 큰 대들보라는 것을 알려주는 것도 나쁘지는 않으리라.

칼 리치몬드의 커다란 저택은 폐쇄되었고, 하인들은 휴가를 보냈다. 요트는 팔도록 내놓았다.

막대한 유산은 불행한 여자의 아버지에게 굴러떨어졌다. 그러나 아무도 그것을 부러워하지는 않았다. 오히려 그 반대였다. 그는 일반의 동정을 받을 수 있었다. 그처럼 두드려 맞고 피곤에 지친 듯이 보였던 것이다. 그는 엄숙한 장례식을 행하고, 훌륭한 무덤을 세우고, 거기에는 매일 훌륭한 꽃이 장식되었다. 딸의 몸을 향으로 감쌌으며, 극히 가까운 친척들에게는 그 딸을 어렸을 때 버린 자기 자신은 결코 용서받을 수 없다는 얘기를 했다고 한다. 불행한 아버지는 이번의 비극의 책임이 모두 자기에게 있는 듯이 느끼고 있었다. 그리고 마음의 충격은 극심한 것으로 생각되었다. 이런 사정을 잘 알고 있는 모든 사람들은 아마도 그 사람도 딸의 뒤를 쫓아가지나 않을까 하고 예상하고 있었다. 그러나 그것은 인간이 갖는 훌륭한 힘을 망각한 예상이었다. 그는 한 달 지나고 두 달 지나는 동안에 조금씩 의지의 힘에 의해서 기운을 회복했다. 그러나 그의 재산도 그를 행복하게 해주고 있는 것으로는 보이지 않았다. 경마에서도 경기장에서도 언제나 그는 고독했다……

그는 용감하게도 인생에서의 흥미를 되찾으려 하고 있었다. 신문기자들이 그의 집에 밀려와서 그의 계획을 알아내려 했다. 그는 그저 전쟁고아들을 위해서 보육원을 만들 계획이긴 하지만, 그것도 아직은 앞날의 일이고 지금은 그 시기가 아니라고 했다. 딸에 대한 추억이 아직 너무나도 생생하다고 말해서 그는 교묘하게 기자들을 돌려보냈다.

겨울이 지났다. 그리고 봄이 왔다. 그 무렵, 겨우 앤턴 콜프는 상(喪)을 마친 것 같았다. 유명한 연극의 개막일이나 큰 만찬회에서 그의 모습을 볼 수 있게 되었다. 그의 윤곽이 뚜렷하고 우아한 얼굴은 다시금 웃음을 되찾은 것 같았다. 그는 장기간의 태평양 일주에 나서기로 했다. 온화한 섬들, 아름다운 풍경, 그것은 반드시 좋은 기분전환이 될 것이다.

그 뒤에 그는 유럽으로 가게 되겠지. 그때에는 혼자는 아닐는지도 모른다. 그 정도의 재산은 남자 혼자서 짊어지기에는 너무 무겁다.

사랑스럽고 젊고 아름다운 동반자가 있으면 그의 노년에 향기를 더해 줄 것이 틀림없다. 그리고 그를 행복하게 해주고 싶어하는 사랑스런 여자들은 수두룩 했던 것이다. 거기에다 그는 은빛 나는 관자놀이 근처의 머리칼과 그의 조용한 우수(憂愁), 그리고 동화 얘기와 같은 은행예금으로 기가 막히게 매력적이었던 것이다……그러나 그것은 아직은 이르다. 우선 태평양의 섬들을 찾아다닌 덕분에 그 마법과 같은 기후가 기적을 만들었다고 생각케 하지 않으면 안 된다.

유럽도, 모든 즐거움도 그 다음의 일이다. 그러나 때가 오면 프랑스에도, 이탈리아에도, 스페인에서도 파사처럼 환영받으며, 팔에는 눈부실 만한 미인을 안고, 또한 온 세계의 다른 여자들도 그의 욕망을 유인할 기회를 노리고, 그의 감언에 웃고, 그 뇌살케 하는 젊음으로 그의 침대를 덥혀 주러 오겠지.

그러나 그것은 앞으로의 일이다. 아직은 너무 이르다. 그래, 아직은 그런 바보스런 짓은 결코 해서는 안 된다. 〈끝〉

작가와 작품에 대하여

카트린 아를레이(Catherine Arley, 프랑스, 1935~)— 참으로 특이한 작가이다. 우선 그녀의 과거에 대해서는 미스터리 투성이이다. 본인이 거의 입을 열지 않고 있기 때문이다. 무슨 과거가 감추어져 있을까?

그러나 대략 밝혀진 바에 따르면 그녀는 1935년 12월 30일에 태어났다. 아버지는 마르셀 페르노. 어렸을 때 부모님과 함께 두 번의 세계여행을 했다고 한다. 중국과 아시아 여러 나라, 그리고 미국 등지였다.

그 뒤 그녀는 여배우가 되려고 학업을 중단하고 3년간 파리에 있는 극장에 출현했다가 영화에 뛰어들었다. 작품을 촬영하기 위해 모로코에 갔다가 사업가인 마크 퐁테인을 만나서 결혼했으나 곧 이혼하고 만다.

그녀가 작가로서 출발한 것은 다소 빠른 편이어서 19살인 1953년에 처녀작인 「죽음의 냄새」(Tu vas mourir)를 발표했다. 그리고 나서 3년 뒤인 1956년(22살)에 두 번째 작품인 「지푸라기 여자」(La Femme de Paille)를 내놓았다. 이것은 스위스에서 초판이 출판되었는데, 그 다음해 7월 영국 콜린스 사(社)의 크라임 클럽(Crime Club)에서 영국 추리소설계의 거장인 프랜시스 아일즈의 찬사의 말과 함께 영역본이 출판되었다. 뒤이어 1958년 리더스 다이제스트에서 명작전집에 수록하여 순식간에 26개 국어로 번역되었다. 그러나

이 리더스 다이제스트판은 가정 독자들을 감안하여 해피 엔드로 각색되었다.

한편 이 작품은 숀 코널리 주연으로 1964년 영국에서 영화로 만들어져, 우리 나라에서도 TV를 통해 방영된 적이 있다. 물론 이때도 해피 엔드로 끝나게 되어 있었다.

이 '지푸라기 여자'라는 말은 불어의 'Homme de Paille'(지푸라기 남자)라는 말에서 따온 것으로, 본래는 로봇이라든가 나무 인형을 뜻하는 관용구이다. 여기에서 '지푸라기 여자'는 미끼가 된 여자라는 뜻이다.

아무튼 이 「지푸라기 여자」는 발표되자마자 추리소설계에 큰 반향을 불러일으켰다. 우선 작품 전체가 다소 환상적이라는 데에 매력이 있다. 그리고 어딘지 모르게 이 작품에는 새디스트적인 요소가 흐르고 있다. 이것이 인간들이 지닌 본능적인 가학성 요소를 어느 정도 만족시켜 주었는지도 모를 일이다.

그러나 여기서 작가는 하나의 모험을 시도했다. 즉, 인간 사회에서 불문율로 되어 있는 권선징악을 깨뜨리고 완전범죄를 성립시킨 것이다. 이것은 추리작가들이라면 누구나 시도해 보고 싶은 유혹이기도 하다. 또 몇몇 작가는 실제로 시도를 해보긴 했지만 아를레이처럼 성공을 거둔 예는 드물다.

아를레이는 「지푸라기 여자」 이후에도 꾸준히 「죽은 자의 후미」(La baie de trépassés, 1959), 「눈에는 눈」(Le Talion, 1960) 등을 발표했는데, 그녀 자신은 「눈에는 눈」을 자신의 대표작으로 꼽고 있다.

■ 옮긴이/**송홍빈**
· 서울대학교 공대 졸업
· 예비역 공군 대령
· 현재 전문번역인으로 활동하고 있음.

지푸라기 여자

2003년 11월 1일 중쇄 인쇄
2003년 11월 5일 중쇄 발행

지은이 카트린 아를레이
옮긴이 송 홍 빈
펴낸이 이 경 선
펴낸곳 해문출판사
주 소 서울시 마포구 합정동 392-2 101호
전 화 325-4721,2
팩 스 325-4725
등 록 1978. 1. 28 제 3-82호

값 5,000원
ISBN 89-382-0294-1 04860
ISBN 89-382-0290-9 (세트)

※잘못 만들어진 책은 교환해 드립니다.